dtv

Frannie, eine kluge, selbstsichere, moderne Frau, lebt als Single in New York. Eines Abends wird sie im Keller einer Bar zufällig Zeugin einer Fellatio. Sie schaut einen Moment neugierig zu – und wird gesehen. Stunden später ist die Frau tot, ermordet und verstümmelt direkt vor Frannies Haus am Park.
Ein mörderisches Karussell beginnt sich zu drehen. Frannie bewegt sich zwischen Furcht und Faszination. Immer enger zieht sich der Kreis, bevor der Mörder ein letztes Mal zuschlägt.
Dieser atemberaubende Thriller mit perfektem Ende wurde gerade von Jane Campion (›Das Piano‹) verfilmt – mit Meg Ryan in der Hauptrolle.

Susanna Moore, geboren 1946, wuchs in Hawaii auf, arbeitete als Schauspielerin, Model und Scriptreader für Warren Beatty und Jack Nicholson, bevor sie zu schreiben begann. Heute lebt sie in New York. ›Aufschneider‹ ist ihr vierter Roman.

Susanna Moore

Aufschneider

In the cut

Thriller

Aus dem Englischen von
Ditte und Giovanni Bandini

Deutscher Taschenbuch Verlag

Titel der Originalausgabe
›In the cut‹

Mai 2003
Deutscher Taschenbuch Verlag GmbH & Co. KG,
München
www.dtv.de

Umschlagkonzept: Balk & Brumshagen
Umschlagbild: © photonica/Lisa Kimmell
Gesetzt aus der Perpetua 12/13.25˙ (3B2)
Gesamtherstellung: Druckerei C. H. Beck, Nördlingen
Gedruckt auf säurefreiem, chlorfrei gebleichtem Papier
Printed in Germany · ISBN 3-423-20627-6

Für Tommy Hyland
Detective First Grade N. Y. P. D.

ICH pflege sonst nicht mit meinen Studenten in die Bar zu gehen. Es ist fast immer ein Fehler.

Aber Cornelius hatte Probleme mit der Ironie.

Die ganze Klasse hatte Probleme mit der Ironie. Sie kommen viel besser mit dem Realismus zurecht. Realismus, glauben sie, bedeute einfach, Hemingway zu imitieren. Kurze tonlose Sätze, ein Adjektiv vor jedem Hauptwort. Hemingway selbst, die Vorstellung, die sie durch die Lektüre von ihm haben, ist ihnen irgendwie suspekt. Sie lehnen ihn ab. Sie mögen ihn nicht, genausowenig wie den weißen Jäger in ›Das kurze glückliche Leben des Francis Macomber‹. Das Aufschneiderische, die Bitterkeit in den Texten erregen sie, aber sie dürfen sich das Gefühl nicht eingestehen. Hemingway, haben sie entschieden, Hemingway, der Mensch, ist uncool.

Ich spielte mit dem Gedanken, ihnen Naipaul zu lesen zu geben, ›An der Biegung des großen Flusses‹ oder ›Guerrillas‹, aber ich gelangte zu dem Schluß, sie würden sich (zu Recht) so sehr über die mißhandelten, ermordeten und zerstückelten Frauen empören, daß sie möglicherweise außerstande wären, die Klugheit der Bücher zu erkennen. Ich fragte mich, ob ihnen Graham Greene gefallen würde. Vielleicht ›Am Abgrund des Lebens‹. Aber ich hatte, ich weiß nicht wie, den Traum vergessen, in dem der Mörder, das Rasiermesser in der Hand, nur zwei Worte sagt: »Solche Titten.«

Der Bewußtseinsstrom oder, wie ein paar von ihnen anfangs dachten, Bewußtheitsstrom, scheint ihnen keine allzu großen Schwierigkeiten zu bereiten. Sie glauben, es sei, wie seine Träume aufzuschreiben, nur ohne Interpunktion. Ein paar von ihnen haben zugegeben, sie hätten vor der Virginia-Woolf-Arbeit ein bißchen gekifft und es hätte geholfen. Sie machen mir solche Geständnisse in einem schüchtern-koketten Ton, so als versuchten sie, mich zu verführen. Was sie natürlich wirklich versuchen. Nicht im sexuellen Sinne, aber beinahe. Es wäre sexuell, wenn sie's besser wüßten. Und eines Tages werden sie es. Besser wissen.

Aber vor der Ironie haben sie eine Heidenangst. Zuerst einmal verstehen sie sie nicht. Es ist nicht einfach, Ironie zu erklären. Entweder man kapiert sie, oder man kapiert sie nicht. Mir bleibt nichts anderes übrig, als ihnen Beispiele zu geben, wie das von dem Kind, das in der Notaufnahme vor dem Tod gerettet wird, nur um auf dem Heimweg von einem Bus überfahren zu werden. Das hilft ein bißchen. Cornelius hat gemeint, ihm sei Realismus lieber als Ironie, weil Ironie den realen Sachverstand auf den Kopf stelle. Ob er gesunden Menschenverstand oder realen Sachverhalt sagen wollte, weiß ich nicht. Ich war so abgelenkt vom Bild eines auf den Kopf gestellten Verstandes, daß ich einfach nickte und ihn weiterreden ließ. Ironie ist, wie wenn man über irgend jemand oder irgendwas ablästert, sagte er, und keiner genau weiß, ob man's auch wirklich tut.

Das kommt der Sache schon ziemlich nah, sagte ich.

Ich höre mich allmählich an wie eine von diesen alten Jungfern, denen ich im Internat immer unangenehm auffiel, nur daß das, was die damals beklagten (ein Wort, das sie häufig benutzten), nicht mangelnde Schulbildung war, sondern schlechte Manieren, Unhöflichkeit und die Auswirkungen einer planlosen Erziehung. Hoffentlich werde ich nicht irgendwann wie Miss Burgess mit ihrem guten Kostüm aus Donegal-Tweed und dem bissigen roten Terrier, der immer bei Fuß saß und dessen eigener Tweed dort, wo er an der Leine mit dem Schottenkaro scheuerte, auszufransen begann. Den Sommer verbrachte sie immer mit ihrer Lebensgefährtin Miss Gerrold in Maine, in einem süßlich nach Schimmel riechenden Häuschen. Wenn ich mir das jetzt vorstelle, klingt es gar nicht so schlecht. Hortensien. Blaubeeren. Auf den Felsen sitzen und zeichnen.

Ich habe meinen Studenten gestanden, daß ich an einem Buch über Regionalismen und Dialekte schreibe, einschließlich nichtstandardsprachlicher Ausspracheformen. Ich möchte ihnen klarmachen, daß ich nichts gegen Dialekt habe, nicht einmal gegen falschen Wortgebrauch und Verballhornung. Im Gegenteil. Ich finde es gut, daß die Kids inzwischen glauben, Nike sei ein einsilbiges Wort. Warum auch nicht? Nike ist keine Göttin. Nike ist ein Schuh. Der geflügelte Schuh des Sieges. Trotz meines Interesses an idiomatischer Sprache möchte ich allerdings nicht, daß sie eine phonetische Rechtschreibung verwenden. Ich möchte nicht, daß sie »mother-fucker« *mothafucka* schreiben. Noch nicht. Lernen Sie's zuerst richtig, habe ich ihnen gesagt, dann können Sie machen, was Sie wollen. Es ist wie beim Jazz. Erst muß man das Instrument beherrschen.

Letzten Dienstag hob Cornelius die Hand und fragte, ob ich nicht auch der Meinung wäre, daß mein Buch über Slang eine »Runtermache« sei. Eine Runtermache gegenüber wem? fragte ich. Mit Betonung auf dem Wem.

Nach der Stunde wartete Cornelius auf mich. Die anderen standen um ihn herum, packten ihre Sachen möglichst langsam zusammen. Er sagte: Leute wie Sie halten uns Schwarze für Versuchskarnickel. Wie wir reden und bla.

Die anderen sahen mich mit unverhohlenem Interesse an.

Ich verließ den Raum.

Er folgte mir.

VOR den Bars in meinem Viertel habe ich einen Horror. Französische Touristen, die U-Bahn-Pläne studieren, und rosige Teenager aus Rockland County, die so aussehen und reden, als würden sie gleich explodieren. Vielleicht vor Wut. Ich hoffe, es ist Wut, denn sie haben eine Menge Gründe, wütend zu sein, auch wenn sie es nicht wissen. Die ausdruckslosen dreizehnjährigen Mädchen mit gefälschtem Ausweis und Nasenstecker, die hoffen, einen süßholzraspelnden Jamaikaner kennenzulernen; die schwarzen Jungs aus den Mietskasernen in diesen schlabbrigen Shorts, die bis übers Knie reichen, Nautica-Windjacken und aufwendigen Jogging-, Trecking- oder Stahlkappenschuhen, die unter den Shorts riesig und ungeschlacht aussehen, die Jungs, die ruhelos auf der Straße vor den Bars hin und her zappeln, jeder mit einer Flasche Malzschnaps in einer braunen Papiertüte.

Schon der bloße Gedanke an die Bleecker Street macht mir ein bißchen Angst. Geschäfte voll Baseballkappen und versilberten Ankhs. Nirgends ein Gefühl von Frieden.

Cornelius und ich setzten uns im Red Turtle an die Theke. Er nahm seinen Walkman ab und bestellte sich eine Cola-Rum. Ich sagte Lothar, dem Barkeeper, hallo und bestellte ein Bier.

Cornelius zeigte auf den Walkman. »Smif and Wesson«, verstand ich.

»Smith and Wesson? Sie hören sich Revolvergeknall an?«

»Nich Smith. Smif. Is Dialekt. Wo Sie so drauf stehen.«

Ich mußte lächeln.

»Und ironisch«, sagte er.

»Ich glaube, Sie sind's, der hier ironisch ist.«

Ich hatte ihn irgendwann gefragt, ob er mir *trashtalk* vorführen würde, eine Form witzigen verbalen Imponiergehabes. Es gibt regional unterschiedliche Stile. In Chicago beispielsweise heißt es *signifyin* und muß gereimt sein. War kein besonderer Erfolg gewesen, Cornelius, der *trash* redete oder *woofte,* wie er es nennt. Er war gehemmt gewesen. Man kann nicht einfach woofen, nur weil man grade Bock drauf hat, sagte er.

Er hatte Schwierigkeiten mit seiner Semesterhausarbeit. Deswegen wollte er mich sprechen. Er wolle nicht schon wieder durchrasseln, sagte er. Er brauche die Scheine.

Ich hatte meine Studenten aufgefordert, eine wahre Geschichte zu nehmen, etwas Faktisches, eine Zeile aus einer Zeitung oder Zeitschrift, und daraus eine Erzählung zu machen. Ein Versuch, sie dazu zu bringen, über etwas anderes als sich selbst zu schreiben. Das Ganze hieß, ziemlich hochtrabend, »Das nachgeschaffene Ereignis«. Ich hatte sie ermutigt, in Blättern wie dem *National Enquirer* nach einer Story zu suchen.

Und das hatte Cornelius getan. Er wollte wissen, ob er seinen Fund, die Meldung von der Hinrichtung John Wayne Gacys wegen Mordes an dreiunddreißig jungen Männern, zu einem imaginären Telefongespräch umarbeiten könne, das er, Cornelius, mit Gacy geführt habe. Er wollte über die Traurigkeit schreiben, die es in ihm hinterlassen hatte. Vor Gacys Tod hatte jeder, dem genug daran lag, daß er drei Dollar pro Minute dafür zu zahlen bereit war, Gacy unter einer 900er-Nummer erklären hören können, er habe diese Jungen nicht getötet.

Cornelius sagte mir, er habe auf die Weise fast fünfundvierzig Dollar vertelefoniert.

Ich wußte nicht, was ich sagen sollte.

»Nein«, sagte ich. »Es darf nicht von Ihnen handeln, Cornelius.«

»Sie ham im Unterricht mal gesagt, daß jedes Wort, das

ein Schriftsteller schreibt, sogar die Konjunktionen, sogar die Satzzeichen, ham Sie gesagt, eine Widerspiegelung seiner oder ihrer Persönlichkeit ist.«

»Ich glaube nicht, daß ich ›oder ihrer‹ gesagt habe.«

Er lächelte.

»Ich geh auf die Toilette«, sagte ich.

Das war mein zweiter Fehler.

ICH ging durch die Bar nach hinten. Es roch nach gebratenem Knoblauch und verschüttetem Bier. Ich sah keine Toiletten, auch keine Hinweisschilder. Ich stieg eine Treppe hinunter in den Keller. Meine Augen sind nicht besonders gut, also setzte ich meine Brille auf. Noch immer keine Schilder, die mir weitergeholfen hätten.

Ich öffnete eine Tür und sah in einen Raum voller Aluminiumbierfässer. Ich blieb vor der nächsten Tür stehen. Sie war nur angelehnt. Ich drückte dagegen, und die Tür ging langsam auf.

Es war ein kleines Zimmer. Darin stand ein Metallschreibtisch. Darauf ein Becher Kaffee, eine kleine Lampe und eine Digitaluhr. Die Zahl auf der Uhr wechselte mit einem lauten, widerwilligen Klick. Die Lampe bestand aus einer Bier-Neonreklame. In einer Ecke stand eine Jukebox mit einem darübergeworfenen Plastikmüllsack. Dann war da noch ein altes Sofa.

Und auf dem Sofa saß ein Mann.

Sein Kopf war gegen die Wand gelehnt, sein Gesicht im Dunkeln. Den Rest von ihm, gut beleuchtet im kleinen Kreis des rosafarbenen Lampenlichts, konnte ich deutlich sehen. Sein Anzugjackett lag auf der Sofalehne. Sein Schlips war gelockert; es war einer von diesen schmutzigdunklen Schlipsen, die man auf der Straße vor Ramschläden kaufen kann, wo sie neben den ordentlichen Reihen von Stirnbändern und Leerkassetten ausgelegt sind. Seine Hände lagen links und rechts von ihm, wie achtlos hingeworfen, die blassen Innenflächen in einer flehentlichen Geste nach oben gekehrt. An der Innenseite seines linken Handgelenks hatte er eine Tätowierung.

Seine Beine waren gespreizt. Lang. Erschlafft. Er trug schwarze Schnürschuhe und dünne schwarze Socken von der Art, wie sie ein Mann trägt, der in Sachen Kleidung eitel ist. Seine Schuhe hätten etwas Wichse brauchen können, und das ließ mich wieder an seiner Eitelkeit zweifeln. Er hatte etwas faszinierend Symmetrisches an sich, als ob er meditierte, balancierte oder sich in einen Schlaf zu lullen versuchte, der, wie er zu wissen schien, unruhig sein würde.

Auf dem Fußboden war eine Frau. Ihr Haar lag über seinen Schoß gebreitet. Sie kniete, die Hände auf seinen Oberschenkeln. Sie bewegte den Kopf mit einer wippenden Bewegung vor und zurück und nahm dabei seinen Schwanz in den Mund, ließ ihn herausgleiten, nahm ihn wieder auf. Ich dachte mir, oh, ich mache das nicht so, mit diesem ruckartigen Vorschieben des Kinns, wie ein Hund, der an Herrchens Hand schnuppert. Ihr Mund erzeugte ein lautes schlürfendes Geräusch. Sie stieß einen kleinen Seufzer aus und verlagerte das Gewicht, worauf sie ihre Bewegung beschleunigte. Er hob langsam den Kopf und sah mich in der Tür stehen, die Hände vor der Brust gekreuzt, als sollte ich gleich geopfert werden.

Er wandte sich nicht ab. Und unterbrach sie auch nicht. Sie stöhnte wieder leise auf, nur um ihm zu verstehen zu geben, daß sie langsam müde wurde, und er legte seine Hände auf ihren wippenden Kopf, bauschte das rote Haar auf, hielt sie fest, gab ihr zu verstehen, gab mir zu verstehen, daß er kurz davor stand zu kommen und nicht wollte, daß sie es versaute, indem sie plötzlich auf den Einfall kam, ihm die Eier zu lecken.

Ich wollte sein Gesicht sehen. Er konnte meins sehen.

Er hob ihr Haar hoch, so daß ich wenigstens seinen Schwanz sehen konnte, wie er in ihrem Mund ein und aus fuhr, von ihrer Hand umfaßt, die im Takt mit ihrem Mund an ihm hinauf- und hinunterglitt. Das konnte ich sehen.

Seine Oberschenkel versteiften sich, und sie arbeitete kurzzeitig schneller, und dann folgte ein kaum hörbarer Atemzug, als ob er vorhätte, nicht mehr herauszulassen, als er unbedingt mußte, nicht einmal seinen Atem, schon gar nicht seinen Atem, und er drückte ihren Kopf fest an sich. Sie wurde allmählich langsamer, als er kam, und ich dachte, dieses Mädchen versteht sein Geschäft.

Ich schlich rückwärts aus dem Zimmer wie ein Dieb, und er wandte sich noch immer nicht ab, behielt die Hände in ihrem Haar, hielt sie fest, damit sie mich nicht sah, damit es nur wir beide waren.

ICH ging nicht auf die Toilette. Ich rannte die Treppe hoch, sah über die Schulter zurück, hatte plötzlich Angst, jemand habe mich gesehen, wie ich in der Tür des Kellerraums stand.

Cornelius saß nicht mehr an der Bar. Er hatte gebratene Mozzarella-Sticks zum Mitnehmen bestellt. Hatte gesagt, er habe noch zu arbeiten. Irgendwas über einen Mord. Lothar zwinkerte mir zu. Hab Sie ’ne Weile nicht gesehen, sagte er.

Als ich zahlte, merkte ich, daß meine Hände zitterten.

ES dauerte ein paar Tage, bis ich anfing, mich zu fragen, warum ich immer wieder vergaß, meinen grauen Rock zum Schneider zu bringen. Ich begriff, daß ich nicht am Red Turtle vorbeilaufen wollte. Ich blieb auf meiner Seite des Parks, der, die ich mit Henry James in Verbindung bringe, obwohl wir, die wir am Square wohnen, uns insgeheim eingestehen, daß er nie dort gewohnt hat. Er hat nur ganz kurz gleich um die Ecke am Washington Place gewohnt, wo jetzt mehrere recht schöne Wohnheime der New York University stehen.

Ich ging zu dem Gebäude am University Place, wo ich zwanzig College-Anfänger in, wie es optimistisch genannt wird, »Kreativem Schreiben« unterrichte. (Zu meiner Überraschung fehlte Cornelius. Auch er schien sich nicht weit von seinem Bau zu entfernen.)

Ich ging zum Markt, um mir Kaffeesahne und Preiselbeersaft zu kaufen. Ich ging zum Postamt an der Ecke Thirteenth Street und Sixth Avenue, wo ein Radio ständig Rhythm & Blues spielt und die Schlange von schweigenden, besorgten Kunden sich im Gleichschritt vorwärts schiebt. Ich mußte ein Buch, das ich mir ausgeliehen hatte, ein *œuvre érotique,* meinem geschiedenen Mann zurückschicken, der es mit Dingen wie geliehenen Büchern, ebenso wie mit der Erotik, sehr genau nimmt. Er hatte geschrieben, um mich daran zu erinnern, daß ich das Buch jetzt schon zwei Wochen hatte. Der Mann am Schalter, der sich im Takt zu Sonny Boy Williamson wiegte, warf einen Blick auf das Päckchen und fragte laut: Santos Thorstin? *Der* Santos Thorstin? Worauf ich mich fragte, ob er vielleicht eine bessere Vorstellung davon hatte, wer Santos Thorstin sei, als ich. *Mein* Santos Thorstin ist ein Modefotograf, der in Paris lebt, aber mir war nicht klar gewesen, daß sein Ruf bis zum Postamt an der Thirteenth Street vorgedrungen war. Vielleicht lag es an dieser Serie von Fotos von ermordeten bengalischen Kinderprostituierten, aus denen dann Kunstpostkarten gemacht worden waren. Ich muß oft an etwas denken, was er mir einmal sagte: Schönheit hängt mir zum Hals raus. Der Schalterbeamte fragte, ob es wirklich stimmte, daß ich Santos Thorstin kannte, und falls ja, ob ich ihn das nächste Mal, wenn er in der Stadt wäre, wohl mitbringen könnte?

Also blieb ich auf meiner Seite des Platzes.

ICH wohne in zwei Zimmern am Washington Square, im zweiten Stock eines Sandsteinhauses aus dem vorigen Jahrhundert. Da ich keinen Pförtner habe und mein sparsamer Vermieter behauptet, es gäbe deswegen keine Sprechanlage, weil sie das Gesamtbild der Eingangshalle ruinieren würde, ist es unmöglich, die »Eintritte und Austritte«, wie mein Vermieter dazu sagt, zu kontrollieren. Das Haus hat zwei Türen, eine, die in die Eingangshalle führt, und eine zweite, innere, die ins Treppenhaus geht. Ich weiß, daß es keine besonders sichere Methode ist, einfach auf den Summer zu drücken und jeden, der unten geklingelt hat, ins Haus zu lassen. Aber ich bin faul. Manchmal bin ich nicht ordentlich angezogen oder bin in Eile, weil ich einen Artikel fertigschreiben muß, oder erwarte einen Freund, und da ist es einfacher, auf den Summer zu drücken, als die Treppe hinunterzulaufen.

Als ich mit Santos Thorstin verheiratet war und in London lebte, wo ich mittelenglische Grammatik studierte, versuchte der Portier, mich zu erpressen. Der Herr Gemahl würde sich wundern, sagte er, wenn er von dem Gentleman wüßte, der in seiner Abwesenheit hier war. Deshalb ist es ein herrliches Gefühl zu wissen, daß ich kommen und gehen kann und meine Gäste kommen und gehen können, ohne daß jemand etwas merkt, auch wenn Pauline meint, daß ich neben dem Sechs-Scheiben-Toaster liegen könnte, eine geschmolzene Gabel in der Hand, von Kopf bis Fuß kahlgesengt, und es Wochen, nun ja, Tage dauern würde, bis mich jemand findet. Mir soll's recht sein, habe ich ihr gesagt.

Mit anderen Worten: Hätte ich gewußt, daß es Cornelius war, der in teuren Tarnklamotten unten stand, hätte ich vielleicht nicht aufgemacht. Ich kann nicht behaupten, daß ich jemanden erwartet hätte, nur war es halb drei am Nachmittag – keine Uhrzeit, die ich normalerweise mit Gefahr in Verbindung bringe. Um drei Uhr früh pflege ich nicht auf den Türsummer zu drücken.

Er wollte seine Army-Jacke nicht ausziehen. Er wollte sich nicht setzen, auch wenn er die Stahlrohr-Gartenstühle meiner Mutter cool fand. Er wollte nicht bleiben. Mir nur schnell Geld geben.

Ich war verwirrt.

»Von der Bar«, sagte er. »Meine Hälfte von der Rechnung.«

Er zog sechs Eindollarscheine aus der Tasche und legte sie auf ein offenes Notizheft, das auf meinem Schreibtisch lag.

»Ich hab neulich versucht, Sie zu finden«, sagte er. »Als Sie aufs Klo gegangen sind. Wo warn Sie da? Ich hab ewig gewartet.«

»Ich konnte die Toilette nicht finden«, sagte ich.

Er starrte mich an. »Ist das alles?«

»Alles?«

»Alles, was Sie von mir kriegen?«

Ich nickte; um ihn loszuwerden, wandte mich von ihm ab und legte die Hand auf die Klinke.

Da ich mich dafür entschieden hatte, nach dem Unterricht keine Sprechstunde abzuhalten, hatte ich das Gefühl, daß es unfair gewesen wäre, für meine Studenten *überhaupt* nicht ansprechbar zu sein, um so mehr, als es sich bei ihnen um Teilnehmer an einem städtischen Programm zur Förderung sogenannter leistungsschwacher, überdurchschnittlich begabter Jugendlicher handelte. Oft zuckelt mir der eine oder andere von ihnen hinterher, wenn ich nach Hause gehe. Wenn wir an meiner Treppe angelangt sind, hole ich die Schlüssel heraus und sage: Dann bis nächste Woche. Meinen Sie, daß ich ein anderes Fach wählen sollte? fragt einer von ihnen dann bestimmt. Was für eins? frage ich zurück. Schreiben; Bücher schreiben. Na ja, antworte ich langsam, wenn Sie ein Schriftsteller sind, werden Sie es merken. Wer würde schon Schriftsteller *werden* wollen?

Vielleicht dummerweise hatte ich ihnen meine Adresse und Telefonnummer gegeben. Ich sehe jetzt ein, daß es besser gewesen wäre, mich gegebenenfalls in einem der kleinen Zimmer mit ihnen zusammenzusetzen, die den Dozenten zur Verfügung stehen. Da hätte es Grenzen gegeben. Regeln. Eine Uhr an der Wand. Es wäre besser gewesen, als den wie ein Ledernacken angezogenen Cornelius in meinem Wohnzimmer zu haben.

»Ich hab meine Arbeit fast fertig«, sagte er. »Ich will sie Ihn' zeigen. War mir 'ne Hilfe und bla.«

Ich zögerte.

»Was ham Sie denn Wichtigeres zu tun?« fragte er.

»Ich schreibe über Sprache.«

»Scheiße. Stehn Sie auf die Scheiße?«

»Ja. Mir gefällt zum Beispiel, daß Sie ans Satzende immer ›und bla‹ anfügen.«

Er war verlegen, und ich begriff, daß er glaubte, ich würde mich über ihn lustig machen.

»Schreiben Sie's auf? Was ich sag?« fragte er.

»Vielleicht. Es interessiert mich, was Sie sagen. Was Sie alle sagen.«

»Versuchskarnickel eben.«

»Nein.«

»Sie müßten mich dafür bezahlen.«

»Meinen Sie?«

»Tja«, sagte er. »Das ist wertvoller Scheiß, Mann.« Er seufzte und steckte die Hände in die Tasche. »Ich tu, was Sie wolln. Rumhängen, wenn Sie rumhängen wolln, einkaufen gehn, wenn Sie einkaufen gehn wolln.«

»Ich habe zu arbeiten«, sagte ich. »Das will ich tun.« Ich konnte Pferde hören, Polizeipferde, die in den Park gingen.

»Das is Ihr Ding, Mann«, sagte er.

Er streifte mich, als er zur Tür hinausging, und der Holzfußboden dröhnte unter seinen schwarzen Ranger-Boots. Ich machte die Tür hinter ihm zu und schloß ab, und weil der Riegel ein lautes Geräusch macht, wenn er herumgedreht wird, wußte ich, daß Cornelius hören würde, wie er in seine rostige Führung glitt, und ich war froh.

ICH bin mit meinem Freund John Graham ins Kino gegangen. Wir haben thailändische Nudeln mit Shrimps in einem Restaurant in der Thompson Street gegessen, das wie ein Lebensmittelgeschäft in Shanghai aufgemacht ist. Prä-Mao. Die Requisiten – Säcke voll Reis und vietnamesische Fischsauce – kann man kaufen. John hat mich, zum lautstarken Vergnügen der Rasta-Dealer, durch den Park nach Hause begleitet.

Ich streckte wie immer die Hand aus, und er nahm sie und zog mich zu sich heran, um mir einen Kuß auf die Wange zu geben, und sagte gute Nacht, Frannie, und ich sagte, der Film war gut, und dieses Nudellokal ist nicht so übel, jetzt wo die Models weitergezogen sind, und er gab mir recht.

Ich schloß die schwere Tür hinter mir und drückte mit

der Schulter dagegen, um sicher zu sein, daß sie auch eingeschnappt war. Ich hob die chinesischen Speisekarten vom Boden auf, die stapelweise unter der Tür durchgeschoben worden waren, und sah eine kleine weiße Karte, die aus der Ecke meines Briefkastens herausschaute.

Darauf stand: Detective James A. Malloy, New York Police Department. In der rechten oberen Ecke standen zwei Telefonnummern.

Die ich beide nicht anzurufen beabsichtigte.

Früher hätte ich eine Einkaufstasche gehabt, in die ich all die Dinge stopfte, die auf der Treppe liegengelassen oder in meinen Briefkasten gesteckt wurden, bis sie an den Seitennähten aufgeplatzt war. Unter anderem war darin eine Demokassette eines ältlichen walisischen Dichters gewesen, der Cockney-Verse aus dem 18. Jahrhundert vortrug; eine gefesselte und geknebelte nackte Barbiepuppe, die mir mein Vermieter persönlich heraufbrachte – sie habe den ganzen Nachmittag auf der neoklassizistischen Vortreppe gelegen, sagte er mißtrauisch, ob sie mir gehöre? –, und eine Schachtel Kondome, jedes einzelne mit meinem Namen beschriftet oder, genauer gesagt, geprägt, mit einem Herzchen an Stelle des I-Punkts, ein Geschenk, von dem ich wußte, daß es mir galt (was ich von den anderen Geschenken nicht mit absoluter Sicherheit sagen konnte), und das, wie ich annahm, jemand dagelassen hatte, mit dem ich mal ausgegangen war.

Also warf ich Detective Malloys Karte natürlich weg.

ALS er zwei Tage später an meine Tür klopfte, hatte ich sie längst vergessen. Erst als er mir eine weitere Karte überreichte, begriff ich, daß die in meinem Briefkasten wohl doch für mich bestimmt gewesen war.

»Kann ich einen Augenblick reinkommen?« fragte er mit einer leisen, angenehmen Stimme. »Es ist besser, als im Flur zu reden.« Er warf einen Blick nach hinten, als ob da jemand stünde und zuhörte. Er hielt sein Jackett am Kragen. Die Ärmel seines Hemdes waren bis zum Ellbogen aufgekrempelt und unter seinen Achseln waren feuchte Halbmonde. Ich fragte mich, wie er ins Haus gekommen sein mochte.

Ich arbeitete an meiner Monographie über portugiesische Wörter im Slang von Rhode Island, aber mir war klar, daß ich das nicht als Ausrede benutzen konnte. Ich beschloß, wenn er meine Notizen sah, zu behaupten, daß ich in mein Tagebuch geschrieben hatte. Eine unverfängliche Mädchenbeschäftigung. Nicht, daß ich etwas vor Detective Malloy zu verbergen gehabt hätte. Ich weiß nur aus Erfahrung, daß es leicht ein wenig töricht, ein wenig inkompetent klingt, wenn ich versuche zu erklären, worüber ich eigentlich schreibe, wofür ich mich eigentlich interessiere.

Er hielt mir die Karte hin, bis ich sie nahm; vielleicht hatte sie den Zweck, mir zu beweisen, daß er wirklich Polizist war und kein Broker mit Paisley-Schlips, der seine Mittagspause damit zubrachte, Frauen zu belästigen. Da ich in New York City wohne, dachte ich einen Augenblick daran, ihn nach seiner Marke zu fragen, aber dabei wäre ich mir komisch vorgekommen.

Ich bat ihn herein.

»Hübsche Wohnung«, sagte er, nachdem er sich rasch umgesehen hatte. »Schon lange hier?«

»Nicht sonderlich«, sagte ich. Er war groß. Lang. Ich roch sein Eau de toilette. Es war stark und süß, mit einer Spur Moschus darin, einer Spur Drogeriegeruch, wovon ich normalerweise Kopfschmerzen bekomme. »Seit sechs Monaten«, sagte ich. »Vorher habe ich in der Seventyfirst

Street gewohnt. Wußten Sie, daß man früher sagte, daß man an einer Straße wohnt, nicht in? Ich wohnte *an* der Seventy-first Street.«

Er lächelte, und mir wurde klar, was er längst wußte. Ich war nervös.

Er legte sein Jackett über die Lehne des Sofas und setzte sich in einen der Gartenstühle. Das Stahlrohrgestell gibt stark nach, wenn es belastet wird, und er machte ein erschrockenes Gesicht, als es einen Moment lang fast bis zum Boden wippte. Er erinnerte mich an einen angejahrten Ballspieler; die alten Muskeln reagierten noch, nur nicht mehr so schnell. Ich konnte mir nicht vorstellen, wie er jemanden auf der Straße verfolgte. Andererseits taten Detectives das wahrscheinlich gar nicht.

»Ich führe eine Nachbarschaftsbefragung durch«, sagte er.

Er sah auf die Jadehaarnadeln, die auf dem Tisch lagen. »Am Sechzehnten ist eine Frau ermordet worden«, sagte er. »Also am Dienstag, dem Sechzehnten. Letzten Dienstag irgendwann zwischen Mitternacht und zwei Uhr früh. Ich und mein Partner befragen die Leute in der Nachbarschaft. Der Leichnam –« Er hielt inne. »Ein Teil des Leichnams, um genau zu sein, wurde hier gegenüber im Park aufgefunden. Ich wollte mit Ihnen reden, für den Fall, daß Sie etwas Ungewöhnliches gesehen oder gehört haben. Irgend jemand gesehen haben.« Er hatte einen leichten Akzent. Er sprach »irgend« so aus, als wäre am Ende ein T. Er zog die Vokale in die Länge, dehnte sie so, daß »Park« wie Paaak klang.

»Nachts sind Hunderte von Leuten auf der Straße«, sagte ich. »Die ganze Nacht über.«

Er nickte. »Neulich sind wir vorbeigekommen«, sagte er, »ich und mein Partner, aber Sie warn wohl aus.«

Er sah wieder auf die Jadehaarnadeln, lauter unterschiedliche Einzelstücke. Sie gehörten früher einem chinesischen Dienstmädchen, das im Haus meiner Großmutter in San Francisco gearbeitet hatte und an das ich zärtlich als den meines Wissens einzigen Menschen zurückdenke, den meine Mutter je geliebt hat. Als Kind dachte ich immer, die Nadeln müßten einst einer Königin gehört haben. Als ich später die Haarnadeln sah, die reiche Chinesinnen benutzten, übersät mit Korallenklümpchen, die wie rohes Fleisch aussahen, und mit Schriftzeichen graviert, die Söhne und ein langes Leben erflehten, waren sie nicht so schön wie die blassen Jadestäbchen.

»Was ist das?« fragte er, hob sie auf und hielt sie mir in der flachen Hand entgegen.

»Raten Sie mal. Das hat bisher noch niemand rausgekriegt.«

»Niemand?«

Das Spiel interessierte ihn, das merkte ich.

»Geräte«, sagte er. »Irgendwelche Geräte.«

»In gewissem Sinn«, sagte ich. Ich fragte mich, ob er eine Waffe trug.

»Sie sind alt«, sagte er. »Jade. Sind sie für eine Frau bestimmt?«

»Keine Fragen erlaubt«, sagte ich.

Er verlor plötzlich das Interesse. »Sagen Sie's mir«, sagte er.

Ich schüttelte den Kopf, und ich begriff, daß er versucht hatte, sich in die richtige Stimmung zu versetzen, um mit mir zu flirten. Seine Augen waren von diesem Blau, das mit dem Licht oder mit der Farbe seines Hemdes wechseln würde. Momentan waren sie trüb.

»Nein«, sagte ich.

Er tat das mit einem Seufzer ab und stand auf. Der Stuhl wippte unter ihm. »Meine Exfrau sammelt Puppen«, sagte er. Er legte die Haarnadeln auf den Tisch zurück, reihte sie zerstreut auf, und ich fragte mich plötzlich, ob er ordentlich war. Ich stellte mir vor, daß er auch eine Sammlung von »Puppen« hatte. Ordentlich aufgereiht.

»Haben Sie nun was gesehen oder gehört?« fragte er. »In der Nacht vom Sechzehnten auf den Siebzehnten? Sie haben mir noch nicht geantwortet.«

Er hob sein Jackett auf und holte einen Stift und einen kleinen Stenoblock aus der Innentasche. Er schlug den Block mit einer Hand auf. Er sah, daß ich auf seinen Stift starrte. Es war ein rotbrauner Montblanc-Kugelschreiber. Er hielt ihn mir hin.

»Eine Imitation«, sagte er. »Bullenware.« Er zwinkerte.

»Nein, ich habe nichts Ungewöhnliches gesehen oder gehört«, sagte ich. »Ich schlafe bei offenem Fenster.«

»Ah ja?« fragte er und sah von seinem Notizblock auf. »Ganz offen?«

»Wer ist denn umgebracht worden?« fragte ich. »Mein Vermieter jedenfalls nicht, das weiß ich.« Ich staunte über meine Schnoddrigkeit. Ich war immer noch nervös. Aber jetzt wußte ich, warum.

»Eine Schauspielerin. Sechsundzwanzig Jahre alt. Sie arbeitete nebenher in einem kleinen Spielkasino. Sie wurde zuletzt in einer Bar hier um die Ecke gesehen. Einer Bullenbar, nebenbei gesagt.«

»Einer Bullenbar?«

»Ja«, sagte er. »Die Bar vom Sechsten Revier. Ein Haufen Detectives geht da hin.«

»Es tut mir leid«, sagte ich. »Tut mir leid, daß sie umgebracht worden ist.«

Er nickte.

»Wie wurde sie getötet?«

»Man hat ihr die Kehle durchgeschnitten.« Pause. »Und dann hat man sie exartikuliert.«

Was für ein gutes Wort, dachte ich. Exartikuliert.

Er steckte den Block zurück in die Tasche, holte aus einer anderen zwei Manschettenknöpfe und rollte die Hemdsärmel herunter, und nun fiel mir ein, daß mich solch maskuline Gesten erregten.

Er sah mich an, während er einen Manschettenknopf durch das Loch steckte. »Sie erinnern mich an jemand«, sagte er.

Ich war enttäuscht von ihm. »Das überrascht mich nicht. Ich hab so ein Gesicht.«

So einen Hintern, dachte ich.

»Sie melden sich, ja, falls Ihnen doch noch was einfallen sollte? Meine Büronummer steht auf der Karte. Sie können jederzeit anrufen.«

Er ging zur Tür. Ich machte sie ihm auf.

Seine Hose saß ein bißchen eng. Dünne schwarze Socken. Schwarze Schuhe, zum Schnüren. Hätten etwas Wichse brauchen können. Eine kleine Tätowierung an der Innenseite des Handgelenks. Die Pikdrei. Aber kein Rotschopf zwischen seinen Beinen.

IN dieser Nacht träumte ich von ihm.

Es war eigentlich schon fast Morgen. Durch die Holzläden drang etwas schwaches Licht. Es war die Zeit, wo es mir endlich gelingt, am schönsten, am tiefsten zu schlafen. Meine Haut fühlt sich glatt an, wo sie die Laken berührt, und ich frage mich immer, warum sie bis zum Morgengrauen braucht, um sich so glatt anzufühlen. Es ist dasselbe Bein, dasselbe Laken wie acht Stunden vorher.

Ich schob meine Kissen beiseite und drehte mich auf den Bauch. Meine Füße hingen unten aus dem Bett heraus, meine Zehen hakten sich an der Kante fest. So wie ich es immer mache. Und dann legte ich zwei Finger der rechten Hand durch das Baumwollnachthemd auf meine Klitoris und dachte an ihn. Er stand in einem Zimmer, kam auf mich zu, sah mir zu, wie ich mich auszog. (Es muß immer durch ein Nachthemd oder ein Höschen sein. Ich habe mich schon oft gefragt, ob es wegen der stärkeren Reibung ist. Das ist sicher mit ein Grund, aber es steckt mehr dahinter, vielleicht die Erregung, die ich zum erstenmal als kleines Mädchen verspürte, als ich meine Finger gegen mich drückte und der Stoff zwischen meinen Fingern und meiner Vagina, zwischen Scham und Vergnügen vermittelte. Vielleicht hatte ich Angst, ich würde sterben, wäre da nicht ein Stück Stoff, etwas, das mich durch sein Dazwischentreten davor bewahrte, unwiderruflich in eine Trance selbsterzeugten Entzückens zu stürzen.)

Im Internat überraschte ich meine Zimmergenossin eines Sonntagmorgens in der Duschkabine, wo sie rücklings auf den Kacheln lag. Ihre vom Hockeyspielen mit blauen Flecken übersäten Beine waren gespreizt, links und rechts von den Hähnen, und das Wasser rauschte ihr zwischen die erschlafften muskulösen Oberschenkel. Ich konnte mir nicht vorstellen, was sie da tat. Ich dachte, sie sei auf den nassen Kacheln ausgerutscht. Sie ist bis zum heutigen Tag die einzige Frau gewesen, die offen mit mir über ihre Masturbation gesprochen hat. Sie drängte mich, es auszuprobieren. Ich hatte nicht den Mut, ihr zu sagen, daß ich schon meine eigene Methode gefunden hatte. Frauen können über alles reden – sexuelle Eifersucht, Schande, die schönen Vorzüge des Muschileckens oder Schwanzlutschens, die Nachteile des Muschileckens und Schwanzlutschens –, aber darüber, wie sie es sich selbst besorgen, nie.

Da stand also Detective Malloy und sah mir zu, wie ich mich auszog.

Meine Klitoris schwoll unter meinen Fingern. Mein Atem ging rascher. Meine Beine versteiften sich. Innerlich schraubte ich mich höher und höher, hielt manchmal abrupt inne, aber nicht, ohne sogar die Verzögerung auszukosten. Es ist nicht dasselbe, wie wenn die Finger eines Mannes dort sind, und ich nicht weiß, ob er die Geschicklichkeit, die Geduld oder den Willen aufbringen wird, bis zum Ende durchzuhalten, und dieses Nichtwissen bewirkt, daß mein Körper sich übernimmt, sich allzusehr bemüht. Wenn ich es in der Hand habe, bin ich zuversichtlich. Manchmal bin ich zu gierig, dann bekomme ich einen fürchterlichen Krampf in der Wade und muß aufspringen und im Zimmer herumhinken, bis er wieder verschwindet.

Malloy wartete gern so lange.

ALS ich heute morgen aus dem Haus ging und mich auf den Weg zur U-Bahn-Station Astor Place machte, fielen mir zwei Männer auf, die in einem mattgrauen Auto saßen. Es fiel mir auf, weil der Lack des Autos so stumpf war, als sei er abgeschmirgelt worden, und es fiel mir auf, weil man am Washington Square tagsüber gar nicht parken darf.

Bevor ich Zeit hatte, mir darüber Gedanken zu machen, bevor mir überhaupt klargeworden war, daß es sich lohnen könnte, darüber nachzudenken, erklang das rauhe Knirschen einer Autotür, deren Unterkante über Beton kratzt, und eine Stimme sagte: »Ach, Miss.«

Er stand mit einem schwarzen Schuh auf dem Bordstein, den Arm auf die offene Tür gestützt. Ein anderer Mann saß auf der Fahrerseite.

»Hi, wie geht's? Könnten wir einen Augenblick mit Ihnen reden?«

Er beugte sich vor und öffnete die Tür zum Fond.

»Soll ich einsteigen?« fragte ich.

»Das würde nicht schaden«, sagte er leise. »Außer Sie möchten auf der Straße reden. Ich find es nie eine gute Idee, sein Geschäft auf der Straße zu erledigen, wenn Sie wissen, was ich meine. Aber ganz wie Sie möchten.« Seine Hand fiel vom Türgriff ab, als sei ich wegen meines Zögerns in seiner Achtung gesunken.

Geschäft auf der Straße? dachte ich. Wovon redet der eigentlich?

Ich stieg ins Auto.

»Meine Augen sind nicht besonders gut«, sagte ich, als er meine Tür mit beiden Händen schloß und geschmeidig auf den Vordersitz zurückglitt. »Eines Tages werde ich noch in das falsche Auto einsteigen.«

»Das wäre unklug«, sagte er und beobachtete einen weißen Jungen, der bei einem der Jamaikaner Dope kaufte. »Das hier ist mein Partner, Detective Rodriguez«, sagte er.

Detective Rodriguez drehte sich zu mir um. »Hi, wie geht's?« Noch ein großer, gutaussehender Mann. Schwarzes Haar, schwarze Augen. Großer Kopf. Weißes Hemd. Silberfarbener Schlips. Ein schwarzes Jackett am Haken neben mir im Fond. Das ist einer, der viel Zeit im Club Merengue verbracht hat, dachte ich, und zwar nicht im Anfängerkurs.

»Hallo, Detective Rodriguez. Angenehm.«

Das Radio lief, ein normales Radio, nicht der Polizeifunk, und das fand ich interessant. Marvin Gaye, leise gedreht, nicht die Einsatzzentrale. Ich hatte gelesen, daß Detectives manchmal rohen Knoblauch essen, bevor sie einen Zeugen vernehmen, deshalb schien das hier gar nicht so schlecht. Ich beugte mich vor und kreuzte die Arme auf der Lehne der vorderen Sitzbank, zwischen den beiden. Malloy sah mich einen Augenblick an, als ich neben seiner

Schulter auftauchte, dann wandte er sich ab und kurbelte sein Fenster herunter.

»Wir wollten Ihnen ein paar Fragen stellen«, sagte Rodriguez. »Einer Ihrer Nachbarn hat in der fraglichen Nacht Schreie in der MacDougal Alley gehört.« Er beugte sich vor und wischte die Innenseite der Windschutzscheibe ab.

»In der fraglichen Nacht«, sagte ich. »In der MacDougal Alley hört man fast jede Nacht Schreie.«

Detective Rodriguez sah mich im Rückspiegel an. »Sie sind Lehrerin?«

Ich nickte.

»Haste diese Fingerabdrücke gecheckt?« fragte ihn Malloy unvermittelt.

»Was ist ein Isthmus?« sagte Rodriguez, der mich noch immer im Rückspiegel ansah.

»Scheiß auf den Isthmus. Du hast also die Fingerabdrücke gecheckt. Und?«

»Nichts und.«

»Jesses«, murmelte Malloy vor sich hin.

»Wir wollten Sie nur noch mal fragen«, sagte Rodriguez und drehte sich um, so daß ich sein Gesicht sehen konnte und er meins. »Für den Fall, daß Sie was vergessen haben. Weil, manchmal fallen einem Sachen wieder ein.«

Ich legte eine Denkpause ein, nur der Höflichkeit halber, und schlug die Augen nieder, damit es so aussah, als würde ich mich richtig konzentrieren, wobei mir auffiel, daß Detective Rodriguez ein Holster an der Hüfte trug. Es war aus braunem Leder, und darauf war in Rot und Grün die Insel Puerto Rico gemalt. Das hätte an sich schon genügt, um meine Aufmerksamkeit zu erregen und meine Bewunderung dazu, aber was mich ernsthaft faszinierte, war die Tatsache, daß in diesem Holster eine gelbe Plastikwasserpistole steckte.

»Um ehrlich zu sein«, sagte Rodriguez, »der Grund, warum Detective Malloy und ich dachten, Sie könnten uns vielleicht weiterhelfen, ist, daß ein Mr.« – er sah auf ein Stück Papier, das zwischen ihnen auf der Sitzbank lag – »Lothar Wilke, Barkeeper in einem Lokal namens Red –«

» – Turtle«, sagte Malloy.

» – Turtle, aussagt, Sie seien am Abend des Sechzehnten da gewesen. Am fraglichen Abend.«

Malloy drehte sich zu mir um.

»Ja«, sagte ich. »Ich war mit einem meiner Studenten da. Nur ganz kurz, dann bin ich nach Hause gegangen.«

»Wie heißt er?« fragte Malloy.

»Wer? Mein Student?«

»Ja, Ihr Student.«

»Cornelius Webb.«

»Haben Sie die Bar allein verlassen?« fragte Rodriguez. »Ich meine, sind Sie allein nach Haus gegangen?«

Ich zögerte. Ich hätte ihm gern gesagt, daß ihn das nichts anging. »Ja.«

»Ist Ihnen zufällig eine junge Frau aufgefallen«, fragte Malloy, »Mitte Zwanzig, nicht besonders groß? Rotes Haar. Gutaussehend.« Er wandte sich Rodriguez zu. »Meinst du nicht auch?«

»Was ?«

»Daß sie gut aussah.«

»Nicht schlecht«, sagte Rodriguez. »Waren Sie die ganze Zeit im vorderen Teil des Lokals?«

»Im vorderen Teil?«

»Im Schankraum.«

»Ja.«

Er sah mich im Spiegel an. »Sicher?«

»Ich habe versucht, auf die Toilette zu gehen«, sagte ich, »aber ich konnte sie nicht finden.«

»Die Toilette?« fragte Malloy.

»Ich dachte, Sie hätten gesagt, daß Sie in der Bar geblieben sind«, sagte Rodriguez. »Ich bin nicht mehr sicher«, sagte er zu Malloy. »Hat sie das gesagt?« Er wandte sich wieder mir zu. »Die Verstorbene ist an dem Abend auch im Red Turtle gesehen worden. Deswegen fragen wir Sie noch mal. Wo Sie doch da waren. Sie hätten doch nix dagegen, sich ein paar Fotos anzusehen, oder? Vielleicht bei Gelegenheit auch eine Gegenüberstellung?«

»Sie sieht nicht besonders gut«, sagte Malloy zu ihm.

Ich fragte mich, woher Malloy wußte, daß ich nicht besonders gut sah, und dann erinnerte ich mich, daß ich das selbst gesagt hatte, als ich ins Auto eingestiegen war.

Rodriguez wandte sich mit einem Lächeln an Malloy und sagte: »Ein Tag ohne Tod ist ein Tag ohne Sonne.« Er holte ein Farbfoto aus seiner Tasche und hielt es mir so hin, daß ich es sehen konnte. »Irgendwie bekannt?«

Ich hatte sie schon mal gesehen. »Nein«, sagte ich. »Tut mir leid.«

»Mir auch«, sagte Malloy.

Rodriguez steckte das Foto wieder weg und verlor jedes weitere Interesse.

Malloy schlug mit einer Hand gegen die Tür, und sie ging auf. Er beugte sich steif herüber und öffnete mir den Schlag.

Er folgte mir ein paar Schritte weit, die Hände in den Taschen. Dadurch hob sich seine Hose unten ein wenig über die Knöchel.

»Ich hab mich gefragt, ob Sie wohl Lust hätten, auf ein Bier oder sonstwas auszugehen«, sagte er ruhig. »Es gibt 'ne Bar am Sheridan Square, wo mein Vetter arbeitet. Vielleicht sind Sie schon mal da gewesen. Er meint, da gehen 'ne Menge Schriftsteller hin.«

»Jetzt?« Ich war überrascht. Ich warf einen Blick zurück

zum Auto. Der potentielle Kandidat für den Mister-Puerto-Rico-Wettbewerb putzte sich die Nägel mit einem kleinen Messer.

Malloy lachte. »Nicht jetzt.« Er hatte meine Verwirrung für Übereifer gehalten.

»Woher wissen Sie, daß ich schreibe?« fragte ich.

»Das merk ich«, sagte er. »Sie denken sich die ganze Zeit irgendwelchen Mist aus.«

AN dem Nachmittag schlugen wir uns im Unterricht mit dem polemischen Stil herum. Ich dachte, sie würden ihn nicht mögen, aber zu meiner Überraschung schien er ihnen besser zu gefallen als andere literarische Stile. Sie stecken natürlich selbst voller Polemik. Sie sind zu Tode verängstigt, aber sie verstecken das unter einem geräuschvollen, melodramatischen Pessimismus. Ich gab ihnen Orwell, Tolstoi und Bret Easton Ellis zu lesen auf.

Nach der Stunde wartete Cornelius auf der Straße auf mich.

»Wo soll's 'n hingehen?« fragte er.

»Ich gehe zum Astor Place«, sagte ich. »Zur U-Bahn.«

Er tänzelte angeberisch neben mir her. »Was macht dieses Wörterbuchdings, an dem Sie da basteln?«

»Warum haben Sie letzte Woche gefehlt?«

»Meine Birne, Mann. Ich krieg Zustände. Im Kopf.«

Ich hob die Augenbrauen.

Er hieb mit der flachen Hand auf eine Parkuhr. »Sie glauben, ich lüg? Sie glauben mir nicht?«

»Nein«, sagte ich.

»Mann«, sagte er und schüttelte den Kopf. »Ich will Ihnen helfen, und alles, was Sie zu sagen ham, is, ich bin 'n Lügner.«

»Wie könnten Sie mir helfen?«

»Ihnen was vorschwallen. Geheimwörter verraten und so.«

Ich zögerte. Ich war mir nicht sicher, ob es eine gute Idee gewesen wäre, mir von Cornelius was vorschwallen zu lassen.

»Sie bräuchten mir nix zahlen«, sagte er.

Wir erreichten die Treppe zur U-Bahn.

»Vielleicht«, sagte ich. »Wir werden sehen. Schreiben Sie erst mal Ihre Hausarbeit.«

»Meinen Mordolog.«

»Ihren Mordolog.«

Ich ging die Treppe hinunter, und als ich mich umschaute, stand er da und starrte mir nach.

ZWEI Frauen, die neben mir in der U-Bahn saßen, redeten über einen Mann. Eine der Frauen sagte: Er will immer vögeln, und ich möcht mir's bloß ganz gemütlich mit meiner Zeitschrift machen. Ich könnt den Kerl umbringen.

Für mich eine gefährliche Kombination. Sprache und Lust.

Mir ist schon oft aufgefallen, daß unkorrekt gebrauchte Wörter oder falsch gebaute Sätze eine lautmalerische Logik und eine ganz eigene Poesie besitzen, die reizvoller und zuweilen sogar treffender ist als die entsprechende korrekte Form. Die falschen Wörter kommen manchmal einer wahreren Bedeutung so nahe, daß sie wie Wortspiele wirken. Viele solcher Wörter haben mit dem Körper zu tun oder mit Krankheiten. Zum Beispiel Altersheimer statt Alzheimer. Bauchspeicherdrüse. Allegie. Hämmerrieden. Prostatar.

Es gibt noch mehr solche Blüten. Tagauf, tagab. Aus dem vollen schröpfen. Im öffentlichen Auge stehen. Und was könnte verführerischer sein als Brüstinnen?

Die Frauen stiegen aus. Ich hob die Augen und sah, daß das Poetry-in-Motion-Plakat ausgewechselt worden war. Das neue Gedicht war auf spanisch, mit einer englischen Übersetzung. Es war von García Lorca und voller Wörter wie *remanso,* was stilles Wasser bedeutet, und *fronda de luceros* oder Sternengesträuch. Aber das Wort, das mich wirklich faszinierte, war *espesura.* Ich flüsterte es viele Male, teilte es in Silben auf, probierte es mal so, mal so aus, beschleunigt, verlangsamt, bis ich merkte, daß mich ein Junge gelangweilt anstarrte. *Espesura* oder Dickicht. Auch ein schönes Wort, Dickicht. Wie in *bajo espesura de besos.* In einem Dickicht von Küssen.

Ich war mit Pauline zum Abendessen verabredet. Sie wohnt weiter downtown als ich. Ihr Haus hat den zusätzlichen Vorzug eines Oben-ohne-Lokals im Erdgeschoß. Obwohl die Hohlsteinblockwände des Clubs schallisoliert und, jedenfalls so, wie es sich anfühlt, mit zwanzig Schichten Teer gestrichen sind, kann Pauline nachts wegen der Musik nicht schlafen. Barbra Streisand. Barry Manilow. Gloria Gaynor. Manchmal hält sie es nicht mehr aus und tanzt im Dunkeln zur Musik.

Als ich sie vor fünfzehn Jahren in London kennenlernte, verdiente sie sich ihren Lebensunterhalt damit, daß sie Gemälde ausfindig machte und verkaufte. Manchmal auch ein Möbelstück. Jedes Jahr wurde es ein bißchen schwieriger, weil es, wie sie es ausdrückte, auf der Welt nichts mehr gab, dem nicht schon ein gewisser Wert beigemessen wurde. Nicht mal Scheiße, sagte sie. Es war ihr schwergefallen, mit der immer größeren Konkurrenz mitzuhalten. Ich bewunderte ihr Urteilsvermögen und ihre hartnäckige

Weigerung, sich auf das Niveau dessen herabzubegeben, was sie als Kunst bezeichnete, eine Kategorie, die für sie die meisten Dinge einschloß, die vor 1939 entstanden waren. Sie war ein ästhetischer Snob.

Pauline hat sieben komplizierte Schlösser an ihrer Tür. Sie braucht mehrere Minuten, um sie alle aufzuschließen. Als ich hereinkam, reichte sie mir ein Glas Champagner, um mich dafür zu entschädigen, daß ich so lange auf dem Treppenabsatz hatte warten müssen. Und das zu den Klängen von »Windmills of My Mind«, einer der beliebteren Platten aus der Jukebox im Parterre. Schließlich war im Pussy Cat gerade Happy Hour. Oder Unhappy Hour, wie Pauline meinte. Am frühen Abend tendierten die Wunschtitel aus der Jukebox eher zum Schmalz, was mich immer verwundert, da Sentimentalität eine Stimmung ist, die sich bei mir erst zu späterer Stunde einzustellen pflegt.

»Setz dich«, sagte sie und räumte einen Stapel Zeitschriften vom Chenille-Sofa. Pauline liest absolut jede Zeitschrift, die es gibt.

Sie trug eine rot-weiße Caprihose aus Gingham und eine Brassière aus Mohair. Sie hat einen weichen, üppigen Mund, von dem sie behauptet, von den unzähligen irreführenden Dingen, die sie an sich habe, sei er das irreführendste überhaupt. Die Männer neigen dazu zu glauben – und ihr zu sagen –, ihr Mund verheiße besondere Leistungsfähigkeit, nur formulieren sie das nicht so gepflegt. Tatsächlich haben, wie sie sich immer beeilt anzumerken, ihre eigenen Beobachtungen bestätigt, daß die Größe, Gestalt oder phantasieanregende Beschaffenheit einer Sache leider so gut wie nie etwas mit deren Effektivität zu tun hat. Ihr Mund, sagt sie in entschuldigendem Ton, zähle nicht zu ihren Spezialgebieten. Allerdings scheint ihr das niemand abzunehmen, und infolgedessen verursacht ihr Mund ihr alles in allem mehr Probleme, als er wert ist.

Sie sieht an den meisten Dingen das Entwertete: Sich selbst bezeichnet sie oft (und in gemischter Gesellschaft, wie Miss Burgess sagen würde) als eine Schlampe. Damit spielt sie resigniert auf ihre Unfähigkeit an, die wahre Liebe zu finden, als sei das eine angeborene Schwäche oder die gerechte Strafe für irgendeinen feministischen Grundsatz, den sie in ihrer späten Adoleszenz irrtümlich vertreten hat und den sie jetzt nicht aufgeben kann, ohne das Gesicht zu verlieren.

»Ach, weißt du«, sagte sie bescheiden, und es klang so, als beendeten wir gerade eine Unterhaltung, statt eine anzufangen, »in Amerika hat mich mein Akzent weit gebracht, aber in London hat er keine zehn Minuten lang vorgehalten. Da wußten sie sofort ganz genau, wer und was ich war. Ein kleines protestantisches Irenflittchen. Aber hier. Na ja. Man könnte sogar sagen, daß mein Akzent mich ein bißchen *zu* weit gebracht hat. Die Leute halten mich für weit besser, als ich bin.«

»Wenigstens hast du einen Akzent. Ich wollte, ich hätte etwas, was mich weit bringt. Ich bin in Botschaftsküchen aufgewachsen. Auf New York war ich überhaupt nicht vorbereitet. Niemand hatte mich gewarnt, daß New York so etwas wie eine riesige Dinnerparty ist. Man muß sehr aufpassen, was man sagt und tut, weil man nie weiß, wer gerade mit wem füßelt. Anfangs bin ich dauernd in irgendwelche Fettnäpfchen getreten.«

»Ja«, sagte sie. »Ich hab schon immer gefunden, daß du weit häufiger die Wahrheit sagst, als nötig wäre.« Durch die Enthüllung in Verlegenheit gebracht, produzierte sie ein beschämtes steifes Lächeln. Worte lagen ihr auf der Zunge, kamen ihr jedoch nicht über die Lippen.

Beschämt ist ein gutes Wort.

»Vorhin«, sagte ich, »habe ich auf der Straße gehört, wie ein Mann rief: ›Du bist mein Traum!‹«

»Und, warst du's?«

»Nein. So leid's mir tut. Der Traum war leider ein schöner Junge.«

»Ich hab was für dich«, sagte sie. »Ein Geschenk. Mir hat es Pech gebracht, also ist es Zeit, es an dich weiterzugeben.«

Sie ging aus dem Zimmer, und als sie zurückkam, hielt sie einen Brokatbeutel in der Hand. Sie nahm meine Hand, hob den Beutel und schüttelte ihn, und ein schweres goldenes Armband fiel in meine Hand. Fünf goldene Anhänger waren daran befestigt.

»Es ist von Cartier«, sagte sie und setzte sich. Sie faltete den Beutel ordentlich zusammen und schob ihn unter das Vinylpolster ihres Stuhls.

Ich nahm die Brille ab, um mir die Anhänger näher anzusehen. Ein winziger Kinderwagen. Ein Cocktailshaker. Ein Telegramm.

»Es gehörte mal meiner Tante. Der einzige interessante Mensch in meiner Familie.«

Ein goldenes Klosett und ein winziges Werkzeug, das so aussah, als könnte es eine Pipette sein. Oder eine Küchenspritze, zum Übergießen von Brathühnchen mit Fleischsaft etwa.

»Was ist das?« fragte ich und hielt ihr die Saftspritze hin. Interessantes Wort, Saftspritze. Der Griff der Klosettspülung war mit einem Saphir besetzt.

»Das hat meine Tante von einem Mann geschenkt bekommen«, sagte sie. »Ich weiß nicht, wer es war. Sie hat's mir nie sagen wollen.«

Sie war abwesend und ruhig. Beruhigt. Sie schenkte mir ein leicht unheimliches Lächeln. »Mach den Shaker auf.«

Ich tat's. Drinnen lag ein kleines goldenes Baby. Ich kippte es mir in die offene Hand.

Ich starrte sie an, verständnislos. Aber allmählich etwas ahnend. Schockiert. »Ein Liebhaber hat ihr das geschenkt?«

Sie nickte, erfreut über meine Seelenpein.

»Hat er geglaubt, sie würde es tragen?« fragte ich.

»Sie *hat* es getragen. Ich seh es noch vor mir, wenn sie Karten spielte. Ich fand das Baby und den Kinderwagen allerliebst. Vielleicht hat sie es mir deswegen vermacht.«

Ich lehnte mich zurück. Ich wußte nicht, was ich sagen sollte. Als ich wieder sprechen konnte, sagte ich etwas, das sogar mich überraschte: »Mittlerweile glaube ich, daß die meisten Dinge nicht so gemeint sind.«

Sie warf mir einen Blick zu, als sei sie von mir enttäuscht. »Kannst du dir vorstellen, wie er zu Cartier reingeht und das in Auftrag gibt? Es ist ja nicht so, daß sie Amulette für den Abbruch einer Schwangerschaft im Schaufenster hätten. Na ja, vielleicht inzwischen schon, aber 1956 hatten sie die nicht. Die Anhänger sind speziell für ihn angefertigt worden. Stell dir das doch mal vor! Wer war dieser Typ? Klingt nach jemand, mit dem *ich* etwas hätte haben können.«

Ich starrte sie an und versuchte mir darüber klarzuwerden, ob ihr Lächeln als gespenstisch bezeichnet werden konnte (ich fand, ja) oder ob sie ihre Geschichte wirklich amüsant fand.

»Ich werde es tragen«, sagte ich in einer impulsiven Trotzreaktion, einer unerbetenen Bekundung weiblicher Solidarität mit ihrer Tante, dem einzigen interessanten Menschen in ihrer Familie.

»Das wußte ich«, sagte sie. »Zum Abendessen gibt's Brunnenkresse und Käse. Du hast doch nichts dagegen, oder?«

»Natürlich nicht«, sagte ich.

ICH trat aus der Tür und tauchte in einen dieser warmen, starken Windströme ein, die vom Fluß heraufwehen. Das Neonschild mit der zwinkernden Katze, die sich in die Schwanzspitze beißt, ließ das Chrom der Autos rosa werden. Die schwere messingbeschlagene Tür des Pussy Cat öffnete sich für einen Augenblick, als zwei Männer mit Baseballkappen hineingingen, und ich hörte Whitney Houston, die einen ihrer High-School-Abschlußsongs sang.

Cornelius stand auf der anderen Straßenseite und unterhielt sich mit einem Portier.

Sie hörten im selben Moment auf zu reden, als sie mich sahen, als hätten sie sich in einer Sprache unterhalten, die ich nicht einmal ansatzweise verstehen konnte. Was sie wahrscheinlich auch getan hatten.

Der Portier machte eine Geste, als wollte er den Hut vor mir lüften. Ich dachte, daß ich das gegenüber Cornelius als Beispiel für Ironie anführen könnte, tat es aber nicht.

Ich wandte mich ohne ein Wort von ihnen ab, schritt ruhig aus, genoß es, wie sich der warme Wind auf meinem Gesicht anfühlte, spürte das Gewicht meines neuen Armbands an meinem Handgelenk. Ich hörte, wie Cornelius die Straße überquerte. Er holte mich ein.

»Rein zufallig hier?« fragte ich, ohne mich umzusehen.

»Wir ham geredet.«

»Worüber?«

»Bräute.«

Ich nickte und bog um die Ecke.

»Glauben Sie, 's stimmt«, sagte er, »daß Bräute sich so benehm', na, wie Gefangene, weil se Schiß vor männlicher Gewalt haben?«

Ich sah ihn an. »Darüber haben Sie sich gerade unterhalten?«

Er lachte. »Scheiß auf den Piß. Wir ham über *Bräute* geredet.« Er ging neben mir her. »Wo soll's 'n hingehn?« Er ließ seinen Rucksack von der Schulter zur Ellbogenbeuge gleiten und packte seinen Walkman weg, tat geschäftig, tat so, als sei es das Normalste von der Welt, daß er um elf Uhr abends an der Ecke White und Chapel Street herumgestanden und auf mich gewartet hatte. Er schloß die Schnalle seines Rucksacks.

»Wo soll's 'n hingehn?« fragte er noch einmal.

»Was treiben Sie hier, Cornelius?«

»Ich hab auf Sie gewartet.«

»Sie sind mir gefolgt, wollen Sie sagen.«

Er drehte seine Kappe auf dem Kopf herum. Bemühte sich um die richtige Pose. Machte auf Show, wie er sagen würde.

»Ich bin im selben Zug gesessen wie Sie, im nächsten Wagen. Ich wollt zu meiner Oma nach Brooklyn, aber als der Zug an der Canal gehalten hat, hab ich gesehen, wie Sie ausgestiegen sind, und bin auch raus.« Er machte eine Pause. »Da is doch nix dabei«, sagte er.

»Also«, sagte ich langsam, »ich finde schon. Da *ist* was dabei.«

»Ich hab Wörter für Sie und bla.«

Ich war nicht unbedingt der Meinung, daß er log, aber ich hielt es immer noch nicht für eine gute Idee, daß er mir gefolgt war. Und auf mich gewartet hatte. Drei Stunden lang. Um mich mit Wörtern zu versorgen.

»Vielleicht wolln Sie se ja nich, weil es Wörter sind, für – Sie wissen schon«, sagte er verschmitzt.

»Was?« fragte ich.

»Sie wissen schon.«

»Ich weiß nicht. Wovon reden Sie eigentlich?«

»Wörter für das. Wo Sie Sex zu sagen.«

Ich hätte ihn gern gefragt, wie er dazu sagte. Wir waren an der Ecke Broadway und Franklin. »Hören Sie, Cornelius«, sagte ich. »Ich finde, Sie sollten jetzt weiter, zu Ihrer Großmutter oder wo auch immer Sie hinwollen. Ich möchte dieses Lexikon mit Ihnen nicht mehr machen.«

»Ich will nich nach Haus«, sagte er, so als rückte er schließlich mit der Wahrheit heraus. Ich fragte mich, plötzlich vollkommen distanziert, ob ich jetzt endlich erfahren würde, was er wirklich von mir wollte.

»Warum nicht?« fragte ich.

»So 'n Mann war da. Is einfach da angetanzt und hat meine Großmutter von wegen 'ner toten Nutte verrückt gemacht. Gibt noch 'n Mord, hat er gesagt. Er geht zu noch 'nem Mord.«

»Er geht zu noch 'nem Mord?« wiederholte ich.

»Der hat gar kein Recht, mich auszuquetschen und bla«, quengelte er.

»Es ist wegen dieses Mordes. Ein Mädchen, das in der Bar war, ist ermordet worden. Darüber möchte er mit Ihnen reden.«

»Was für 'ne Bar? Ich geh in keine Bars.«

»Wir sind nach dem Unterricht da hingegangen«, sagte ich geduldig und fragte mich, warum ich eigentlich so nachsichtig mit ihm war.

»Und wo 's da das Problem, Mann?«

»Der Barkeeper kennt mich«, sagte ich. »Er hat der Polizei meinen Namen gegeben.«

»Aber wie kommt der auf mich? Was geht mich der verwichste Piß an?«

»Ich weiß nicht, Cornelius. Ich mache mir keine Gedanken darüber. Ich habe dem Detective gesagt, daß ich mit einem meiner Studenten da gewesen bin.«

Wir erreichten die Treppe zur U-Bahn.

»Ich fahr mit Ihn' uptown«, sagte er. »Sie dürfen um die Uhrzeit nich allein in der Sechs sein.«

Er folgte mir die Treppe hinunter. Gerade fuhr ein Zug ein, und ich warf schnell meine Marke ein, und er sprang über die Absperrung, und wir waren mit einem unangebrachten Triumphgefühl in demselben Augenblick im Zug, als die Türen hinter uns zuknallten. Es waren noch sechs weitere Fahrgäste im Wagen, darunter drei müde Frauen, die so aussahen, als führen sie nach Haus, nachdem sie die leeren Bürogebäude in der Wall Street geputzt hatten. Mir fiel auf, daß das Poetry-in-Motion-Gedicht neu war. Ein Stück aus *The Passionate Man's Pilgrimage.* Walter Ralegh. »Gebt mir mein' Muschelkelch voll Ruhe.«

Cornelius lächelte mir zu. Ich fragte mich plötzlich, ob er dachte, ich sei ihm hilflos ausgeliefert, und dann wurde mir klar, daß ich ihm *tatsächlich* hilflos ausgeliefert war. Natürlich konnte ich immer noch an der nächsten Station aus dem Zug springen und einen Bahnbullen finden, bei dem ich mich dann beschweren konnte, einer meiner Studenten bestehe darauf, mich zu meiner eigenen Sicherheit nach Hause zu begleiten. Das wäre immerhin ein interessanter Versuch.

Wir redeten nicht, standen, weil ich fand, daß Sitzen Entspanntheit und vielleicht sogar Intimität impliziert hätte, schwankten mit dem Zug, die Knie nach Art der U-Bahn-Reisenden leicht angewinkelt. Der Zug hielt am Astor Place, und wir stiegen aus.

»Warum gibt's hier Bilder von Bibern an der Wand?« fragte er. Er ging hinter mir her. »Ich weiß, daß Sie's wissen«, sagte er.

Ich wußte es tatsächlich.

»Aber Sie sagen's nich«, sagte er. »Weil Sie gallig auf mich sind.«

Ein Wort, das seine westindische Großmutter benutzen könnte. Gallig. Wie Dussack. In die Karibik wahrscheinlich von Walter Ralegh gebracht, der jetzt in der U-Bahn war.

»Jetzt bin ich in Sicherheit, Cornelius«, sagte ich über die Schulter, während ich schnell die Treppe hinaufstieg.

Ich ging die Eighth Street Richtung Fifth Avenue hinunter. Ich wollte eigentlich noch kurz ins Lebensmittelgeschäft, um Milch für morgen früh zu kaufen, aber ich ging weiter.

»So weit hab ich Sie gebracht«, hörte ich ihn sagen.

Als ich ans Ende des Blocks kam, fiel mir ein Auto auf, das vor meinem Haus parkte. Es war ein graues Auto, mit Rost an den Kotflügeln. Ein Mann stand daran gelehnt.

Plötzlich fiel mir auf, daß das Geräusch von Cornelius' Schritten verstummt war. Ich drehte mich um. Er war verschwunden.

ICH tat so, als sähe ich ihn nicht. Ich stieg die Treppe hinauf.

Er rief meinen Namen.

Ich drehte mich um.

Er stand unterhalb von mir, auf dem Gehsteig, und ließ irgendwelche Schlüssel auf der Handfläche hüpfen.

»Ich hatte gehofft, Sie wären zu Haus«, sagte er.

»Ich bin nicht zu Haus.«

»Ach nein?«

Ich mußte lächeln.

»Ich wollte Sie nur noch ein paar Dinge fragen«, sagte er.

»Ein paar Dinge?«

»Genau. Ein paar Dinge.«

»Möchten Sie hereinkommen?« fragte ich zu meiner eigenen Überraschung.

»Nein«, sagte er.

Mir wurde bewußt, daß ich wollte, daß er hereinkäme. Was mich noch mehr überraschte. Eine Entscheidung, jede Entscheidung, macht in der Regel dem Flirt ein Ende. Wofür die Heirat, der Inbegriff der Entscheidung, ein gutes Beispiel ist.

»Es dauert nicht mal 'ne Minute«, sagte er. Er drehte sich um und öffnete die dem Bürgersteig zugewandte Autotür.

Ich kam langsam die Treppe herunter, im Bewußtsein dessen, daß er mich beobachtete, die Bedächtigkeit meiner Bewegungen, das langsame Wiegen der Hüften, die eine Hand in der Tasche, die andere, die mir das Haar aus dem Gesicht strich. Ich nahm die Brille ab.

Ich stieg ins Auto.

Er sagte: »Steigen immer noch zu fremden Männern ins Auto.«

Das Radio spielte Oldies. Er ging um das Auto herum und stieg ein, wobei er sich bewegte, als hätte er Muskelkater. »Ich war den ganzen Tag in dem Scheißtunnel«, sagte er.

»Einem *Scheiß*tunnel?« Manchmal höre ich Sprache auf eine Weise, die mich prosaischer erscheinen läßt, als ich wirklich bin.

Er sah mich an. »Wir haben einen Anruf gekriegt. Da liegt 'ne Leiche im Tunnel, der entlang dem West Side Highway verläuft. Wo ich mir als Kind immer die Zirkuszüge angeguckt habe. Jetzt hausen da Obdachlose. Hauptsächlich ungarische Zigeuner. Ich hatte nicht mal gewußt, daß es überhaupt noch Zigeuner gibt, Sie?«

Ich schüttelte den Kopf.

»Wir finden 'nen mumifizierten Toten. Er ist 'ne Mumie, *und* er hat Stichwunden am ganzen Körper.«

Ich sagte nichts, weil ich befürchtete, daß er dann aufhören würde. Er schien mit sich selbst zu reden. Eine Meditation, Ordnung in die Gedanken bringen.

»Zuerst«, sagte er mit einem halben Lächeln, »denken wir, daß die Typen vom Zwonull die Leiche gefunden und dann ins nächste Revier geschleppt haben. Das machen wir andauernd. Wir finden 'nen Schwimmer, und wir strampeln und schlagen aufs Wasser, damit er zu 'nem anderen Revier treibt und wir uns nicht damit abzugeben brauchen. Also hab ich mich auf die Suche nach meinem alten Freund Vladimir Kostov gemacht. Ich hab Jahre gebraucht, um in sein kleines Reich reinzukommen. Er sammelt das Wasser, das vom Riverside Park durch die Decke runtertropft, und trinkt's. Er sagt, die Steine filtern es. Er pißt um seine Sachen rum, weil er meint, dann gehen die Ratten da nicht dran. Das erste Mal, wo ich ihn gesehen hab, hab ich ihn beinah umgebracht. Er ist mit einem Messer auf mich losgegangen. Er haßt jeden auf der Welt, aber mich mag er inzwischen. Und er hat uns von der Leiche erzählt. Wie sich rausstellt, heißt der Tote Farrington. Wir mußten ihm die Finger abschneiden.«

»Wie bitte?« sagte ich.

»Normalerweise macht das der Leichenbeschauer. Schneidet die Finger ab und weicht sie ein, um Abdrücke zu kriegen. Wenn man mumifiziert wird, verliert man die ganze Körperflüssigkeit, und die Haut an den Fingerkuppen schrumpelt zusammen, verstehn Sie? Das gibt keine guten Abdrücke. Ist auch bei Brandopfern so. Man muß die Haut vom Finger abziehen, sie umstülpen, den eigenen Finger reinstecken und die Haut dann wieder runterrollen, damit man den Abdruck machen kann. Nun war dieser Farrington ein übler Bursche. Saß schon mal wegen Totschlags. Wie sich rausstellte, war er auch der Zuhälter eines Strichers, eines Transvestiten namens Michael Tilly oder Miss Theresa, je nachdem, welches von beiden er jeweils grade war.« Er seufzte und fuhr sich mit den Fingern durch die Haare. »Ich hab Miss Theresa heute nachmittag in einem Sozialloch auf der East 126th gefunden, mit Aids und am Sterben. Er hat einen bombastischen Durchfall und kotzt gleichzeitig, während er zwischen Michael Tilly, Miss Theresa und einer dritten Schnalle namens Miss Honey hin und her wechselt. Er ist total fertig. Aber ich fang an, mit ihm zu reden, und allmählich, schlußendlich, krieg ich's zusammen. Miss Honey hat Farrington umgebracht, weil sie Angst vor ihm hatte. Er nahm ihr immer das Geld ab, verkloppte sie. Zwang sie, allen möglichen Typen einen zu blasen, der Wichser.«

Ich war verwirrt.

»Wie dem auch sei«, sagte er, »ich hab ihn dagelassen und versucht, das Sozialamt dazu zu bringen, daß sie ihn in ein Krankenhaus schaffen. Als ich zurück bin, war er tot. War *sie* tot. Waren sie allesamt tot.«

»Cornelius meint, es habe noch einen weiteren Mord hier in der Nähe gegeben.«

»Wer?«

»Cornelius Webb. Mein Student.«

»Und wie kommt er dazu, Ihnen so was zu erzählen?«

»Ich weiß nicht«, sagte ich und wunderte mich selbst.

»Was hat er Ihnen gesagt?« Seine Stimme hatte sich verändert. Er war jetzt auf der Hut. Nicht mehr verträumt, nicht mehr in Erzählstimmung.

»Daß noch eine Frau umgebracht worden ist.«

»Wann hat er Ihnen das gesagt?«

»Er sagte, Sie hätten es seiner Großmutter erzählt. Er sagte, Sie hätten gesagt, daß Sie zu einem weiteren Mord gingen.«

Er sah mich an. »Einer weiteren Beerdigung vielleicht«, sagte er. »Nicht einem weiteren Mord. In den letzten siebzehn Tagen sind in Manhattan-Süd zwei Frauen ermordet worden. Was sagt Ihnen das?«

Ich hielt es nicht für angebracht, ihm eine schnoddrige Antwort zu geben. Von wegen Frauen und Männer, meine ich. Ich sagte nichts.

»Ich werd Ihnen sagen, was Ihnen das sagt. Das ist nicht ein und derselbe Killer, der das alles erledigt.«

Er war gleichzeitig zurückhaltend und exakt. Selektiv, aber nicht abgeneigt, das eine oder andere anschauliche Beispiel anzuführen. »Serienmörder haben eine Masche, eine Methode, effektiv zu töten, die sie immer wieder anwenden. Ist wie bei allem anderen auch. Das tun wir alle. Wir benutzen das, was funktioniert, und in der Regel ist es die leichteste Methode. Ein Mörder lernt dazu. Er wird besser. Aber er macht's jedesmal auf die gleiche Weise. Diese zwei Morde waren verschieden. Unterschiedlicher Stil.«

Ich sah aus dem Fenster auf zwei junge Mädchen, die am Rande des Parks entlangschlenderten, auf der Suche nach Ärger.

»Warum sind Sie Polizist geworden?«

Er sah mich überrascht an. »Ich weiß nicht. Ich bin's einfach geworden. Hören Sie, wann hat er gesagt, daß ich zu einem weiteren Mord gehen würde?«

Mir war nicht klar, ob er wissen wollte, wann Cornelius es mir gesagt hatte oder wann er angeblich zu einem weiteren Mord gehen würde. »Vor zehn Minuten ungefähr«, sagte ich.

Er nickte. »Ich *glaube*«, sagte er, »ich *glaube,* was ich Mrs. Webb gesagt habe, ist, daß ich noch zu einer Beerdigung gehen würde.«

Ich sah ihn an.

»Einer Beerdigung«, sagte er. »Nicht ganz dasselbe, wenn Sie verstehen, was ich meine.«

Ich konnte sein Eau de toilette oder After-shave riechen, was immer er benutzte, und ich erinnerte mich plötzlich, daß mein Vater immer gesagt hatte, Gentlemen benutzten kein Parfüm. Das hier war kein Parfüm. Die Klimaanlage war an, und es war kalt im Auto. Das machte den Geruch intensiver. Ich kurbelte das Fenster herunter, und er beugte sich vor und schaltete die Klimaanlage aus.

Er griff sich unters Jackett, als juckte es ihn, zog einen kleinen schwarzen Beeper hervor und versuchte, die angezeigte Nummer zu erkennen; dabei beugte er sich vor, um das Licht der Straßenlaterne auszunutzen. Er seufzte, schaltete den Beeper aus und hakte ihn sich umständlich wieder an den Hosenbund. »Das war doch nicht der Junge, mit dem Sie eben da langgegangen sind, oder?« fragte er. »Dieser schwarze Junge. Cornelius.«

»Sie sind mir also auch gefolgt«, sagte ich.

»Ihnen gefolgt?« Er lachte.

Er drehte das Radio lauter. »It's in His Kiss.« Betty Everett. Ich sah mir seine Hände an. Am Ringfinger der linken Hand trug er einen schweren Goldring, der wie ein Collegering aussah. Am kleinen Finger seiner Rechten steckte ein kleiner Goldreif, zwei Hände, die ein Herz festhielten. Irenkitsch. Ich fragte mich, ob er ein Kleeblatt auf dem Hintern hatte.

»Wo sind Sie her?« fragte er plötzlich. Bevor ich antworten konnte, sagte er: »Ich bin aus Washington Heights.« Er machte eine Pause, um der Musik zuzuhören. »Wissen Sie, es gab nichts Besseres für uns Kids damals, als, na ja, rumzuknutschen und so.«

Ich schwieg, weigerte mich, ihm die Vertraulichkeit zu gestatten, die er sich gerade herausgenommen hatte.

»Sind Sie aus der Stadt?« fragte er.
»Philippinen«, sagte ich.
Er sah mich interessiert an. »Leck mich am Arsch!«
»Ja«, sagte ich. »Es ist ein furchtbares Land.«
»Leck mich am Arsch!«
»Mein Vater war im Außenministerium.«
»Ohne Scheiß.«
»Auf wessen Beerdigung gehen Sie eigentlich?«
Er lachte wieder. »Auf überhaupt keine. Jedenfalls nicht heute nacht. Ich bin schon auf 'ner Menge Beerdigungen gewesen, aber die waren selten nachts. Ich war heute bei 'ner Autopsie, zählt das auch?«
»Vielleicht.«
»Dieses Mädchen, das letzte Woche ermordet wurde.« Seine Stimme wurde leise und vertraulich. »Wissen Sie, wenn jemand erwürgt oder durch einen mit einem stumpfen Gegenstand ausgeführten Schlag in den Magen umgebracht worden ist, läßt sich das nicht unbedingt auf den ersten Blick erkennen. Kann sein, daß ich die Leiche am Tatort untersuche und nicht sicher bin. Ich kann sagen, das hier sieht aus wie ein Mord, es riecht nach Mord, es *ist* ein Mord, aber das heißt nicht, daß ich auch wüßte, *inwiefern* es ein Mord ist. Keiner kann einen Tatort betreten, ohne ihn irgendwie zu verändern – etwas hinzuzufügen oder zu entfernen. Normalerweise hinzuzufügen. Wissen Sie, was ich meine? Aber Leichen sagen mir was. Eine Leiche kann mir eine ganze Menge sagen. Manchmal sogar alles, was ich wissen muß.«
Er drehte das Radio leiser.
»Hören Sie«, sagte er. »Ich hab mir diesen Mord an dem Mädchen noch mal vorgenommen. Der Rothaarigen. Deswegen bin ich hergekommen. Da fehlt was. Ein Stück. Etwas, wovon ich weiß, daß ich's noch nicht weiß.«

»Exartikulation«, sagte ich.

»Woher wissen Sie das?« fragte er und sah mich neugierig an.

»Sie haben's mir gesagt. Ich habe es nachgeschlagen.«

»Sie bringen mich durcheinander«, sagte er.

»Durcheinander?«

»Ich hatte vorgehabt, Ihnen ein Bier auszugeben.«

ER stand an der Theke und zog einen Barhocker heran. Ich setzte mich, und er fragte, was ich wollte, und in der Hoffnung, er würde nicht fragen, was für eins, sagte ich, ein Bier, und fügte schnell hinzu, das gleiche, was Sie nehmen. Er bestellte zwei Guinness und legte einen Zwanzigdollarschein auf die Theke. Das war nichts, was eine Frau tun würde, Geld so auf die Theke legen. Ich interessiere mich sehr dafür, in welchen Dingen sich Männer von Frauen unterscheiden.

»Wohnen Sie noch immer in Washington Heights?« fragte ich.

»Ich bin überhaupt nie von Washington Heights weg. Jedenfalls nicht richtig. Ich hab's versucht, Jesus, Maria und Joseph, ich hab's versucht, aber ich bin nicht allzu weit gekommen. Wenn ich zur Arbeit reinfahre, muß ich zweimal am Tag über die George Washington Bridge. Ich weiß, daß ich zu lang Detective in New York City gewesen bin, wenn ich spüre, wie mein Magen in dem Augenblick anfängt, sich umzudrehen, wenn ich in Manhattan von der Brücke runterfahre. Inzwischen wird mir richtiggehend schlecht. Mein früherer Partner meinte immer, Malloy, wenn's keinen Spaß mehr macht, mußt du aussteigen. An dem Tag, wo's keinen Spaß mehr macht, wirst du wissen, daß es vorbei ist. Verstehn Sie, was ich meine?«

»Durchaus«, sagte ich.

Er sah sich in der Bar um. Er hatte sich für das hintere Ende der Theke entschieden und stand mit dem Gesicht zur Eingangstür. Mir fiel auf, daß sein Schlips so aussah, als könnte er von Hermès sein, einer dieser Schlipse, die reiche Sprößlinge tragen, mit Tieren gemustert. Giraffen oder Ameisenbären. Er merkte, daß ich mir das Ding ansah.

»Ein Geschenk«, sagte er. »Ein Geschenk von einem East-Side-Exitus. Gefällt er Ihnen?« Er hob den Zipfel hoch und sah ihn sich an. Ihm gefiel er.

»Ein Geschenk?« Ich verstand nicht.

»Ach, wissen Sie«, sagte er lächelnd, »ich bin mein Leben lang mit einem Fuß im Knast gewesen.«

»Sie haben mir noch immer nicht gesagt, wo Sie wohnen.«

»Rockland County. Wissen Sie, wo das ist? Oberhalb der Stadt. Auf der anderen Seite vom Hudson.« Sein Arm streifte mein Knie, und er sagte: »Verzeihung.«

Er griff nach dem großen Glas Guinness, und mir fiel wieder auf, wie schön seine Hände waren, die Handgelenke, die sauberen glatten Nägel. Die Tätowierung.

Er merkte, daß ich seine Hände ansah.

»Ich hab Tuntenhände«, sagte er.

Ich fragte mich, ob er das gleiche von seinen Augen dachte. Tuntenaugen. Ich hatte das Gefühl, daß ihm seine Augen gefielen.

»Was bedeutet die Tätowierung?«

»Ich bin in einem Club. Einem Geheimclub.«

»Hat er viele Mitglieder?«

»Nur ein paar.«

Ich nickte. So etwa hatte ich's mir gedacht.

»Ich wohne mit meiner Exfrau zusammen. Um eine Ihrer vielen Fragen zu beantworten.« Er trank einen

Schluck und wischte sich einen Strich blassen Schaum von der Lippe.

Aus irgendeinem Grund war ich nicht überrascht.

»Ich bin vor fünf Jahren zu ihr zurück. Um ehrlich zu sein, ich war fertig. Nach der Scheidung bin ich zu meiner Mutter nach Washington Heights gezogen. Ringsum lauter Dominikaner. Es war ein bißchen peinlich, geschieden zu sein und bei seiner Mutter zu wohnen, wenn Sie verstehen, was ich meine. Nicht zu wissen, wie man's am Ende des Abends sagen soll, also, wir müssen zu dir, weil's sein könnte, daß meine Mutter noch auf ist und den Rosenkranz betet, ich versprech dir, morgen früh bin ich weg.«

»Keine schlechte Idee.«

Er sah mich überrascht an.

»Vor dem Morgen danach zu gehen«, sagte ich.

»Frauen mögen's auch nicht, wenn man da übernachtet, stimmt's? Frauen haben keine Lust, am nächsten Morgen neben so'm Muskelsack aufzuwachen. An manchen Tagen fängt mein Dienst nachmittags um vier an. Sie will nicht, daß man ihr den ganzen Scheißtag auf der Pelle hockt. Viele Frauen, die ich kenne, nehmen einen mit nach Haus, man schläft mit ihnen, alles ist vorbei, man steht auf und kann ihnen die Erleichterung vom Gesicht ablesen: Er vögelt nicht nur gut, er geht auch wieder. Man selbst hat auch keine Lust, am Morgen aufzuwachen und sie zu sehen. Alle sind glücklich.«

Er lächelte mich breit an und nahm sein Glas. Ich hob gleichfalls mein Glas, und das Armband klirrte gegen die Theke.

»Hübsches Armband«, sagte er und stellte sein Glas ab. »Hören Sie. Ich kann alles sein, was Sie wollen. Das ist meine Spezialität. Darin bin ich gut. Behalten Sie's einfach im Kopf. Sie möchten, daß ich Ihr bester Freund bin *und*

Sie vögele? Kein Problem. Sie möchten, daß ich Ihnen den Hof mach, Sie zum Essen ausführe und so? Kein Problem.« Er trank einen Schluck. Und schickte den wichtigen Zusatz nach: »Das einzige, was ich nicht tun werde, ist, Sie verprügeln.«

Nun habe ich die Erfahrung gemacht (schließlich bin ich fast fünfunddreißig Jahre alt und weiß ein bißchen was über diese Dinge), ich habe die Erfahrung gemacht, daß, wenn zwei Leute über Sex reden, theoretischen Sex, falls es so etwas gibt, daß das eine Art ist, zu vögeln, bevor man ins Bett steigt, es auszuprobieren, festzustellen, ob's funktionieren wird. Und ich hatte den Eindruck, daß es genau das war, was Detective Malloy gerade tat, wie er da so saß mit seinem Lächeln und seinen Tuntenhänden und seinen Augen. Ließ einen Versuchsballon steigen. Er ging ein bißchen schnell vor, aber auf alle Fälle hatte er es mir deutlich vermittelt. Hatte es mir in den Kopf gesetzt. Oder in den Schoß gelegt. Nicht, daß es da nicht schon gewesen wäre.

»Das stelle ich mir nicht so einfach vor, in derselben Wohnung mit seiner Exfrau«, sagte ich.

»Wie meinen Sie das?« Er sah überrascht aus.

»Was Verabredungen angeht. Nicht Mädchenverprügeln.«

»Sie kennen keine Bullen. Ich hab Freunde, die sind seit Jahren nicht mehr zu Haus gewesen.« Er sah mich an. »Bullen geben nun mal die schlechtesten Ehemänner ab. Verstehn Sie, was ich meine?«

»Hört sich so an, als würden sie auch keine besonders guten Lover abgeben.«

»Bullen putzen Freundinnen weg wie Kalbskoteletts.«

Ich ertappte mich dabei, daß ich mich gedankenlos fragte, ob er der Typ war, der das Bedürfnis hatte, hinterher darüber zu reden, vielleicht ein paar Tage danach am

Telefon. Die höflicheren fragen dich, ob deine Vagina ihre ursprüngliche Form behalten hat. Nicht wundgescheuert ist. Nicht zur Größe des Shea-Stadions ausgeleiert.

Plötzlich hatte ich keine Lust mehr, über Mädchen zu reden. Oder Kalbskoteletts. »Warum trägt Ihr Partner eine Wasserpistole im Holster?«

»Sie haben ihm seine Kanone abgenommen. Er arbeitet noch. Er arbeitet bloß heute nacht nicht mit mir.«

»Sie arbeiten jetzt?«

»Klar. Scheiße, klar. Was haben Sie 'n gedacht, was wir hier tun? Das ist eine sogenannte Zeugenbefragung. Jetzt im Augenblick. Ich vernehme Sie. Daß es rein zufällig in einer Bar passiert, spielt doch keine Rolle. Wissen Sie«, sagte er mit einem müden Seufzer, »der Betrieb hat sich ganz schön geändert, seit ich mit dem Job angefangen habe. In der Mordkommission arbeiten ist inzwischen nix anderes mehr als Tote mit Blaulicht wegkarren.«

»Warum ist Ihr Partner beurlaubt?«

»Es heißt im Innendienst, nicht beurlaubt.« Er trank einen Schluck. »Seine Frau hat ihn mit einer anderen erwischt. Einer großen fetten Mieze. Er steht auf fette Mädchen.«

»Ist Untreue ein Grund dafür, einem Bullen die Waffe abzunehmen?«

»Seine Alte ist rausgerannt und hat mit ihren Schlüsseln ihren Namen in die Motorhaube seines neuen Autos geritzt. Als er rauskam, war sie schon beim zweiten N. Sie heißt Lonnie. L-O-N-N-I-E. Er hat die Nerven verloren und wollte auf sie los, da ist sie in die Wohnung gerannt und hat seine Ehrenplakette von der Hispanic Society aus dem Fenster geschmissen.« Er runzelte die Stirn. »Und, tja, wissen Sie, da hat er eben versucht, sie umzubringen.«

Ich wußte nicht, was ich sagen sollte.

»Richie war gern 'ne Lesbe, weil, dann könnte er einfach Sex mit Frauen haben und den ganzen anderen Scheiß vergessen. Wissen Sie, was ich meine? Ehe und Kinder und so. Ratenzahlungen. Bloß sag ich ihm, er würd keine besonders gute Lesbe abgeben.«

»Warum nicht?«

»Was einige Oralverkehr nennen. Latinos, Schwarze stehen da nicht drauf. Richie sagt, er leckt nix ab, was hinterher aufsteht und wegspaziert.«

»Ich bin froh, daß Sie mir das gesagt haben«, sagte ich.

»Richie liebte diese Plakette, Mann. Die war für den Bürger des Jahres von San Juan oder irgendso 'n Scheiß. Er nimmt dieses Zeug ernst. Es bedeutet ihm viel.«

Über diese Geschichte mußte ich lächeln, und ich fragte mich, ob sie mich zum Lächeln brachte, weil ich ihm gefallen wollte. Ich war ein wenig beunruhigt, als mir klarwurde, daß es mehr war als der Wunsch, ihm zu gefallen. Mir wurde klar, daß ich wie er sein wollte. »Ja«, sagte ich. »Das ist ein guter Grund, seine Frau umzubringen. Ich meine, von allen Gründen, die ich mir vorstellen könnte.« Und fragte mich, ob ich das ernst meinte. Und befürchtete, *daß ich* es ernst meinte.

»Sie haben ihm seine Kanone und seine Marke abgenommen und ihn zum Innendienst verknackt. Jetzt ist er 'ne Hausmaus, heftet Akten ab. Als sie ihn das erste Mal downtown verhört haben, hat er gefragt, ob sie seinen amtlichen Brief vom Polizei-Klapsdoktor sehen wollten. Den hat er vor zwei Jahren bekommen, als seine Alte den Chief angerufen und gedroht hat, sich umzubringen, wenn Rodriguez nicht nach Haus käm. Die sagen, ja doch, zeig uns den Brief. Er hat ihn ihnen gezeigt, und die versifften fetten Arschlöcher haben ihn beschlagnahmt.«

Er fing an zu lachen. Er setzte den Fuß auf einen der

Stege meines Barhockers, und ich sah das schwarze Holster an seinem Knöchel. »Die haben ihm gesagt, sie würden ihm den Brief zurückgeben, wenn er seine Marke und seine Kanone wiederkriegt. Drum hat er jetzt gar nichts. Keine Frau, keine Kanone, keine Marke, keinen Wisch, der ihm bescheinigt, daß er nicht übergeschnappt ist. Der Wisch ist das Schlimmste an der ganzen Sache. Den hat er sich jeden Tag angeguckt, Mann.«

»Was sind Hausmäuse?«

»Typen, die ihre Eier am Eingang abgeben. Typen, die sich um Beförderungen bewerben und Prüfungen ablegen. Typen, die nicht auf die Straße wollen. Typen, die faul sind. Typen, die Schiß haben.«

Er bestellte eine weitere Runde, obwohl ich noch gar nicht ausgetrunken hatte. Der Barkeeper nahm sich vom Wechselgeld, das auf der Theke lag, einen Zehndollarschein. Wie die meisten Leute, die gern plaudern, erzählte er mir nichts. Er gab nichts über sich selbst preis. Er redete viel, aber er sagte mir nur das, was ich seiner Meinung nach wissen durfte. Was nicht viel war.

»Sind Sie wirklich sicher, daß wir uns nicht kennen?« fragte er unvermittelt. »Ich schwöre bei der Heiligen Jungfrau, daß ich Sie schon mal gesehen hab. Schon mal am Strand gewesen? Vielleicht hab ich Sie ja dort gesehen. Tragen Sie einen getupften Bikini?«

Ich sah in diese kalten blauen Augen. Etwas in mir, ein alter, hartnäckiger Widerstandskämpferinneninstinkt, ließ mich lügen, ließ mich sagen: »Nein, tu ich nicht. Sie kennen.« Das dürfte mein dritter, sechster oder zehnter Fehler gewesen sein. Ich hatte aufgehört zu zählen. »Ich erinnere Sie nur an jemanden«, sagte ich.

»Ja«, sagte er und sah sich um. »So wird's wohl sein.«

An der Theke, in der Nähe der Tür, saß ein hübsches

schwarzes Mädchen, und als ich die Augen hob, sah ich, daß sie ihn anstarrte. Ich drehte mich um, um zu sehen, ob er es bemerkt hatte. So gut hätte ich ihn schon kennen sollen.

»Man starrt zurück«, sagte er, zu mir vorgebeugt. »So flirtet man mit schwarzen Mädchen. Aber bei weißen Miezen, da guck ich selbst gern, werd ertappt, seh weg. Fünf- bis sechsmal ist gut. Dann meint sie, sie hat dich am Haken.«

Er sah wieder zu ihr hin. »Möchten Sie sie aufreißen?«

Ich sah sie mir an und wunderte mich darüber, daß ich das tatsächlich in Betracht zog, obwohl ich so etwas noch nie gemacht hatte, mit einem Mann und einer Frau gleichzeitig zu vögeln. Was mich sogar noch mehr überraschte, war die Erkenntnis, daß ich, auch wenn es schon so aussah, als wäre ich grundsätzlich zu allem bereit, was dieser Mann wollte, etwas dagegen hatte, ein anderes Mädchen abzuschleppen. Das hätte mich eifersüchtig gemacht. Ich wollte ihn nicht teilen.

»Nein«, sagte ich.

»Hören Sie«, sagte er ruhig. »Bloß, damit Sie's wissen. Es gibt nicht allzuviel, was ich noch nicht gemacht hab.«

Immer ein interessanter Schachzug, dachte ich. Und spürte, wie es mich heiß überlief. Als Geständnis getarnte Prahlerei. Als Geständnis getarnte Drohung.

»Schon mal 'ne Leiche gevögelt?« fragte ich. Ich war nicht annähernd so gut wie er, das war mir klar, aber ich konnte wenigstens versuchen, im Spiel zu bleiben.

»Eine Leiche?« Er lachte. »Nein. Keine Leiche. Jedenfalls niemand, von dem ich *gewußt* hätte, daß es eine Leiche war.«

»Dieser Junge war heute abend mit mir zusammen. Der, mit dem Sie reden wollten.« Wieder das Thema gewechselt.

Er wischte sich den Mund. »Ich brauch mit niemand zu reden.«

Ich war überrascht.

»Noch nicht. Wer immer diese Braut kaltgemacht hat, beherrscht seinen Job hundertprozentig. Ist nicht leicht, eine Kehle auf die Art aufzuschlitzen. Ihr Freund Cornelius steht doch nicht darauf, Arme aus dem Gelenk zu kugeln und vom Rumpf zu reißen, oder?«

»Nicht, daß ich wüßte.«

»Da muß man richtig tranchieren, fast als würde man ein Hühnchen zerteilen, verstehen Sie, was ich meine? Wie man bei einem Brathühnchen die Beine abmacht. Ratsch.«

Er nahm meinen Arm und hob ihn senkrecht hoch, legte eine Hand zwischen meine Brust und meinen Arm. Ich fühlte mich so, als hätte er mir sein Brandzeichen aufgedrückt.

»Der Oberarmknochen hier«, sagte er. »Und dieses Gelenk an der Schulter. Sehr schwierig. Da muß man schon genau wissen, was man tut.«

Wie du, dachte ich.

Er lächelte plötzlich. Und ließ meinen Arm los.

Ich sah mich um, neugierig, was ihn abgelenkt hatte.

Der große, gutaussehende Detective Rodriguez, der nix ableckt, was aufsteht und davonspaziert.

»Hi«, sagte ich.

»Hi, wie steht's?« Er sah sich im Raum um.

»Wie bist du rausgekommen, Mann?« fragte Malloy, dessen Stimme vom Mann-zu-Braut- zum Mann-zu-Mann-Ton gewechselt hatte. »Die ham dich rausgelassen?«

Rodriguez grinste. »Scheiß drauf, ich werd schon nix anstellen. Was kann ich schon tun?« Er griff in sein Jackett, zog die Plastikpistole aus dem Holster mit der Landkarte von Puerto Rico und schoß Malloy einen dünnen Wasserstrahl ins Gesicht.

Ich reichte Malloy meine Papierserviette, und er wischte sich das Gesicht ab. Es war eine mädchenhafte Geste, ihm die Serviette zu reichen, und ich bereute, sie gemacht zu haben.

»Wenn's unrecht ist, dich zu lieben«, sagte Rodriguez zu Malloy, »will ich nicht im Recht sein.«

»Nein, willst du nicht«, sagte Malloy.

»Ich mußte auf der Christopher Street parken. Da waren hundert Arschlöcher, jeder auf der Suche nach ein paar hundert sexuellen Begegnungen.« Er schüttelte angewidert den Kopf.

»Wenn jemand versuchte, hundert Frauen pro Nacht zu vögeln, würde es Sie nicht stören«, hörte ich mich selbst sagen.

»Woher wissen Sie das?« fragte er. Er bestellte sich einen Wodka mit Preiselbeersaft. Gegen seine Blasenerkältung. Vom ständigen Rein und Raus. Ich verspürte eine plötzliche Abneigung gegen ihn, was mich in Anbetracht seiner großen unpersönlichen Schönheit (eine Eigenschaft, die ich bei Männern ziemlich schätze) und seiner sehr coolen, sehr stillen, sehr desinteressierten Art (die ich sogar noch mehr schätze) wunderte.

Er sagte zu Malloy: »Eine der Sekretärinnen, du kennst sie, Dewanne, die spillerige Braut, hat heut zu mir gesagt: ›Was ist der Unterschied zwischen Neunundsechzig und dem Police Department?‹« Er sah mich an. »Kennen Sie den?«

Ich schüttelte den Kopf. »Bis jetzt noch nicht.«

Er wandte sich wieder zu Malloy. »Bei Neunundsechzig hast du nur *ein* Arschloch vor der Nase.«

Malloy lächelte. »Sie ist ein gutes Kind. Sie notiert mir die Anrufe in Schönschrift.«

»Sie würd dir gern den Schwanz lutschen«, sagte Rodriguez. Er sah sich noch einmal im Raum um und bemerkte gleichfalls das schwarze Mädchen. Er lächelte es an. Malloy ertappte mich dabei, wie ich Rodriguez ansah, und zwinkerte mir zu.

»Ich dachte, dunkles Fleisch magst du nur zu Thanksgiving«, sagte Malloy zu ihm. Er bestellte noch eine Runde. »Wir kennen uns seit zwanzig Jahren«, sagte er zu mir.

»Länger«, sagte Rodriguez, ohne die Augen von dem Mädchen zu wenden.

»Wo ist Marty?« fragte ihn Malloy.

»Er hat angerufen wegen 'nem Tag Urlaub. Hat gesagt, seine Mutter wär krank.«

»Im Drei-Vier hat's 'n Mord gegeben«, sagte Malloy. »Routinefall. Irgendso 'n Knoblauchfresser hat seine Frau kaltgemacht. Der Captain ist hingefahren.«

Rodriguez nickte. »Die hat wahrscheinlich nicht gewußt, wann's Zeit wurde, die Schnauze zu halten.«

Ich fragte mich, ob Rodriguez sich selbst auch als einen Knoblauchfresser betrachtete.

Er wandte die Augen von dem Mädchen ab und sagte: »Also, mehr als zwei Titten, ein Loch und einen Herzschlag braucht man eigentlich wirklich nicht.«

Malloy sagte milde: »Die Titten sind nicht unbedingt nötig.«

Rodriguez sagte: »Nicht mal der Herzschlag ist unbedingt nötig.«

Ich rief mir ins Gedächtnis zurück, daß Pauline meint, sie müßten uns verachten, um sich in unsere Nähe zu trauen, um die entsetzliche Angst zu überwinden, die sie vor uns haben. Sie hat schon ein paar sehr romantische Ideen. Ich gab mir alle Mühe, aber ich muß etwas leicht Verkniffenes im Gesicht gehabt haben, ein vorübergehendes Zögern, denn Rodriguez sagte zu mir: »Sie sind eine von diesen Bräuten, stimmt's? Sie wissen schon, Mann, eine von diesen Feministinnenschnallen.« Und packte eine Menge Machismo in den einen Satz.

»Ich hatte grade gedacht, Sie könnten auch eine sein«, sagte ich. »Detective Malloy hat mir erzählt, daß Sie dicke Frauen mögen. Und daraus hatte ich geschlossen, daß Sie eine großherzige, vielleicht sogar mitfühlende Einstellung gegenüber Frauen haben.«

Zu meiner Überraschung lächelte er, und die Gereiztheit verschwand rasch aus seinem großen, schön geschnittenen Gesicht. Allmählich fand ich, daß er so gut nun auch wieder nicht aussah.

»Hat Detective Malloy Ihnen auch erzählt, warum?« fragte er.

»Dazu bin ich nicht mehr gekommen«, sagte Malloy. Er sah ein bißchen verlegen aus.

»Fette Bräute«, sagte Rodriguez, »sind immer gut gelaunt, wenn man anruft, sogar wenn's spät ist. Sie sagen immer, komm doch rüber, ich hab gar nicht geschlafen. Sie kochen für einen. Selbst, wenn's fünf Uhr früh ist. Sie sind cool.« Er nickte selbstzufrieden.

Ich sah ihn an und fragte mich, ob dünne Mädchen sich gewohnheitsmäßig weigerten, für Bullen zu kochen. Konnte schon sein.

»Sie sind wahrscheinlich in Ihrem ganzen Leben nicht fett gewesen«, sagte er.

Obwohl ich es nicht leiden kann, wenn jemand, besonders ein Mann, für mich in die Bresche springt, hätte ich mich sehr gefreut, wenn Malloy Rodriguez gesagt hätte, er möchte sich doch ins Knie ficken. Ich sah mich in der Bar um. Fast alle schienen für den Urlaub angezogen zu sein. Shorts. Gummilatschen. Jogginganzüge aus gekrumpelter Fallschirmseide. Die beste Kleiderbeobachtung im Flugzeug stammt von Pauline, die einmal auf dem Flug von Miami nach New York neben einem Mann in nasser Badehose gesessen hat. Malloy und Rodriguez waren die einzigen Männer im Anzug. Weißes Hemd, Schlips. Sie hatten sogar ihre Jacketts anbehalten.

Rodriguez sah auf seine Uhr. »Ich muß zurück. Morgen geh ich angeln.«

»Ißt du wirklich die Viecher, die du da fängst?« fragte Malloy. »Die kommen aus dem *Hudson,* Mann.«

»Was ist am Hudson auszusetzen? Es schwimmt alle mögliche Scheiße im Hudson.«

Malloy lachte. »Schön, sieh zu, daß du nicht ersäufst.«

»Soll ich dich austragen?« fragte ihn Rodriguez. Ich fragte mich, ob er für Malloy regelmäßig solche Dinge tat. Ihn decken. Die Vorschriften verletzen. Ich begriff, daß er damit Malloy und mir zu verstehen gab, daß er wußte, daß Malloy darauf aus war, mich zu vögeln.

»Nein«, sagte Malloy, »ich geh auch.«

Ich spürte, wie ich vor Enttäuschung errötete. Ich drehte das Gesicht weg aus Angst, sie könnten es mitbekommen.

»Schön, wir sehen uns dann da, Mann«, sagte Rodriguez. »Bis später.« Er wandte sich mit einem kleinen triumphierenden Lächeln mir zu. »Sind Sie oft hier? Ich meine, es ist Ihre Gegend, stimmt's? Ihr Stammlokal.«

»Sie treibt sich in diesen echten Downtown-Läden rum«, sagte Malloy.

Ich fragte mich, ob er die Pussy Cat Lounge meinte. Mein Stammlokal.

»Ich setz Sie ab«, sagte Malloy zu mir.

»Bis dann, Malloy«, sagte Rodriguez, der sich schon durchs Gedränge schob.

»Angelt er wirklich im Fluß?«

Malloy sah ihm nach. »Er hat da so ’ne Stelle in der Nähe der George Washington Bridge. Da ist ein kleiner Leuchtturm. Der ist für die Öffentlichkeit gesperrt, aber er geht hin.«

»Wie kommt er denn da rein?«

Er lächelte. »Wir sind Detectives.« Er nahm das Geld von der Theke und zählte es nach. Fünf Dollar ließ er liegen. »Wir können tun, was uns paßt.«

Auf dem Heimweg fiel mir auf, daß er anders fuhr als die meisten Männer in New York. Er fuhr langsam, besonnen, selbstsicher. Ein Fuß auf dem Gas, ein Fuß auf der Bremse. Er hupte nicht und nannte niemanden Arschloch. Ich fragte mich, ob er auch so vögelte.

Ich fand das erst später heraus, im Bett, als ich ihn mir durch mein Nachthemd erträumte.

ICH habe als Vorarbeit zu einem Artikel über New Yorker Straßenslang ein Glossar angefangen. Es ist eine veränderliche Liste, da die Ausdrücke manchmal nur ein, zwei Monate in Gebrauch bleiben und ihre Bedeutung von Stadtteil zu Stadtteil variiert, so daß ein Wort in Brooklyn eine Sache und in der Bronx eine andere bezeichnen kann. Die Wörter an sich – mit ihrem Witz, ihrer Vitalität, ihrer Falschheit und ihrer Brutalität – faszinieren mich:

Virginia, Subst.: Vagina (z. B. »er steckte ihr einen Hammer in die Virginia«)
belows (wtl. »Unterhalbs«; zugl. Verballhornung von gleichbed. *bowels),* Subst. Pl.: Eingeweide, Därme
wig hat (wtl. »Perückenhut«), Subst.: Perücke
freezerator (Kontamination aus *freezer* und *refrigerator),* Subst.: Kühlschrank

yams (wtl. »Jamswurzeln«) Subst. Pl: Beine

gangster lean (wtl. »Gangster-Schräge«), Subst.: die coole Art, am Lenkrad zu sitzen, zum Fenster hin gelehnt

snapper (wtl. »Schnapper«), Subst.: Vagina

gash-hound (wtl. »Spalt-Hund«), Subst.: jemand, der auf Vaginnen *(gash)* versessen ist

brasole, Subst.: Vagina (aus dem Lombardischen? *bresaola?* Gesalzenes und gedörrtes Rindfleisch?)

to skeeve, V: anekeln, abstoßen; auch Subst.: ekelhafter, abstoßender Mensch (aus dem Ital. *schifo, schifoso?)*

to pinch (wtl. »zwicken, stibitzen«), V.: kriegen, bekommen, haben (z. B.: »to pinch some conversation«)

tenderhooks (wtl. »Zarthaken«), Subst. PL: *tenterhooks* (wtl. »Spannhaken«, *to keep sb. on tenterhooks:* jdn. auf die Folter spannen, zappeln lassen) (Verballhornung)

besides himself (wtl. »außer sich«, aber wie in »außer sich [selbst] liebt er niemanden«), Phr.: *beside himself (»*außer sich« [vor Wut usw.]) (Verballhornung)

dishonorable recharge (wtl. »unehrenhafte Aufladung«), Phr.: *dishonorable discharge* (»unehrenhafte Entlassung«) (Verballhornung)

ALSO. Ich weiß nicht, wo ich anfangen soll. Was ich sagen soll. Was ich denken soll.

Ich glaube nicht an Horoskope, Hellseherei oder harmonische Konvergenzen oder daran, daß die Pyramiden von Außerirdischen erbaut wurden, und ich glaube nicht an Reinkarnation. Jedenfalls nicht für mich selbst. Vielleicht wird Mike Tyson als Schneeleopard zurückkehren, obwohl ein Schneeleopard schon zu hoch entwickelt sein dürfte, so weiblich und geheimnisvoll, wie er wirkt. (Um meiner Klasse Anthropomorphisierung und Vergleich in einem

Aufwasch begreiflich zu machen, habe ich sie aufgefordert, eine Liste von Tieren mit ihren stehenden Attributen zusammenzustellen. Weise wie eine Eule, stark wie ein Bär. Anschließend sollten sie den Unterschied zwischen Tier und Eigenschaft erklären. Kein Unterschied, haben sie gesagt. Eulen sind wirklich weise.)

Ich glaube nicht an das Schicksal, obwohl mich bisweilen die Freiheit verlockt, die die Unausweichlichkeit impliziert – zumindest im Sinne der *Verabredung in Samara*. Unglücklicherweise ist es nicht der Tod, der darauf wartet, meine Seele Ecke Houston und Broadway abzuholen, sondern der Crosstown-Bus, der nicht kommen will.

Was mich zum Zufall bringt. Ich glaube nicht an den Zufall, wenn er sich im menschlichen Verhalten äußert. Es gibt natürlich Ausnahmen, aber grundsätzlich neige ich zu der Ansicht, daß die meisten Verhaltensweisen weder zufallig noch willkürlich sind. Wenn zum Beispiel mein ehemaliger Freund Curtis am späten Abend vorbeikommt, während mein jetziger Freund Teddy gerade versucht, mir die Handgelenke mit einer Strumpfhose und einem modifizierten Seemannsknoten zu fesseln, so glaube ich nicht, daß das ein Zufall ist.

Womit ich eigentlich nur sagen will, daß ich nichts von dem, was mir in den letzten zwei Wochen passiert ist, für das Werk des blinden Zufalls halte. Cornelius' Schwierigkeiten mit seinem Mordolog, wie er ihn nennt. Detective Malloys Besuch. Nicht einmal das Baby-Armband, das ich geschenkt bekommen habe.

Heute morgen lag eine Gummihand, so ein Ding mit rotlackierten Nägeln, wie man es um Halloween herum – obwohl, heutzutage eigentlich das ganze Jahr über – kaufen kann, in der Eingangshalle unter meinem Briefkasten.

Es ist möglich, daß sie für den ältlichen Mann im

obersten Stock dagelassen wurde, der in den sieben Monaten, die ich hier wohne, seine Wohnung nicht einmal verlassen hat. Ich habe den ängstlichen haitianischen Lieferboy von Gristede's schon oft hereingelassen, daher weiß ich, daß Mr. Seidman am Leben und ein Freund von Aunt-Jemima-Pfannkuchen und koscheren Knackwürsten ist, auch wenn ich ihn noch nie zu Gesicht bekommen habe.

Es ist möglich, daß sie für das junge Paar dagelassen wurde, das einen Stock über mir wohnt, ein italienisches Restaurant in SoHo besitzt und einer so erfreulich regelmäßigen Lebensweise frönt, daß ich weiß, es ist halb zwei Uhr nachts, wenn ich ihre Schritte unten in der Halle höre. Sie sind verliebt. Sie haben sich in sechs Monaten nur ein einziges Mal gestritten, was ich über die Lüftungsöffnung im Badezimmer mitbekommen habe. Sie arbeitet im Restaurant als Empfangsdame. Er war wütend, weil sie sich am Tisch eines Filmregisseurs, dessen Namen ich nicht richtig verstanden habe, ein bißchen zu lang aufgehalten hatte.

Aber ich glaube eigentlich nicht, daß die Hand für Mr. Seidman dagelassen wurde, und wenn auch nur, um ihn wegen seiner dürftigen Trinkgelder zu rügen. (Gutes Wort, rügen.) Und ich glaube auch nicht, daß sie als Ermahnung für das liebe Mädchen über mir dagelassen wurde, sie möchte ihre Hände bei sich behalten.

Ich glaube, sie war für mich bestimmt.

ICH habe den Verdacht, daß einer der Gründe, warum ich mit John Graham befreundet bin, meine Schwäche für amüsante Inkongruenz ist, auch wenn ich einer amüsanten Inkongruenz am liebsten in der Sprache begegne – »die phlegmatische, sprunghafte, ungeschickte Spitzenklöpplerin« etwa.

John war Schauspieler, bevor er wieder auf die Uni ging, um Medizin zu studieren (das meine ich mit »Inkongruenz« – in diesem Fall die Unvereinbarkeit der Kategorien). Er interessiert sich für das Ohr. Das ist seine große, oder vielleicht sollte ich besser sagen: kleine wissenschaftliche Leidenschaft.

Er wirft mir oft vor, ich sei eine Wortkasuistin. Was man durchaus als Kompliment auffassen könnte, vorausgesetzt, man versteht unter Kasuistik, wie ich es tue, eine exakte, gewissenhafte Methode der Wahrheitsfindung. Aber ich weiß, was er damit meint. Ich habe ihm das Wort überhaupt erst beigebracht. Mir eignet in der Tat eine gewisse Strenge, eine gewisse Prüderie. Ich kann das selbst nicht an mir ausstehen. Ich teile sogar Wörter in gute und schlechte ein.

John glaubt, Enthüllungen, insbesondere Selbstenthüllungen, besäßen einen so hohen Interessantheitsgrad, daß sie einen, wie er sagen würde, Persönlichkeitskode darstellen. Er hat Pauline schon wenige Minuten, nachdem ich sie einander vorgestellt hatte, erzählt, er glaube, er sei mit vierzehn sexuell belästigt worden. Er begreift noch immer nicht, warum mich das gestört hat. Es war nur das eine Mal, hat er gesagt und damit den möglichen Mißbrauch selbst gemeint und nicht die Häufigkeit, mit der er in der Konversation aufzutauchen pflegt.

Aber da stand er nun gestern abend unten auf der Vortreppe und brüllte zu meinem Fenster herauf, ich sollte ihn hereinlassen.

Ich ließ ihn herein.

Das erste, was er sagte, war, ich sähe gar nicht gut aus.

Ich bedankte mich.

»Nein, wirklich«, sagte er.

Ich sagte ihm, ich verspürte nicht das Bedürfnis, mich davon überzeugen zu lassen, falls er das beabsichtige.

»Du siehst völlig verspannt und müde aus. So wie wenn du schreibst. Du arbeitest doch nicht schon wieder an einem Buch, oder?«

»Es geht mir gut. Ausgezeichnet. Auch wenn's mir leid tut, dich enttäuschen zu müssen.«

»Du brauchst eine Rückenmassage«, sagte er. »Das ist genau das, was du jetzt brauchst.« Er stellte sich hinter mich und legte mir seine Hände auf die Schultern. »Ich könnte dir gleichzeitig eine Anatomiestunde geben.«

»Nur, wenn du versprichst, die Ohren auszulassen.«

»Wirklich?« Er beugte sich über meine Schulter vor, ein zögerndes Lächeln auf dem gebräunten Gesicht.

Ich machte mich von ihm los. »Dürfen Ärzte überhaupt braungebrannt sein?«

»Ich war gestern am späten Abend mit Skip im Park, spät für mich«, fügte er schnell hinzu, »weil ich früh aufstehe, um die Frühnachrichten zu sehen, was alles so passiert ist, während ich geschlafen habe, und da hab ich dich heimkommen sehen. Ich wäre noch auf einen Sprung vorbeigekommen, aber ich weiß, was du von Skip hältst.«

»Ich dachte, du gehst nachmittags in den Park«, sagte ich, klappte meine Notizbücher zu und schob sie so zurecht, daß sie die Aussicht auf ein angegessenes hartgekochtes Ei verstellten. Das Ei sah als Imbiß einfach zu altjüngferlich aus, zu einsam-und-verlassen, und ich hatte keine Lust, mir einen Vortrag über meine Eßgewohnheiten anzuhören. Oder meine Einsamkeit.

Ich möchte nicht, daß jemand sich meine Manuskripte ansieht oder die Hausarbeiten meiner Studenten liest. Eine Zeitlang war ich davon überzeugt, daß John für meine Studentin Andrea schwärmte, seitdem er eine Reihe von Gedichten von ihr gelesen hatte, die von ihrem ersten sexuellen Erlebnis mit ihrem Freund Manny handelten und mit »Yin-Yang-Sonette« überschrieben waren. Da ich mich nicht entscheiden konnte, wie ich sie benoten sollte, hatte ich sie idiotischerweise auf meinem Schreibtisch liegenlassen. Es fallt mir immer schwer, die literarischen Produkte meiner Studenten zu benoten. Ich weiß beim besten Willen nicht, nach welchem Maßstab ich mich dabei richten könnte. Wenn Faulkner eine Eins verdient, dann wäre Andreas Leistung eine Fünf. Ich kann aber auch nicht ihre eigenen Arbeiten als Kriterium verwenden, weil sie noch nicht soviel geschrieben haben, daß ich mir ein fundiertes Urteil bilden könnte. Hier liegt, wie ich Mr. Reilly, der englische Literatur unterrichtet, erklärt habe, ein klassischer Fall von Benotung der Intention vor. Weshalb ich zu Beginn jedes Semesters ankündige, daß ich, außer sie bauen wirklich totale Scheiße (was wär totale Scheiße bauen, hatte Cornelius zur allgemeinen Erheiterung gefragt), jedem von ihnen eine Eins geben werde.

Mr. Reilly heißt das natürlich nicht gut. Am didaktischen Prozeß, wie er die Sache nennt, ist er nicht sonderlich interessiert. Er meint, Unterrichten sei ein Job wie jeder andere auch, keineswegs ein Beruf oder eine Berufung, und ich stimme darin mit ihm überein. Er gibt sich keinerlei Mühe, seine Langeweile zu verbergen, wenn wir wieder einmal gezwungen sind, über den Lehrplan zu reden. Oder das Curriculum, wie er ganz richtig sagt. Sein ausschließliches Interesse gilt dem Essen. Er erzählt mir, was er gerade gegessen hat und was er gleich essen wird, und sein pockennarbiges Gesicht leuchtet ekstatisch auf, während er mir das vollkommene Speck-Salat-und-Tomaten-Sandwich beschreibt. Einmal ist er mir auf dem Korridor nachgelaufen, um mir eine Stelle aus den Briefen der Jane Austen zu zeigen, an der sie gesteht, daß guter Apfelkuchen einen wesentlichen Teil ihres häuslichen Glücks ausmache. Ich glaube, es würde mir auf die Nerven gehen, wenn es bei ihm eine konventionelle Allüre wäre – wenn er sich beispielsweise zwanzig Minuten lang über die vollkommene Lauchremoulade ausließe. Aber da sein Geschmack eher in Richtung Maispfannkuchen mit Ritz-Crackers und in Aluminium-Eiswürfelschalen angerichteten Sillabubs aus kandiertem Obst tendiert – Nahrungsmittel, denen eine gewisse kohlenhydratische Postmodernität eignet –, stört es mich weniger.

Mr. Reilly findet, daß ich es meinen Studenten zu leicht mache. Das habe ich von seiner Frau. Sie unterrichtet Kunst an einer Mädchenschule. Ich habe sie anläßlich einer College-Aufführung von *Onkel Toms Hütte* kennengelernt, bei der die Sklaven von den weißen und asiatischen Studenten und die weißen Südstaatler von schwarzen Studenten gespielt wurden. Auf Mr. Reillys Bitte hin hatte sie dem Ausstattungskomitee ein paar irreführende Tips bezüglich der Anfertigung eines bemalten Leinwandprospekts gegeben. Sie war zur letzten Vorstellung gekommen und hatte mit leichter Verwunderung, aber ohne jedes erkennbare Schuldgefühl mit ansehen müssen, wie die Stoffbahnen plötzlich auf die Bühne herabschwebten und die Schauspieler mit einem Gespinst von staubiger Gaze verhängten. Mr. Reilly, sagte sie mir gleichsam zur Erklärung, spricht von seinen Studenten immer als von seinen »Tropfen auf dem heißen Stein«. Darin unterscheiden wir uns eben, sagte ich zu ihr. Ich mag meine Studenten.

Nach der Vorstellung stand sie am hinteren Ende des Zuschauerraums neben Reilly und hielt ihn am Arm fest. Ich konnte sehen, daß er sie verachtete. Er verachtete ihre Keramikbrosche. Er verachtete ihre Begier, seinen, wie sie sie nannte, Kollegen vorgestellt zu werden. Als er sich entfernte, um Miss Wein zu suchen, eine fast geistesgestörte

Biologie-Dozentin, erzählte mir Mrs. Reilly, ihr Mann mache sich Sorgen, weil ich meine Studenten völlig falsch anfaßte. Anfaßte? fragte ich. Es war eine Sache von Sekunden, und schon verachtete ich sie auch. Zu nachsichtig, flüsterte sie. Sie in meine Wohnung kommen zu lassen. Scheine praktisch zu verschenken. Es sei wirklich schade, habe er ihr gesagt. Ich würde mir noch Schwierigkeiten einhandeln.

Ich machte mir nicht die Mühe, ihr meine Beweggründe auseinanderzusetzen. Es hätte Monate gedauert. Jahre.

Mr. Reilly kehrte mit zwei Papierservietten voll pastellfarbener Miniaturmarshmallows zurück. Eine für sich und eine für mich. Es gibt Leute, sagt Pauline, in der Regel sind's Frauen, mit denen man nur vögeln kann, wenn man die ausdrückliche Erlaubnis hat, sie gleich danach umzubringen. Mr. Reilly würde unter diese Kategorie fallen. Mrs. Reilly könnte man überhaupt nicht vögeln.

»Na ja, der Hund war wieder depressiv«, sagte John. »War heiß heute, nicht?« Er sah sich in meiner Wohnung um. »Wessen Auto war das eigentlich gestern abend?« Auch er hob eine der Jadehaarnadeln meiner Mutter auf, und dann balancierte er sie auf der Handfläche. Das fleischige Polster, wo sein Daumen mit dem Rest der Hand zusammenhängt und den Venusberg bildet, ist ungewöhnlich kräftig. Er trainiert seine Hände mit Gewichten. Er ist ein Pedant. Er putzt seinem Hund die Zähne. Er entfernt die Heftklammern aus den Zeitschriften, bevor er sie in die Wertstofftonne legt.

»Welches Auto?«

»Aus dem du ausgestiegen bist.«

Ich gab keine Antwort.

Er sagte: »Du bist aus einem grauen Auto ausgestiegen, das so aussah, als sei es grade aus Beirut angekommen. Ich versteh einfach nicht, wie man in so einem dreckigen Auto herumfahren kann.«

»Ah«, sagte ich. »*Das* Auto. War einer meiner Studenten.«

Ich lüge ziemlich viel in letzter Zeit. Als ich mich mit Pauline unterhalten habe, hat sie gefragt, was ich so täte, ob ich jemanden kennengelernt hätte? Was so los sei? Nichts, sagte ich. Halte Malloy geheim.

»Einer deiner Studenten? Der Vater von einem deiner Studenten vielleicht.«

Ich fragte mich, wo da für ihn wohl der Unterschied war.

»Was soll's«, sagte er, plötzlich lebhaft. »Eigentlich bin ich nur vorbeigekommen, um zu fragen, ob du Lust hättest, morgen ins Kino zu gehen. Da läuft dieser Film über kanadische Waisenkinder und Priester.«

»Vielleicht«, sagte ich. Ich war auf einmal erschöpft. Es war ein merkwürdiges Gefühl, echte körperliche Müdigkeit, als hätte ich den ganzen Tag damit zugebracht, die Hemden meines Mannes im Fluß gegen Steine zu klatschen. Mais für seine Tortillas zu mahlen.

»Ich ruf dich an«, sagte ich.

»Das behauptest du, aber du tust es nie.«

»Also, diesmal tu ich's.« Und gelobte mir, wenn jemand je sagen würde, er werde mich anrufen und tat es dann nicht, würde ich mich nicht beschweren.

Er nickte und ging zur Tür. Ich machte sie ihm auf, und er sagte: »Grüße von Skip.«

Ich lächelte. Und hätte ihn am liebsten aus der Wohnung geschoben, ins viktorianisch rottapezierte Treppenhaus, weil ich ihn nicht trösten konnte, nicht trösten wollte.

»Also dann, *ciao*«, sagte er.

»Gute Nacht«, sagte ich. Machte die Tür zu, schloß ab, setzte mich vor den leeren Kamin und fragte mich, ob auch er mir heimlich nachstieg.

ICH habe schon viel mehr Wörter für das Glossar, darunter jetzt auch eine Menge Bullenausdrücke. (Ich ertappe mich neuerdings dabei, daß ich Bullen beobachte, auf der Straße, in ihren Autos, im Park zu Pferd. Ecke Waverly und MacDougal, wo die Männer Schach spielen, nie eine Frau, die spielen würde, bin ich an zwei jungen Officern vorbeigegangen und habe gehört, wie der eine den anderen fragte: Nimmst du Butter oder Margarine?) Vorher hatte ich nie groß auf Bullen geachtet, und wenn ja, hatte ich sie als Gegner angesehen. Ziemlich genau so, wie Detective Malloy Frauen ansieht.

Heute nachmittag saß mir in der U-Bahn ein Mann gegenüber, der am Daumen lutschte, den Zeigefinger anmutig um den Nasensattel gelegt. Er lächelte, hob den Finger von der Nase und richtete ihn auf mich. Hast noch nich genug Fleisch auf den Knochen, sagte er und stieg an der Fiftyninth Street aus dem Zug.

Auf dieser Liste scheint es mehr Synonyme für »Schußwaffe« als für »Vagina« zu geben. Zur Abwechslung.

bis, biscuit, Subst.: Handfeuerwaffe
jammie, Subst.: Feuerwaffe (vielleicht minderwertiger Qualität? Von *jam,* »Ladehemmung haben«?)
Kron, Subst.: Feuerwaffe (Herstellername)
oo-wop, Subst.: Feuerwaffe
to trap off (etwa »sich aus der Falle quatschen«), V: sich schuldig bekennen, um eine mildere Strafe zu bekommen
mongo, Subst.: Schrottsammler (Brooklyn-Ausdruck; von *monger,* »Krämer«?)
to cap (Denominativbildung von *cap,* »Zündplättchen«),
V.: (er)schießen; auch Subst., z. B. *to bust a cap in his black ass,* etwa »ihm einen Schuß in den schwarzen Arsch verpassen«

bomb, Subst.: Drogenpäckchen

spot (»Fleck«, »Stelle«), Subst.: speziell als Drogenverkaufsstelle gebrauchte Wohnung

fugazi, Adj.: unecht (aus dem Italienischen?)

props, Subst. Pl.: gebührender Respekt (abgek. *aus proper respect)*

heave, Subst.: Schlupfwinkel, Ort, an dem man schläft (wo die Brust *heaves,* sich [ruhig] »hebt und senkt«?)

coop (»Hühnerstall«), Subst.: Schlupfwinkel

hummer (»Summer«), Subst.: sexuelle Praktik, bei der man die Hoden im Mund hält und summt; auch *hum-job* (Bronx-Ausdruck)

skins (»Häute«), Subst. Pl.: Sex als etwas, was man von einer Frau »bekommt« (z. B. *getting some skins from the pretties,* »ein paar Häute von den Süßen kriegen«)

t'ain't (»Isnich«), Subst.: die Stelle zwischen der Vagina und dem After; Damm (von *t'ain't pussy and t'ain't asshole,* »is nich Muschi und is nich Arschloch«)

meow (wtl. »Miau«, »Miauen«), Subst.: »Expedition«, »Tour«, in der Regel mit dem Ziel, Radau zu machen oder Ladendiebstähle zu begehen (Brooklyn-Ausdruck)

toasted, Adj.: ausgebrannt (z. B. »er ist schon zu lange Detective; er ist *toasted*)

GESTERN nacht bin ich durch den Park gegangen. Die Linden blühen, und wie jedes Jahr riecht die Stadt davon wie ein ganz anderer Ort. Oder besser gesagt, sie riecht so, wie ich mir vorstelle, daß Baden-Baden riecht.

Pauline und ich haben im Sushi Girl Sushi zu kaltem Sake gegessen und sind dann ins Pussy Cat, wo wir uns ganz hinten an unseren Lieblingstisch gesetzt haben, einen kleinen runden Metalltisch, dessen Platte so klebrig war, daß, als wir uns gesetzt hatten, meine Ellbogen vorübergehend festpappten. Pauline trug zu Ehren des Sushi einen kurzen Kimono und darunter einen Lastex-Badeanzug im Stil der fünfziger Jahre zu hochhackigen Plastiksandalen.

Es war Dienstag, unser üblicher Abend im Pussy Cat. Die anderen Gäste sind in der Regel eine erfrischende Mischung von Künstlern aus Downtown, die es cool finden, in einer Bar zu sitzen, die voll von Truckern auf dem Rückweg nach New Jersey ist, und den Truckern selbst, die fast genauso aussehen, wie man sie sich vorstellt (und gar nicht übel, nebenbei bemerkt). Zwei Frauen, die zusammensitzen, sind im Pussy Cat ein ungewohnter Anblick. Die Oben-ohne-Kellnerinnen stellen ab und zu ihre Tabletts hin, um für die Gäste zu tanzen, also glauben die Gentlemen in der Bar vielleicht, Pauline und ich seien Lesben. Sie lassen uns in Ruhe. Was uns absolut recht ist. (Einer der Vorteile, downtown zu wohnen, ist die Tatsache, daß die anzüglichen Blicke und Äußerungen, denen man in anderen Teilen der Stadt ausgesetzt ist, gleich einen anderen Ton annehmen, sobald man sich unterhalb der Fourteenth Street befindet. Man hört sehr direkte Bitten um bestimmte Verrichtungen, die man ebenso direkt mit Ja oder Nein beantworten kann, ohne daß sich jemand auf den Schlips getreten fühlt, oder man hört fiese Bemerkungen über sein Aussehen, nicht von der Sorte »toller Arsch«, sondern von der Sorte »entsetzliches Kopftuch, Mädchen«.)

Tabu arbeitet Dienstagnacht. Sie kommt aus Rumänien. Obwohl sie erst seit fünf Monaten im Pussy Cat ist, beherrscht sie bereits die Kunst, Geldscheine, vorzugsweise Zwanziger, mit ihrer Vagina von der Theke aufzuheben. Vielleicht waren es die Komplimente, die ich Tabu eines

Abends machte (es war schon spät, und soweit ich abschätzen konnte, hatte sie mittlerweile an die hundert Dollar aufgelesen), die dazu führten, daß wir uns angefreundet haben. Sie glaubt wahrscheinlich auch, daß wir Lesben sind. Sie bot an, mir den Vaginatrick beizubringen, aber ich erklärte ihr, ich hätte schon bei Kniebeugen Probleme. Sie fand, meine Brille sei ein großer Pluspunkt, ich sähe damit irgendwie wie eine sexy Lehrerin aus. Genau das ist sie auch, rief Pauline.

Pauline, die völlig unaufrichtig behauptet, sie vögele nur mit verheirateten Männern, weil es ihr lieber sei, die Ferien allein zu verbringen, fing in dem Augenblick an, mit mir zu schimpfen, als unsere Drinks angekommen waren. Es regt sie auf, daß ich Sachen trage, die, wie sie meint, so weit geschnitten sind wie ein Clownskostüm, und es regt sie auf, daß ich keinen festen Freund habe. Sie behauptet, sie sehe ein, warum sie selbst keinen hat, aber daß ich keinen hätte, sei völlig absurd. Meine Kleidung und mein Singletum seien gleichermaßen Ausdruck meiner mangelnden Bereitschaft, mich auf eine Romanze einzulassen. Tief in ihrem Herzen befürchtet sie, ich könnte wie Miss Burgess enden, nur ohne Miss Gerrold.

»Ich will keinen festen Freund«, sagte ich. »Ich will nicht mal mehr Freunde.«

»Wie steht's mit einem Fick?«

»Der wär mir recht.«

»Sieht keiner deiner Studenten brauchbar aus?«

»Ein bißchen jung. Außerdem versuche ich gerade, sie davon zu überzeugen, daß Selbstdarstellung für sich genommen kein Kriterium für was auch immer ist. Na ja, für Sex vielleicht. Sicherlich nicht für Kunst.«

»Nicht?« Sie klang enttäuscht. »Ich dachte, das wär der einzige Grund.«

»Nein«, sagte ich.

»Ich hab aufgehört, mich mit Mr. Kaplan zu treffen«, sagte sie und sah sich in der Bar um. »Na ja, seien wir ehrlich, er hat aufgehört, sich mit mir zu treffen.« Sie führte ein Schnapsglas Tequila an den Mund, warf den Kopf zurück und leerte es mit zwei Schlucken. Ihre Augen füllten sich plötzlich mit Tränen, und ich beugte mich über den Tisch und schielte sie an. »Laß«, sagte sie schnell. »Es ist nur der Tequila.«

Pauline hat sich eingerichtet. Mit Pauken und Trompeten eingerichtet, wie sie sagen würde. Sie hat jetzt Geld, und das verdankt sie ihrer Fähigkeit vorauszuahnen, was das Publikum als nächstes für unentbehrlich erklären wird. Es war Pauline, die auf die Idee mit den Coffee Bars gekommen ist, und ich bin ihr dafür dankbar. Ich weiß solche Dinge einfach, sagt sie, und ich glaube ihr. Anders als bei mir ist Stil bei ihr eher etwas zufällig Eintretendes als etwas bewußt Angestrebtes. Niemand kann in New York ein Restaurant eröffnen, ohne ihr einen Haufen Geld dafür zu bezahlen, daß sie sagt, wie die Tische aufgestellt werden müssen. Ihr Sexgeprotze ist lediglich der behaviorale Schutzschild einer Frau, die den Verdacht hat, daß nur wenig Grund zur Hoffnung besteht, mit einem Mann glücklich zu werden, und die sich dadurch absichert, daß sie vorgibt, gern allein zu sein.

»Ist dir schon mal aufgefallen«, fragte ich, »daß heutzutage erwachsene Männer und Frauen von ihrem Vater als von ihrem ›Dad‹ reden?«

»Es freut mich zu sehen, daß du das Amulettarmband trägst, auch wenn es dir kein Glück gebracht hat.«

»Woher weißt du, daß es mir kein Glück gebracht hat?«

»Deine Sachen. Du hast *Bundfalten* an der Hose.«

»Was ist an Bundfalten auszusetzen?«

Sie machte eine unbestimmt abwinkende Geste. »Kann man nicht so leicht erklären.«

»Mr. Kaplan verdient dich überhaupt nicht. Du hast ihm doch nicht etwa Geld geliehen, oder?«

»Nein«, sagte sie. »Es war meine Schuld.«

Ich wartete darauf, daß sie weiterredete.

»Sexuell«, sagte sie. »Ich war zu fordernd.«

Darüber regte ich mich schlagartig auf. »Etwa hinsichtlich der Frequenz?«

»Nein, das nicht. So mehr in Richtung: Könntest du bitte *das* machen, nein, danke, nicht da, *dort*.«

Ich habe die Beobachtung gemacht, daß es – immer vorausgesetzt, eine Frau bringt es fertig, einem Mann zu sagen, was sie gern mag, wie und wo genau sie von ihm angefaßt werden möchte –, je erfahrener der Mann zu sein glaubt, je gesetzteren Alters er ist, desto schwieriger ist, ihn dazu zu bringen, daß er überhaupt zuhört. Deshalb ist es auch so hübsch, mit einem jungen Mann zu schlafen. Du kannst ihm sagen: Tu dies, Schätzchen, jetzt tu das, und er ist weder ungeduldig noch beleidigt oder eingeschüchtert. Er ist dankbar. Und folgsam. Die besten Liebhaber, darin sind Pauline und ich uns einig, sind Männer, die in sehr jungen Jahren von einer älteren Frau verführt wurden.

»Was genau hattest du dir von Mr. Kaplan denn eigentlich gewünscht?« fragte ich.

»Ich glaube, es war: Mach's mir von hinten.«

»Oh. Was für eine unzumutbare Forderung.«

»Weißt du«, sagte sie verträumt, »ich kann mich bei jedem Mann, mit dem ich je gevögelt habe, daran erinnern, wie er es am liebsten mochte. Nicht, wie ich es am liebsten mochte.«

»Ja«, sagte ich mit einem lauten Seufzer des Mitgefühls, der mich auf den Gedanken brachte, ich sei möglicherweise betrunken. Ich sah mich im Raum um. An einem Tisch in der Nähe der Tür saß ein Mann in Anzug und Schlips, der uns ein bißchen öfter anstarrte, als ich – in Anbetracht der anderen, augenfälligeren Blickfänge, die das Lokal zu bieten hat – im Pussy Cat mittlerweile erwarten würde. Ich fragte mich, ob es einer dieser Männer war, von denen es Pauline zufolge viele gibt, die gern zusehen, wie zwei Frauen sich lieben.

»Manchmal glaube ich, das ist nur bei mir so«, sagte sie. »Bringen es auch andere Frauen fertig zu sagen: Beug dich über das Sofa, lutsch mir den Pimmel, zwick mich in die Brustwarzen?«

»Lutsch mir den Pimmel wahrscheinlich nicht.«

Sie hob einen Arm, um noch etwas zu trinken zu bestellen.

»Ich zahl heute abend«, sagte sie.

»Nein, du hast letztes Mal bezahlt.«

»Ich hab mehr Geld als du.«

»So 'n Pech.«

»Hast du in London je mit Mark Handlish gevögelt?« fragte sie.

»Nein, du meinst Gavin Bromelly. Wir haben beide mit Gavin Bromelly geschlafen. Mr. Fingerhut. Wenn auch nicht gleichzeitig.« Ich fühlte mich mit einemmal niedergeschlagen.

»Ich hatte ihn nach dir«, sagte sie. »Du hast ihm wahrscheinlich diesen Trick mit den Martini-Oliven beigebracht. Oder war ich das? Ich weiß es nicht mehr. Daß er gekommen war, konnte ich immer nur daran erkennen, daß er auf die Uhr guckte.« Sie trank einen Schluck Tequila. »Neulich abend saß ich in einem Restaurant. Es saßen zwölf Leute am Tisch, und ich wußte, daß da irgendwas nicht stimmte, daß mir irgendwas schaurig vertraut vorkam, und als der Nachtisch kam, war ich endlich draufgekommen. Ich hatte mit drei von denen geschlafen. Was mir so zu schaffen machte, war, daß es so wenig bedeutete. Es zählte überhaupt nicht. Überhaupt nicht, ich schwör's dir. Nicht für mich, nicht für die. Es war furchtbar.«

»Erinnerst du dich an Tony Garr? Er war in Cambridge, als Anton da war. Er bestand immer darauf, daß ich im Bett alles anbehielt. Ich war unerfahren, zugegeben, aber soviel wußte ich schon, daß man sich im Bett eigentlich auszieht. Es war so unbequem.«

»Ganz zu schweigen von der Wäschereirechnung.«

»Ich hab mich oft gefragt, was er wohl getan hätte, wenn ich darauf bestanden hätte, daß *er* alles anbehielt. Ich meine, wenn man ihnen nur einen bläst, ist das eine Sache. Aber im Bett. Und in diesen schweren Männerklamotten. Die Schuhe.«

»Glaubst du etwa, Gavin hat wirklich gemeint, mit dem Hintern im Waschbecken sei eine bequeme Fickstellung?«

»Gavin hat dich im Waschbecken gevögelt?« fragte ich ein wenig verletzt.

»Einmal«, sagte sie schnell. »Nur einmal. Als seine Frau in Marbella war.«

»Ach so«, sagte ich beruhigt.

»Vielleicht noch ein zweites Mal.«

»Hey, Babe«, sagte ich. »Liebe tut eben weh.«

»Nein«, sagte sie. »Ich hab darüber nachgedacht. Es ging um den Spiegel. Er sah sich gern im Spiegel an, wenn es ihm kam.« Sie zündete sich eine Zigarette an. »Wie kommt's, daß du nicht süchtig bist?«

»Das mußt du schon etwas näher spezifizieren.«

»Du trinkst vielleicht gelegentlich zuviel, aber das zählt nicht.«

»Das liegt daran, daß ich mein ganzes Leben mit alten

Leuten zugebracht habe. Zuerst meine Eltern und dann mein Mann.«

»Das schließt aber Pillen nicht aus. Alte Leute schlukken Pillen.«

»Ich bin in anderer Hinsicht korrumpiert worden. Man hat mir vorgegaukelt, Intelligenz sei ein Wert an sich.«

»Hi, Ladies«, sagte unsere Kellnerin und stellte vier Schnapsgläser Tequila auf den Tisch.

»Hi, Janey«, sagten wir.

»Was macht die Kunst?« fragte sie.

»Wir reden über Schwänze«, sagte Pauline.

»Ach so«, sagte sie enttäuscht. Sie trug einen Ministringtanga und mit Perlchen verzierte weiße Mokassins, wie man sie auf Flughäfen kaufen kann.

»Die hab ich nicht alle bestellt«, sagte Pauline. »Obwohl's keine schlechte Idee gewesen wäre.«

»Der Typ da drüben hat gemeint, ich sollte euch zwei Doppelte bringen, von was immer ihr Mädels wollt«, sagte Janey und machte mit dem Kinn eine entsprechende Bewegung.

Wir sahen an ihr vorbei. Es war niemand da.

»Welcher Typ?« fragte ich.

Sie zuckte die Achseln, schon an einem anderen Tisch zugange, wo sie entweder versuchte, sich die Hand eines Mannes zwischen die Brüste zu legen oder sie von da zu entfernen, was von beidem, konnte ich nicht erkennen. Ich sah ihr zu, wie sie anmutig um die Tische herumging und mit den Männern scherzte.

»Ich geh jetzt heim«, sagte ich zu Pauline.

»Ja«, sagte sie, »ich auch.«

Sie erlaubte mir, die Hälfte der Zeche zu bezahlen, wir gaben uns ein Gutenachtküßchen, und sie stieg die Treppe hoch zu ihrer Wohnung.

ICH stand auf der Straße und roch die Dieselabgase der Laster auf dem West Side Highway, den Brackwasserduft vom Hudson, der zu schwach war, um wirklich angenehm zu sein, und diesen – zumindest im Sommer – typischen New Yorker Uringestank.

Es war nicht weit zum Washington Square, bequem zu laufen, aber da es ein Uhr nachts war, beschloß ich, von meiner sonstigen Angewohnheit, den Broadway hinaufzugehen, abzuweichen und statt dessen über den West Broadway zu laufen. Der Broadway würde gut beleuchtet, aber menschenleer sein. Der West Broadway nimmt zwar in der Nähe der Lispenard Street einen etwas merkwürdigen Verlauf und hat drei Blocks, in denen es von Ratten wimmelt, aber ich wußte, daß da wenigstens noch ein paar Restaurants geöffnet hatten und meinen Weg erhellen würden.

Während ich in nördlicher Richtung marschierte und von Zeit zu Zeit ein Auto wie ein geräuschvoller Komet an mir vorbeischoß, überlegte ich mir, daß es mich nicht übermäßig stören würde, eine Ratte zu sehen (Pauline sah einmal an der Ecke Desbrosses und Hudson Hunderte von ihnen aus einem Gully heraussprudeln, in einer gekräuselten Flutwelle die kopfsteingepflasterte Straße überqueren, dann wieder zurückfluten und im Loch verschwinden, als hätte sie der Rattenfänger von Hameln höchstpersönlich zurückgepfiffen), daß es mir aber nicht sonderlich gefallen würde, eine Ratte zu *hören*. Das Geräusch flößt mir ein besonderes Grauen ein. Es ist ein hoher, fordernder Ton, wie der Ruf eines frisch geschlüpften Vogels, bei dem sich mir die Haare sträuben. Ich könnte mir vorstellen, daß es den meisten Leuten so geht. Es wäre mir fast lieber, eine Ratte trabt mir über die Füße, wie das einer Freundin von mir passiert ist, als sie mit dem Kinderwagen im Central Park spazierenging – einer Freundin, die ganz und gar nicht zufällig am Morgen darauf die Stadt verließ und nach Los Angeles zog –, als eine Ratte zu *hören*.

Also paßte ich auf wie ein Luchs, wenn man das in bezug aufs Gehör sagen kann, klimperte mit meinem Schlüsselbund, schwang den Arm weit aus, damit das Amulett-Armband sein metallisches Lied ertönen ließ, alles, damit jede gescheite Ratte Zeit genug hatte, es sich noch einmal zu überlegen, bevor sie aus dem unbebauten Grundstück am Ende des Blocks heraussprang. Andrea, eine der eigensinnigeren und daher interessanteren Studentinnen aus meinem Kurs, fragte mich einmal, warum ich in einer ihrer Erzählungen die Wendung »sie horchte aus dem Ohrenwinkel« angestrichen hätte, und ich mühte mich ein paar Minuten lang ab, sprach von gekreuztem Ausdruck, Metapherschimären und anderen stilistischen Sünden mehr, während ich mir gleichzeitig sagte, daß sie selbstverständlich recht hatte, sich zu beschweren. Genau das ist doch Literatur. Na ja, hatte ich dann gesagt, um sie ein bißchen aufzuziehen, wenn Sie daraus ein magisches Ohr machen können, ein Borges-Ohr, lasse ich vielleicht mit mir reden.

Ich marschierte vor mich hin, so vergnügt, wie es die Umstände erlaubten – nicht zuletzt derjenige Umstand, daß vor noch kaum einer Woche jemand eine Gummihand bei mir in der Eingangshalle liegengelassen hatte. Ich hatte Detective Malloy am Telefon nichts davon gesagt. Ich konnte es als weiteren Punkt auf die Liste der Dinge setzen, die ich vor Detective Malloy zu verheimlichen schien. Der Fragen, die ich ihm zu meiner eigenen Überraschung nicht gestellt hatte. Ich fragte mich, ob er wohl wußte, daß ich das Mädchen im dunklen Kellerraum gewesen war. Ich fragte mich, ob er dieses Wissen auf eine mir nicht nachvollziehbare Weise dazu benutzte, sich ein Gefühl der Intimität zwischen uns beiden einzubilden. So, als hätten wir miteinander ein Geheimnis, das um so erregender schien, als es für uns beide gefährlich war: Eine Frau mit rotem Haar hatte vor ihm gekniet und seinen roten Schwanz in ihrem roten Mund gehabt, wenige Stunden bevor man ihr die Kehle durchgeschnitten und Arme und Beine aus dem Gelenk gerissen hatte.

Ich ging in nördlicher Richtung den West Broadway entlang, leicht betrunken, horchte nach Ratten, fragte mich, ob es ihm gefallen hatte, wie sie ihm den Schwanz gelutscht hatte, als ich hinter mir, halb übertönt vom fernen Brausen der Laster, das Geräusch von Schritten hörte. Ich sah über die Schulter. Es war niemand da. Was mir angst machte. Weil ich ihn hören konnte.

Ich war nicht weit von der Canal Street. Auf der Canal gab's ein Café, das noch geöffnet haben würde. Ich würde reingehen. Ich hatte genug Geld dabei, um einen Espresso zu bestellen. New Yorker Kellner werden leicht argwöhnisch, wenn eine Frau, die nach Mescal riecht, ins Lokal gerannt kommt und schreit, sie würde verfolgt. Ich lächelte über mich selbst. Einen Augenblick hatte ich mir sogar eingebildet, ich hätte jemanden atmen hören.

Plötzlich heulte eine Autoalarmanlage los, und ich machte einen Satz. Ich sah mich um.

Nicht in das dunkle Tuch eines Leichenbestatteranzugs gekleidet, nicht einmal dunkelhäutig, sondern überzogen mit einem dunklen, glänzenden Material wie Plastik oder, noch entsetzlicher, Gummi, schlang sich ein Arm beiläufig, gelassen um meinen Hals. Mein Kopf wurde zurückgerissen, meine Kehle stramm gespannt, und eine Hand legte sich auf meinen klaffenden Mund.

Er trug eine schwarze Strumpfmaske. Schwarze Löcher an Stelle von Augen. Seine Handschuhe hatten einen merkwürdigen Geruch, wie nach Klebstoff oder Aceton. Formaldehyd.

Er schob mich mit den Beinen vorwärts, so daß meine Füße über den Boden schleiften. Auf dem unbebauten Grundstück weiter vorn parkte ein Auto, und ich begriff, daß er mich nicht umbringen würde. Mich nicht dort auf dem West Broadway umbringen würde. Er würde mich woanders hinschaffen. Und mich dort umbringen.

Ich stemmte die Füße auf das Pflaster und warf den Kopf zurück, griff nach der Maske, denn ich hatte die Vorstellung, wenn es mir gelänge, ihn zu sehen, würde ich wenigstens wissen, daß er wirklich existierte, daß er kein Inkubus war, kein Gespenst, aus dem Orkus oder vielleicht sogar aus Samara entsandt, um mich abzuholen.

Die Hand, mit der ich den unteren Rand der Maske zu fassen bekam, war die mit dem Schlüsselbund. Er bohrte sein Kinn fest in meine Schulter. Ich schrappte ihm die Schlüssel über den Hals, verletzte ihn, und in dem Augenblick, als er erschrocken zurückzuckte, ließ er mich los, und ich fiel vornüber auf das Pflaster. Als ich auf die Straße kollerte, kam ein Taxi aus der Walker Street um die Kurve gefahren. Es bremste mit kreischenden Reifen und einem Schwall Gestank von übergeschwapptem Benzin und schleuderte gegen den Bordstein.

Ich sah zurück.

Er war verschwunden.

DER Fahrer, ein nervöser junger Pakistani, der befürchtete, ich wollte ihm irgendwie Ärger bei seinem Arbeitgeber, seiner Frau, dem Generalkonsul machen, ließ mich hinten einsteigen und fuhr mich nach Haus, wobei er in einem fort versprach, daß es nichts kosten würde, nichts kosten würde, der Taxameter sei abgestellt. Nur für mich. Kostenlos.

ICH wählte seinen Beeper an, und fünf Minuten später rief er mich zurück. Ich bin sofort da, sagte er, als ich es ihm erzählt hatte. Ist alles in Ordnung? Bin schon unterwegs.

Ich setzte die Brille auf, lief hinunter und hockte mich draußen auf den Treppenabsatz, lehnte mich gegen die Haustür, wartete auf ihn, sprang auf und setzte mich wieder hin, beobachtete die letzten Dealer, die um die Ecke des Parks verschwanden und wieder zurückkamen, Überstunden machten. Das muß die Schicht sein, die die Neuen kriegen, dachte ich, da der Drogenhandel doch eine durch und durch hierarchische Angelegenheit ist.

Zehn Minuten später war er da. »Ich war in der Nähe«, sagte er, während er rasch die Treppe heraufstieg.

Er half mir auf, und wir gingen hinein.

»In der Nähe?« fragte ich.

»In diesem Spielkasino über dem Red Turtle. Dem, das einem Freund von mir gehört«, sagte er. »Dem Exbullen. Ich hab Ihnen schon mal davon erzählt.«

Ich schüttelte den Kopf.

»Sie haben's bloß vergessen.«

Wir gingen in die Küche, ich fragte ihn, was er wollte, und er sagte: »Bourbon.«

Ich gab ihm seinen Drink, und er setzte sich ins Wohnzimmer. Mir zitterten die Hände.

»Wirklich gut«, sagte er, als er gekostet hatte. Wobei er mich ansah.

Ich lief auf und ab.

»Erzählen Sie mir, was passiert ist«, sagte er ruhig.

Ich erzählte es ihm, dankbar dafür, daß er mich nicht ausschimpfte, bemüht, die Sache möglichst schlicht zu halten, so wie man eben mit der Zeit lernt, daß man seinem Arzt, Apotheker oder Wachtmeister nicht jede Kleinigkeit auf die Nase zu binden braucht, die einem im Laufe der letzten zwei Jahre Kopfzerbrechen bereitet hat, und er hörte zu, ohne mich zu unterbrechen, außer um mich zu fragen, ob ich das Gesicht des Mannes gesehen hätte, ob ich ihn identifizieren könnte. Das fragte er mich zweimal.

Als ich fertig war, stellte er sein Glas hin und sagte: »Klingt so, als hätte jemand einfach versucht, Sie auszurauben. Ihnen die Handtasche abzunehmen. So klingt's jedenfalls. Was ist mit Ihrer Freundin, wie heißt sie noch mal, Pauline? Hat sie irgendwas gesehen?«

»Sie war gar nicht dabei. Sie wohnt über der Bar in der Chapel Street.«

»Wohnt sie allein?«

Ich nickte.

»Im ersten Stock?«

»Im zweiten.«

»Ist sie vorsichtig?«

»Vorsichtig?«

»Vorsichtiger als Sie? Es wundert mich, daß bisher nur einer versucht hat, Sie zu überfallen. Zu Fuß über den West Broadway!«

»Ich laufe da immer lang.«

»Na, dann lassen Sie's.«

»Wo ist sie umgebracht worden?«

»Wer?«

»Dieses rothaarige Mädchen. Das Mädchen, das im Red Turtle umgebracht wurde.«

»Wer hat Ihnen gesagt, daß sie rotes Haar hatte?«

»Ihr Freund.«

»Mein Freund?«

»Der Mann mit der Wasserpistole.«

»Mein Partner. Sie meinen meinen Partner.«

»Er hat mir ein Foto gezeigt. Im Auto, an dem Abend, wo Sie mir Fragen gestellt haben.«

Plötzlich bekam man kaum noch Luft. Ich schloß die Fenster und schaltete die Klimaanlage ein.

»Sie wurde gar nicht in der Bar umgebracht«, sagte er langsam. »Sie bringen da was durcheinander.«

Vom Fenster aus konnte ich einen der Dealer sehen, der unter der Galgenulme stand und zu mir heraufschaute. »Was genau versteht man unter Exartikulation?«

»Ich hab's Ihnen doch erklärt.«

»Erklären Sie's mir noch mal.«

»Das ist, wenn ein Arm oder Bein aus dem Gelenk gerissen wird, nicht abgeschnitten, nicht abgesägt, sondern abgerissen. Wobei man wahrscheinlich einen Fuß auf die Schulter oder die Hüfte stellt. Zum Gegenstemmen. Macht ein komisches Geräusch.«

»Ist dieses Mädchen so umgebracht worden?«

»Nein.«

Ich wartete darauf, daß er weiterredete, aber er schwieg.

»Wie wurde sie getötet?« fragte ich.

»Mit einem Rasiermesser.« Er verstummte. »Es sieht so aus, als ob er versucht hätte, ihren Kopf mitzunehmen, und es war was dazwischengekommen. Vielleicht hatte er auch das mit der Einschnittstelle noch nicht so raus. Er wollte sie wohl in irgendwas reinstecken. Einen Sack vielleicht. Eine Kiste.«

»Die Einschnittstelle?«

»Irgendwo zwischen dem fünften und dem sechsten Halswirbel.«

»Und?«

»Was und?«

»Ist das alles?«

Er antwortete nicht.

»Was weiter?« Ich drehte mich um, sah ihn an. »Sie haben gesagt, es hätte zwei Morde gegeben.«

»Hab ich das?« Er fuhr sich mit der Hand durch die Haare. »Eine auf dieselbe Weise aufgeschlitzte exartikulierte Leiche wurde vor sechs Monaten aufgefunden. Na ja, Teile einer Leiche. Wir wissen noch nicht, ob eine Verbindung zum Exitus von letzter Woche besteht. Die glauben, nein. Ritchie glaubt auch nicht dran. Aber ich schon.« Er stand auf. »Warum kommen Sie nicht hier rüber und setzen sich.«

Ich schüttelte den Kopf.

»Wie hieß sie?«

»Hieß wer?«

»Das Mädchen im Red Turtle. Der Exitus, wie Sie sie nennen. Das Mädchen mit den roten Haaren.«

Er schwieg. Wartete. Dann sagte er: »Angela Sands.«

»Und es war derselbe Mörder.«

»Das wissen wir noch nicht.« Er sprach langsam, überlegt. »Ich persönlich denke, daß es derselbe Mörder ist. Aber ich kann's nicht beweisen. Noch nicht. Ich kann nicht mal erklären, warum ich das glaube. Ritchie meint, ich spinne. Eine zerstückelte weibliche Leiche wurde letzten Januar am Fluß gefunden. Sie war in Zeitungspapier eingewickelt, Sonntagsausgabe der *Daily News.*« Er verstummte. »Das passiert andauernd«, sagte er. »Verstehen Sie, was ich meine?«

»Was passiert?«

»Mord.«

Ich schwieg.

»Das ist das Blöde daran. Es hört nie auf. Nie.«

»Warum glauben Sie, daß es derselbe Mörder ist?«

»Weil von beiden Leichen etwas mitgenommen wurde. Es fehlte was.« Er sprach widerwillig. »Ein Souvenir. Was man ein Souvenir nennt. Der Schnitt ist der gleiche. Er führt das Messer auf eine ganz bestimmte Weise.«

Ja, dachte ich, das ist mir bekannt. Der Unterschied zwischen männlicher und weiblicher Perversion. Die Tat des Mannes ist gegen ein Symbol gerichtet, nicht gegen ihn selbst. Die Frau handelt gegen sich selbst.

»Souvenir? Sie meinen, so was wie ein Andenken?«

»Das gibt dem Mörder die Möglichkeit, es noch mal zu tun, wann immer er will. Sie wissen schon. In der Vorstellung. Im stillen Kämmerlein. Wie beim Wichsen.«

»Wie beim Wichsen?«

»Wichsen.«

Ich nickte. Ich hatte plötzlich Angst, daß er, wenn ich zu aufgeregt oder erschrocken, zu durchgedreht wirkte, aufhören würde zu reden. »Was hat er von ihr mitgenommen?«

»Wollen Sie diese Scheiße wirklich wissen?« fragte er finster.

»Irgend jemand«, sagte ich, »hat eine Gummihand unter meinem Briefkasten liegengelassen.«

»Wann war das?«

»Letzte Woche. Dienstag. Montag.«

»Warum haben Sie mir nichts davon gesagt?«

»Nimmt er Hände mit?«

Er stand auf. Der Stuhl brachte ihn immer noch ein bißchen aus dem Gleichgewicht, obwohl er inzwischen schon ein paarmal darauf gesessen hatte. »Erzählen Sie's mir noch mal«, sagte er. »Was heute nacht passiert ist. Gehen Sie das Ganze noch mal durch. Kommen Sie her. Zeigen Sie's mir.«

Er stellte sich hinter mich und zog mich an sich, so daß mein Kopf an seiner Schulter lag. Ich nahm seinen rechten Arm, winkelte ihn am Ellbogen ab und legte ihn mir vor die Kehle. Ich konnte seinen Atem seitlich an meinem Gesicht spüren.

So, sagte ich. So.

Er ließ den Arm fallen, von meiner Kehle abwärts, bis seine Hand auf meiner Brust lag, seine Finger meine Brustwarze fanden. Er drückte mich fester an sich. Er hatte eine Erektion. Ich konnte sie spüren.

»Okay«, sagte ich. »Okay.«

Er folgte mir ins Schlafzimmer und zog sich dabei schon aus, mußte einen Augenblick mit dem Knöchelholster kämpfen, legte den Revolver auf den Kaminsims.

Ich sah ihn an. Eine lange Narbe zog sich rechts quer über seinen Bauch. Er hatte eine hohe Taille. Kräftige Muskeln. Schwarze Haare auf den Schultern. Mehr, als mir gefällt. Er hatte kein Kleeblatt-Tattoo. Um genau zu sein, er hatte überhaupt nichts auf dem Hintern.

Er legte sich rücklings aufs Bett, die Hände hinter dem Kopf verschränkt, und betrachtete mich, als ob er es so gewohnt wäre. Als ob es sein verbrieftes Recht wäre.

Ich nahm meine Brille ab. Ich zog mein blau-weiß gestreiftes Kleid aus und sah mich durch seine ruhigen, klugen Augen, wie ich neben dem Bett stand, noch immer im Höschen.

»Zieh das Ding aus«, sagte er.

Ich schüttelte den Kopf.

Er setzte sich schnell auf und zog mir das Höschen herunter, und dann legte er mir eine Hand aufs Kreuz und drückte mich bäuchlings aufs Bett, während er die andere Hand zwischen meine Schenkel schob und sie auseinanderdrückte, mich mundgerecht öffnete.

Er steckte seine Zunge in mich hinein, in meine Vagina, in meinen Hintern, und dann packte er mich bei den Hüften und drehte mich um, so daß ich auf dem Rücken lag, die Beine, am Knie angewinkelt, über den Bettrand hängend, und er kniete auf dem Boden und hatte auch seine Finger in mir, tief in mich gehakt, so wie Männer etwas auf der Schulter tragen, am Haken des Fingers, und er sog meine Klitoris in seinen Mund.

Es kam nichts dazwischen. Kein Nachthemd. Nicht einmal ein Penis.

»Komm. Mach mich voll«, sagte er.

SPÄTER, als ich nicht einschlafen konnte, weil ich immer und immer wieder daran denken mußte, was auf der Straße passiert war, immer und immer wieder, auf diese durch die Zeit gedämpfte, verlangsamte und übertriebene Weise, sagte er: »Du brauchst keine Angst zu haben.«

»Ich hab mir Gedanken über dich gemacht«, sagte ich.

»Laß es«, sagte er.

»Bist du nicht neugierig?« fragte ich. »Willst du nicht wissen, was ich mich gefragt habe?«

Er seufzte so, wie Männer das tun, wenn sie schlafen möchten, nicht wütend, nur genervt, ergeben, sogar liebevoll. Als machte es ihm ein bißchen Freude, mit mir Nachsicht zu üben. »Also was?«

»Was du mit mir gemacht hast.«

»Was ich mit dir gemacht hab?«

»Ich will wissen, wie du es gemacht hast«, sagte ich. »Nur für den Fall, daß ich dich nicht wiedersehe. Damit ich es mir dann selbst machen kann.«

»Du siehst mich schon wieder.«

»Jemand hat's dir beigebracht. Eine ältere Frau.«

»Leck mich am Arsch«, sagte er lachend. Zum erstenmal klang er verlegen.

»Erzähl mir davon«, sagte ich. »Dann höre ich wenigstens für eine Minute auf zu grübeln.«

Er schwieg. Ich wartete, fragte mich, ob er eingeschlafen war. Männer haben die Gabe, selbst dann einzuschlafen, wenn sich das Gespräch um sie dreht. Und dann sagte er: »Das erste Mal, wo ich 'ne Braut geleckt hab, das war die Hähnchen-Lady.«

»Habe ich mir gedacht.«

»Leck mich am Arsch. Du kennst die Hähnchen-Lady?«

Ich lag vollkommen regungslos, die Arme am Körper ausgestreckt, aus Sorge, wenn ich mich rührte, würde er nicht mehr weiterreden.

»Ich war fünfzehn. Ich arbeitete für eine Metzgerei auf der St. Nicholas Avenue, Bill's Butcher Shop, lieferte Brathähnchen aus. Ihr Mann unterrichtete samstags nachmittags in der Hebräischschule. Es war Sommer. Sie ließ mich in die Wohnung. Sie gab mir ein Glas Wasser. Wir plauderten ein bißchen. Ich stand an der Spüle und trank das Wasser, und sie kam rüber, stellte sich vor mich hin und griff mir an den Schwanz. Ich stand einfach nur so da. Ich hatte Angst. War nervös. Sie sagte: Fühlt sich das gut an? Ohne die Hand von meinem Schwanz zu nehmen, fragte sie mich, ob ich schon mal mit einer Frau zusammengewesen wär. Sie nahm mich mit ins Schlafzimmer und fing an, mich auszuziehen und meine Brust zu küssen. Ich fragte die ganze Zeit, ob sie auch wirklich sicher war, daß ihr Mann nicht gleich nach Haus kommen würde. Sie ging gleich runter und fing an, mir einen zu blasen. Dann stand sie wieder auf und zog sich aus, und ich fand, daß echt was an ihr dran war. Sie hatte einen Wahnsinnsarsch. Sie war fraulich.«

»Hat's dir gefallen?« fragte ich. Mir wurde bewußt, daß ich flüsterte.

»Gefallen?«

»Daß sie fraulich war.«

»Mit der Zeit hat's mir gefallen, aber anfangs nicht. Sie

war eine Mutter. Ich meine, sie war wahrscheinlich erst sechsundzwanzig, siebenundzwanzig, aber ich hatte keinen blassen Schimmer. Ich hab mich auf sie draufgelegt und sie gevögelt. Ich bin bestimmt schnell gekommen. Ich hab sie ordentlich durchgezogen, aber auch wenn sie nichts gesagt hat, wußte ich, daß es was anderes war, als ein Mädchen zu bumsen. Wenn man Mädchen bumst, sind sie auch nicht übermäßig erfahren, sie behalten ihre Sachen an, sie genieren sich. Aber bei ihr wußte ich, daß sie mehr wollte. Ich wußte, daß ich ein paar Dinge nicht richtig machte. Ein paar überhaupt nicht machte. Als es vorbei war, fühlte ich mich leer. Es war das erste Mal, wo's nicht um mich ging. Es war das erste Mal, wo mir klarwurde, daß es auch was Besseres geben konnte. Sie sagte gar nix. Sie stand nicht auf. Ich zog mich an, und sie lag splitternackt da. Sie wußte, daß sie einen schönen Körper hatte. Breite Hüften, hübsche kleine Brüste. Die standen ganz von selbst ab. Weiße weiche Haut. Sie war gut. Dunkle Haare, schwarze Haare. Dickes drahtiges Schamhaar, von Schenkel zu Schenkel. Ich hatte noch nie so viel Haar gesehen. Wie bei spanischen Mädchen, dicht und kräftig. Sie rief mich zu sich, und sie küßte mich. Sie sagte, soll ich dir zeigen, was Frauen mögen? Ich sagte ja. Es war schwer, die Hand in sie reinzubekommen. Sie hatte eine fleischige, dicke Möse. Man mußte bis ganz zum unteren Ende der Spalte, um einen Finger reinzukriegen. Wenn man den Finger erst mal drin hatte, war's ein ganz irres Gefühl, so, als steckte man einen Finger in den Ozean. Wenn sie auf mir draufsaß, dachte ich immer, sie pißt auf mich. Heiße Flüssigkeit auf meinen Eiern. Ich könnte schwören, daß sie auf mich gepißt hat. Sie sagte mir, daß man Frauen halten muß, wenn sie kommen, sie in den Armen halten muß. Sie brachte mir bei, wie man einen BH mit einer Hand aufkriegt. Sie meinte, das würde ich eines Tages bestimmt gut brauchen können. Sie fragte mich, ob ich schon mal eine Frau da unten geküßt hätte, und ich sagte nein. Vielleicht war das gelogen. Vielleicht hatte ich's Margaret White in Rockaway schon so besorgt. Ich weiß es nicht mehr. Ich fragte sie, ob Frauen das mögen, wenn man sie am Arsch leckt, und sie sagte ja. Sie fragte mich, ob Männer das mögen, wenn man sie am Arsch leckt, und ich sagte nein, und sie leckte mich, und ja, ich mochte es. Sie zog sich nicht wieder an. Das fand ich wahnsinnig cool. Sie zog sich einen Bademantel an, um mich zur Tür zu bringen, und sie gab mir zwei Dollar, was ich absolut unglaublich fand. Ein Sixpack kostete vielleicht knapp 'n Dollar, und sie sagte, du kannst dir ein paar Bier kaufen und einen Dollar für dich behalten. Beim zweitenmal sagte ich ihr, ich hätt die Hähnchen extra lang mit Saft bespritzt. Irgend so was Bescheuertes. Sie kriegte die besten Scheißhähnchen in ganz New York. Was war ich für 'n Blödmann. Ich heftete den Viechern die Fotze mit so kleinen Metallklammern zu und machte dann den ganzen Vormittag lang mit der Saftspritze rum. Das zweite Mal, wo ich sie sah, war ich nervöser. Ich hatte die ganze Woche an sie gedacht. War extra an ihrem Haus vorbeigelaufen. Hatte auf der Straße nach ihr Ausschau gehalten. Sie packte mich und küßte mich und sagte, ich hätte ihr gefehlt. Sie meinte, als Küsser wär ich 'ne Naturbegabung. Sie legte sich ohne was an aufs Bett, und wir küßten uns lange. Wir hatten nur eine dreiviertel Stunde Zeit. Sie lief ein bißchen rum, fragte mich, ob ich einen Sprudel wollte, stellte sich vor mich hin, die Hände in den Hüften. Ich hab sie nie unordentlich gesehen oder sauer. Das einzige, was sie mir nicht beigebracht hat, weil ich immer auf dem Sprung war, war, hinterher dazubleiben. Ich hab immer nur auf dem Sprung gevögelt. Auch später, als Bulle. Immer auf dem

Scheißsprung. Ich hab meinem Freund Bozo von ihr erzählt, und er hat mir nicht geglaubt, also bin ich mit ihm zur Fort Washington Avenue, und wir haben drauf gewartet, daß sie rauskam, und sie kam mit einem Kinderwagen raus. O Gott. Sie sagte hallo zu mir, sehr freundlich, und ich stellte ihr Bozo vor. Er glaubte mir trotzdem nicht, daß ich sie fickte. Das ging anderthalb Jahre so, jeden Samstag. Jahre später, eigentlich erst vor ein paar Jahren, hab ich die anderen Jungs gefragt, die früher für Bills Laden ausgeliefert hatten – den Typ vor mir und den Typ, der nach mir kam –, ich hab sie beide gefragt, ob sie sich je an sie rangemacht hätte. Und sie sagten nein, und mit Trinkgeldern war sie auch immer sehr zugeknöpft gewesen. Das ist mir runtergegangen wie Öl. An einem Samstag kam ich an, und sie sagte mir, daß sie wegzogen. Das ist ihr ziemlich nahegegangen, aber ich war damals zu blöd, um's zu merken. Sie hat mir dreißig Dollar gegeben und gesagt, aus mir würd ein guter Mann werden. Jetzt geh, hat sie dann gesagt. Das hat sie ständig gesagt, geh. Ich kam immer bis zum Flur, und dann rief sie mich zurück, sagte: Jimmy, Jimmy, komm zurück, und dann küßte sie mich. An dem Tag, wo ich sie zum letztenmal gesehen hab, hat sie mich nicht mehr zurückgerufen.«

Wir schwiegen, beide nachdenklich.

»Weißt du, jetzt müßte sie sechzig sein. Jesus. Ich brech zusammen. Ihr Sohn ist jetzt zweiunddreißig Jahre alt. Ich brech zusammen. Wie cool das ist. Er ist zweiunddreißig.«

»Wie hieß sie?«

»Annette, glaub ich. Ich bin nicht sicher. Annette.«

»Ich steh in ihrer Schuld.«

Er lachte. »Ja. Na ja. Man wird sehen.«

Er setzte sich auf, und sein Bauch schlug genau da, wo er die Narbe hatte, eine Falte. »Sie erinnert mich ein bißchen an dich«, sagte er. »Ich meine, du erinnerst mich an sie. Schmaler Rücken. Hübsche Hüften. Nur daß sie kleine Titten hatte. Sie hatte tolle Titten. Einmal, als sie schwanger war, hab ich sie von hinten gefickt, sie hockte auf allen vieren auf dem Bett, und ich hab das im Spiegel gesehen. Es war irre, der Bauch, der runterhing, die Titten, die runterhingen. Ich hab sie gefragt, ob ich sie geschwängert hätte, und sie hat bloß gelacht.«

»Es muß so gewesen sein, wie mit einer Göttin zu schlafen«, sagte ich.

»Ja, Mann, sie war sagenhaft.«

»Ich meine das auch in einem anderen Sinn. In einem mythischen Sinn. In einem rituellen Sinn. Es muß dir ein Gefühl von Macht gegeben haben. Und von Ohnmacht.«

»Leck mich am Arsch«, sagte er. »Ohnmacht?«

»Ja.«

»*Nein.* Warum sollte ich ein Gefühl von Ohnmacht haben? Was bringst du mich dazu, so 'n Scheiß zu reden? Du machst dir zu viele Scheißgedanken. Das war ganz und gar kein Mythos.«

Ich griff über seine Hüfte und berührte die Narbe. Er rückte von mir ab, schob meine Hand weg. »Das mag ich nicht«, sagte er. »Wenn du die anfaßt.«

»Tut mir leid«, sagte ich.

»Du hast doch nichts getan«, sagte er verwundert.

»Es kann mir doch leid tun, auch wenn's nicht meine Schuld ist.«

Er sah mich an, als wäre das für ihn ein vollkommen neuer Gedanke. Er rieb an einer roten Stelle, die er an der Kehle hatte. »Guck, was du getan hast«, sagte er.

»Hab ich gar nicht«, sagte ich verblüfft.

»Du weißt es nicht mehr? War's *so* gut?«

Ich hob die Hand und berührte den roten Kratzer, der

ihm quer über die Kehle ging. Er drehte sich weg und schaltete das Licht ein, um auf seine Armbanduhr, eine goldene Rolex, zu sehen, schaltete es dann wieder aus. Es war drei.

»Ich muß weg«, sagte er. »Um neun kommt Mr. Sweeney, der Klempner. Sie arbeitet. Ich muß dann aufsein.«

Er hatte es eilig zu gehen, hatte keine Lust zu gehen. War bereit zu gehen. »Von wem hast du dieses Ringelchen?« fragte ich.

Er sah es an. »Von meiner Frau«, sagte er.

»Deiner Exfrau.«

»Ja, meiner Exfrau.«

»Ist es irgendwie wichtig?«

»Was ?«

»Daß du um eine bestimmte Uhrzeit nach Haus kommst?«

Er zog die Uhr auf. »Für Mr. Sweeney wohl schon«, sagte er. »Aber ihr ist das egal. Sie wird schlafen.«

»Gut«, sagte ich.

Er sah mich an, plötzlich auf der Hut.

Ich legte meine Hand auf seinen Schoß und hob seinen Schwanz vom Oberschenkel auf.

Er nahm meine Hand weg, legte sie mir auf den Bauch und tätschelte sie. »Wenn du damit anfängst, komm ich hier nie weg«, sagte er.

Es paßte mir nicht, daß er meine Hand getätschelt hatte. Ich richtete mich auf, kniete mich hin und setzte mich auf meine Fersen, eine Haltung, die mich an die Sammlung pornographischer Bilder erinnert, die ich einmal in der Bibliothek meines Vaters entdeckt habe, besonders an einen Druck, der eine Geisha zeigt, die sich die Ferse des nackten Fußes in die Vagina bohrt. Etwas, was ich nie hingekriegt habe. Etwas, was ich nie auch nur versucht habe hinzukriegen. Ich beugte mich vor und nahm ihn in den Mund.

Einen Augenblick sträubte er sich, lachte, stieß meinen Kopf mit seiner Hüfte zur Seite, dann lehnte er sich mit einem tiefen Seufzer, als führte ich ihn gerade zur Hinrichtung, aufs Bett zurück, stützte sich mit angewinkelten Armen ab und sah mir zu.

Er war weich und schmeckte nach Salz. Er wurde schnell hart, und mir fiel auf, daß ich den Kopf auf die gleiche langsame, wippende Weise bewegte, wie es das rothaarige Mädchen gemacht hatte, und ich fragte mich, ob er es ihr beigebracht hatte, und wußte, daß er es auf eine ganz bestimmte Weise mögen würde, nur die Lippen, nicht zu fest, langsamer, einen Finger in seinem Hintern, keine Hände, keine Zeit, alle Zeit der Welt.

Er griff hinter sich und zog sich ein Kissen unter den Kopf. Machte es sich bequem. Er steckte eine Hand zwischen meine Knie, zwischen meine Beine, zwischen meine Knöchel und zog fest an mir, die Faust um meine geschwollenen, geweiteten, offenen Schamlippen geballt.

Er setzte sich auf und legte mir einen Arm um die Taille, drehte mich um und zog mich zu sich heran, so daß ich vor ihm kniete und ihm den Arsch entgegenreckte, drückte mir die Hand ins Kreuz, drückte mich herunter. Gesicht in die Matratze gepreßt. Arme über den Kopf ausgestreckt. Er zog meine Arme zu sich heran und packte meine Hände und legte sie mir auf den Hintern, und dann zog er mich, seine Hände auf meinen, auseinander, so daß ich mich ihm mit meinen eigenen Händen darbot, weit offen, durchgebogen, gespannt, und leise stöhnend drang er mit solcher Leichtigkeit, solcher Selbstherrlichkeit in mich ein, daß ich in demselben Moment, in dem er in mir war, anfing zu kommen. Er sagte: »Gut so, gut so.« Er strich mir mit der Hand über den Rücken, griff unter mich, hob meine schwappenden Brüste an, fuhr mir mit dem Daumen zwischen die Gesäßbacken, verweilte einen Augenblick an meiner Öffnung, befeuchtete sie mit Flüssigkeit aus meiner Vagina, neckte, drohte. Dann ließ er sich aus mir herausgleiten, und ich ließ mich auf die Seite fallen, die Hände in einer jungmädchenhaften Verlängerung des Lustgefühls zwischen meinen Schenkeln, und dann drang er mir roh in den Mund, und ich vergaß das rothaarige Mädchen, das tote rote Mädchen. Öffnete meinen Mund, seine Eier in der Hand, zog mit einem Finger den kannelierten Grat zwischen After und Penis nach, hin und zurück, befeuchtete ihn mit meiner Zunge, und dann legte er mir mit dieser Geste, die ich schon einmal an ihm beobachtet hatte, beide Hände auf den Kopf, bremste mich ein wenig, führte mich, ließ es mich wissen, und mit einem kleinen Schauder, einem zarten Durchdrücken des Kreuzes, kam er in meinem Mund.

Sein Orgasmus war kurz, durch eine rasche Zuckung verdoppelt und verdreifacht, so privat, so diszipliniert, daß er keinen Schrei ausstieß, kein Flüstern, keine Ermahnung. Für den Fall, daß der Mann der Hähnchen-Lady unerwartet hereinkam, die Jarmulke mit zwei schwarzen Haarnadeln am Hinterkopf festgesteckt.

MICH interessiert das Danach. Den Ausdruck habe ich von Pauline übernommen; den dadurch bezeichneten Sachverhalt brauchte ich allerdings von niemandem zu lernen, da ich eine Frau bin und häufig genug, über einem Abgrund hängend, mir selbst überlassen worden bin, während er, gestärkt, erfrischt, aufsprang und wieder in die Hose stieg (wenn er sie überhaupt ausgezogen hatte). Mir scheint, daß die Wirkung des männlichen Orgasmus nicht zu unterschätzen ist. Mit ihm geht nicht nur Sättigung einher, sondern auch ein Sichabwenden, ein oftmals freundliches, bisweilen sogar dankbares Sichabwenden, in dem er unter Umständen sogar zu der – wenn auch nur wenige Minuten vorhaltenden – Erkenntnis gelangen kann, daß er in der Schuld der Frau steht. Ich habe einmal gelesen, daß das Gorillaweibchen während einer einzigen – was ist das richtige Wort? Begegnung? Vereinigung? Nummer? Ich glaube, ich werde Paarung sagen – also während einer einzigen Paarung bis zu fünfzigmal kommen kann – nein, nicht *kann* (denn das impliziert Potentialität): *kommt*. Was mir in dem Zusammenhang durchaus zu denken gegeben hat.

Also war ich neugierig, was der Detective tun würde, fragte mich, ob er es schaffen würde, das hohe Leistungsniveau, das er bereits gezeigt hatte, auch weiter zu halten. Anders als meine Studenten war Detective Malloy ein reiner Techniker. Vielleicht zu sehr Techniker. Er hatte meine ausdrückliche Erlaubnis, *motherfucker* auf jede ihm nur genehme Weise zu buchstabieren.

Er glitt sofort auf diese vorsichtige Weise heraus, die der Selbstschutz gebietet und auf die der Mann die Aufsicht, die Verfügungsgewalt über seinen Penis wieder übernimmt. Ein Wiedereinfordern des Gutes, das er nur Augenblicke zuvor allem Anschein nach bereit gewesen war, in seinem Streben nach Sättigung hinzugeben, zu verschleudern, ja, wenn nötig sogar zu beschädigen. Er stemmte sich schwerfällig aus dem Bett, ging ins Badezimmer und wusch sich am Waschbecken. Ich hörte das Wasser lange laufen, und ich fragte mich, ob er die entchenförmige rosa Nagelbürste benutzte. Nein, entschied ich, das würde weh tun. Nach dem Sex ist der Penis besonders empfindlich, wie im übrigen jede Frau weiß, die – selbst mit der unschuldigsten Absicht – einmal versucht hat, ihn zart zu küssen oder zu lecken (vielleicht weil sie, der man eingeredet hat, sie sei imstande, unangenehm zu riechen, neugierig auf ihren eigenen Geschmack und Geruch war).

Er kam, nach Stephanotisseife duftend, zum Bett zurück und seufzte, als täte es ihm leid zu gehen, obwohl ich das nicht glaubte, da diese plötzliche Aufwallung von Leere und Traurigkeit mittlerweile auch über mich hinwegspülte. Der Wunsch nach Trennung. Ich hatte das Bedürfnis, allein in meinem Bett zu sein, und er, ganz woanders zu sein, und keinen von beiden störte es, begierig nach Auflösung, nicht nach Vereinigung, wie wir jetzt waren. Ich war müde. Und auch wenn ich über ihn nachdenken wollte, würde das bis zum nächsten Tag warten müssen – vielleicht bis ich in der U-Bahn saß, wo mir der größte Teil meiner interessanteren Gedanken zu kommen scheint, während ich zuhöre, wie Frauen über Männer reden.

Er gähnte und rieb sich mit beiden Händen über Brust und Magen. Ich legte mich zurück, verschränkte die Arme hinter dem Kopf und sah ihm beim Ankleiden zu, neugierig, ob das Schauspiel mir wieder Lust auf ihn machen würde. Ich wußte nicht, was dagegen gesprochen hätte.

Türkisblauer Slip, ein bißchen verblaßt (in Rockland County wird zuviel gewaschen), die Eier zärtlich angehoben und mit einer kleinen ruckartigen Handbewegung an ihren Platz befördert, schwarze Socken, weißes Hemd. Den gelbgestreiften Schlips brauchte er jetzt nicht. Er hielt ihn in die Höhe, um die Enden auszugleichen, faltete ihn ordentlich zusammen, schüttelte ihn, noch nicht zufrieden, wieder auseinander, faltete ihn neu und ließ ihn vorsichtig in die Tasche seines Jacketts gleiten. Er stützte einen Fuß auf die Armlehne eines Stuhls, um sich die Schnürsenkel zuzubinden. Er nahm den Revolver vom Kaminsims, steckte ihn in ein schwarzledernes Knöchelholster, auf dem keine Landkarte von Irland zu sehen war, und schnallte es sich um. All das mit flinken, flüssigen Bewegungen, ohne jede Befangenheit, obwohl er wußte, daß ich ihn beobachtete. Ich tat so, als interessierte mich die Waffe nicht übermäßig. Er zog die Hosenaufschläge hinunter.

Ich wollte nicht daran denken, wie viele Frauen schon, die Hände hinter dem Kopf verschränkt, nackt auf einem Bett gelegen und ihm beim Anziehen zugesehen hatten. Er hatte es schon tausendmal getan. Zehntausendmal. Und es bereitete ihm noch immer Vergnügen. Ein Mann, der wußte, daß er vögeln konnte. Der sich anzog. Während die Frau ihm vom Bett aus zusah. Der vor dem nächsten Morgen wieder ging. Ich konnte erkennen, daß er an das Prinzip des Aufschubs glaubte. Wie die meisten Männer. Verblüffung, Distanz, Abwesenheit. Vom Willen, nicht vom Verstand motiviertes Handeln. Das war es, was ihn gefährlich machte. Nicht der Sex. Das Hinausschieben der Bewußtwerdung. Das Hinausschieben der Sinnfrage. Und damit einher ging, trotz der Hähnchen-Lady, die ihm irgendein großzügiger Schutzgeist, mit Sicherheit nicht der heilige Patrick, geschickt haben mochte, die altbekannte grübelnde Ausgrenzung der Frau.

»Ich fühl mich so, als ob ich gleich zur Arbeit fahren würde«, sagte er unbefangen. »Bloß fahr ich nach Haus. Wenn man zu Haus ist«, sagte er, »und macht sich fertig, um zur Arbeit zu fahren, das ist so wie Freitag abend. Für einen Bullen ist immer Freitag abend, sogar wenn's Freitag ist. Weißt du, was ich meine? Vielleicht hat man 'ne Verabredung in der Stadt. Man wird 'ne Nummer schieben. Eine Unbekannte, jemand Neues, weil wegen einer, die man schon mal gefickt hat, würd man sich nicht die Mühe machen. Vielleicht sind die letzten paar Tage zu Haus besonders ätzend gewesen. Sie ist stinkig auf einen. Aber man fühlt sich gut, weil man gleich ins Revier fährt. Man weiß, daß die Blagen das ganze Wochenende dasein werden, und man selbst wird nicht dasein. Das ist ein tolles Gefühl. Man faltet sein Hemd auseinander – ein schönes weißes Hemd. Der Schlips paßt zum Hemd. Schöne Schuhe. Der Anzug sitzt gut. Man sieht wie aus dem Ei gepellt aus, man sieht sauber aus. Früher hab ich immer gedacht, welcher Job auf der Welt ist so gut wie Detective sein? Deine Frau glaubt, du gehst in die Höhle des Löwen, und in Wirklichkeit gehst du dir einen blasen lassen.«

Er klopfte sich die Hände ab. »Du ruckelst deinen Schlips zurecht, damit dir das Scheißding nicht schief hängt. Vielleicht hast du sogar einen Windsorknoten. Der Schlips endet genau da, wo er soll, auf der Gürtelschnalle. Du guckst in den Spiegel. Du trägst dein After-shave auf, klopfst dir auf die Wangen, schüttelst das Hosenbein aus, daß es über das Knöchelholster fällt. Die Scheißkatze kommt angeschlichen, du verpaßt ihr einen Tritt, daß sie nicht an dir haart. Du ziehst dein Jackett aus, du sagst, was meinst du, Schatz, wie findest du den Schlips? Seh ich heute okay aus? Sie sagt, du siehst gut aus, du siehst toll aus. Ich bin nicht zu dick? Die Klamotten sitzen nicht zu eng? Du setzt dich an den Küchentisch. Deine Jacke liegt zusammengefaltet auf einem anderen Stuhl. Du steckst dir den Schlips rein, du ziehst die Hosenbeine hoch wegen der Falten, und du sagst, na, und was machst du morgen, Baby? Sie sagt, nichts Besonderes, Schlittschuhunterricht, Einkaufszentrum. Sie fragt, kommst du heut nacht nach Haus? Du sagst, weiß ich nicht, Scheiße noch eins, es ist Freitag abend. Die ganzen Nigger. Ich ruf dich an. Wenn du morgen aufwachst, und ich bin nicht da, brauchst dir keine

Sorgen machen. Also macht sie dir 'ne Tasse International Pulverkaffee, und du beklagst dich über den Job. Du mußt dich beklagen. Damit du gut dastehst. Freitag abend, und jeder Mann in Amerika ist unterwegs in die entgegengesetzte Richtung. Alle sind auf dem Weg nach Haus, und du machst dich ausgehfertig. Als Bulle gehst du immer in die entgegengesetzte Richtung, von jedem aus gesehen. Jemand brüllt Feuer, und du rennst in das betreffende Haus.« Er setzte sich auf die Bettkante und schubste meine Beine zur Seite.

»Warum hat sie dich rausgeworfen?«

»Mich rausgeworfen?«

Ich sah, daß er beleidigt war, auch wenn sie ihn wirklich rausgeworfen hatte. »Warum habt ihr euch scheiden lassen?« formulierte ich die Frage um.

»Wozu willst du den ganzen Scheiß überhaupt wissen?« Er seufzte. »Ich hab zweimal dieselbe Nummer gewählt.«

»Dieselbe Nummer?«

»Ja. Das erste Mal hab ich gesagt, ich muß Überstunden machen, ich komm nicht nach Haus. Das zweite Mal hab ich gesagt, zieh dich aus, ich bin gleich da.«

»Oh«, sagte ich.

»Ja«, sagte er.

»Warum bist du wieder zurückgegangen?«

»Meine Blagen. Es war 'ne einzige Scheiße. Die Blagen haben mir gefehlt.«

»Deine Blagen? Ich wußte gar nicht, daß du Kinder hast.«

»Kevin war dabei, aus der Schule zu fliegen, der Jüngere kam überhaupt nicht mehr nach Haus. Sie ging arbeiten. Sie wurde mit den beiden nicht fertig. Sie hatte einen Freund, irgend so 'n Typ unten aus der Verwaltung. Ich weiß es nicht mit Sicherheit. Jemand hat mir erzählt, sie hätte einen. Aber es war nicht das. Um ehrlich zu sein, ich bin wieder nach Haus, weil ich müde war.«

»Ich wußte gar nicht, daß du Kinder hast«, sagte ich noch einmal.

»Nein«, sagte er, sichtlich ohne das Gefühl zu haben, das wäre etwas, was ich hätte wissen sollen. »Woher solltest du's auch wissen?«

»Ja, woher auch«, sagte ich. »Ich weiß überhaupt nichts von dir.«

»Ich dachte, ich hätt's dir gesagt«, sagte er kühl.

Er wollte sich nicht einmal vor sich selbst festlegen. Er war ein einziger Widerspruch – bußfertige Bekenntnislust und gleichzeitig eine Geheimnistuerei, die ihn unklar, verschwommen erscheinen ließ und ihn ständig in Bewegung hielt.

»Mein Ältester will Lehrer werden«, sagte er. »Ich hab keinen gottverdammten Schimmer, was mit ihm los ist. Als wären Marsmenschen gelandet und hätten sich in sein Hirn eingeklinkt.«

»Was will er denn unterrichten?«

»Schmoogs.«

»Schmoogs?«

»Niggerkids. Kannst du dir so 'ne verdammte Scheiße vorstellen?«

Ich schwieg.

Er lächelte. »Du denkst, ich bin ein Rassist, wie alle Bullen.« Es schien ihn nicht weiter zu stören. »Hast du 'ne Ahnung, wie viele von denen in meinen Armen gestorben sind?« Er war mit einemmal wütend. »Weißt du was, eines Tages werd ich wegen so einem umgelegt werden, nicht *von* einem, *wegen* einem.« Er wandte sich angewidert ab – ob von mir oder den Niggerkids, hätte ich nicht sagen können.

»Du verwechselst das, was du tust, mit dem, was du

denkst. Mut und Vorurteil«, sagte ich. »Du bist ein Profi. Du tust, was von dir verlangt wird.«

»'n Scheißdreck verwechsel ich.«

Er fühlte sich auf einmal nicht wohl in seiner Haut, als hätte er gerade erst angefangen, sich Gedanken über mich zu machen, sich zu fragen, was für ein Mensch ich wohl war, was in meinem Kopf wohl vor sich ging.

»Was genau darf ich eigentlich alles mit dir tun?« fragte ich.

»Was immer du willst.« Er sah auf seine Uhr.

»Wo wohnst du?«

»Ich hab's dir doch gesagt.«

»Nein, ich meine die Adresse. Den Straßennamen. Damit ich weiß, wo ich mir dich vorstellen kann.« Ich hatte an die Fahrt gedacht, die ihm bevorstand, nicht daran, bei Mrs. Malloy auf ein Täßchen Tee vorbeizuschauen, aber es war zu spät für Erklärungen.

Er stopfte mir das Laken unter den Oberschenkel. »Du brauchst es nicht zu wissen«, sagte er. »Wo hast du das Armband her?«

Ich sah das Armband an, drehte es, nahm die goldene Saftspritze zwischen zwei Finger. Der Kinderwagenanhänger war nicht mehr da.

»Einer der Anhänger ist abgefallen«, sagte ich überrascht. Ich war traurig, ihn verloren zu haben, es kam mir so vor, als hätte ich mich des schrecklichen Vermächtnisses, das mir von Paulines freizügiger Tante indirekt anvertraut worden war, irgendwie unwürdig erwiesen. »Vielleicht auf der Straße. Vielleicht auf dem West Broadway.« Ich sah unter das Kopfkissen und schlug das Laken zurück. Aber er war nicht da. Ich sah auf den Boden.

»Wirklich schade«, sagte er. Er ging ins Bad und kämmte sich vor dem Spiegel.

Ich setzte mich auf die Bettkante. »Da ist etwas, was ich dir sagen muß«, sagte ich plötzlich.

Er sah mich an, als hätte ich ein Versprechen gebrochen. »Was denn jetzt?«

»Du kennst mich *doch.*«

Er wandte sich wieder zum Spiegel. »Was für 'ne Scheiße redest du da eigentlich zusammen?«

»Nein, kennen nicht. Aber gesehen hast du mich.«

Er hielt den Kamm unter den Wasserhahn und schüttelte ihn aus.

»Im Red Turtle. Ich habe dich gesehen.«

»Die ganze Zeit über denk ich, ich kenn diese verdammte Braut doch, ich *kenn* sie. Und jetzt erzählst du mir, ich hab dich im Red Turtle kennengelernt? Ich glaube nicht, Baby.« Er kam wieder ins Zimmer, um sein Jackett zu holen.

»Es war dunkel. Ich hatte die Brille auf.«

»Ich glaube, an die Zitzen würd ich mich erinnern«, sagte er und schnippte mir mit dem Finger gegen die Brustwarze. »Ich hab dich noch nie in meinem Leben gesehen.«

Ich nickte und wußte, daß ich weit genug gegangen war. Zwang mich, mich mit dem Unüberzeugenden abzufinden. Er würde es mir nicht sagen. Ich wollte ihn fragen, ob sie eine gute Bläserin gewesen war. Ich wollte ihn fragen, ob er sie umgebracht hatte. Ich schämte mich dafür, daß ich das auch nur dachte. Schämte mich so sehr, daß ich ihm nicht sagte, daß ich seine Tätowierung gesehen hatte.

»Du redest allen möglichen Scheiß zusammen«, sagte er. »Du wolltest mir doch die Hand zeigen. Wo ist sie?«

»Hinter den Büchern da. Ich hab sie da hingetan, um sie nicht sehen zu müssen.«

Er fand sie und hielt sie unters Licht. Sie war aus einem

harten weißen Kunststoff gemacht, war nicht biegsam, nicht hohl wie ein Handschuh.

Er streckte den Arm aus und strich mir mit den steifen Fingern über die Brüste. Zu meiner Verwunderung wurden meine Brustwarzen hart. Er bemerkte es nicht. Mir wurde bewußt, daß ich wieder mit ihm schlafen wollte.

»Ich möchte sie behalten«, sagte er unvermittelt und ließ die Hand in seine Tasche gleiten. »Vielleicht kann ich was damit anfangen.«

»Was damit anfangen?«

Die Spitzen der Nägel guckten aus seiner Tasche.

»Schließ hinter mir ab«, sagte er.

Ich nickte. »Du hast mir nicht gesagt, was mit den Andenken ist«, sagte ich.

»Andenken?«

»Die der Mörder mitnimmt.«

»Souvenirs. Nicht Andenken. Geh zur Tür«, sagte er. »Ich will dich ansehen.« Er nahm meine Hand, half mir aus dem Bett und stand dann so da, eine Hand in die Hüfte gestemmt, unter dem offenen Jackett, und sah mir zu, wie ich nackt durchs Zimmer ging. Ich war die Hähnchen-Lady. Er war der überwältigte fünfzehnjährige Neophyt, der ihr zusah, wie sie zur Tür ging und sie ihm aufhielt.

Ich spürte, wie ich vor Verlangen errötete. Worauf man nicht alles reinfällt.

»Ich will mehr«, hörte ich ihn hinter mir sagen. Er stand am Bett und sah mich an. »Das Leben eines Bullen würde dir nicht gefallen«, sagte er.

»Mir braucht das Leben eines Bullen nicht zu gefallen.«

Er sah verdutzt aus.

»Ich habe mein eigenes Leben.«

»Verzeihung. Wie spießig von mir.«

»Ich bin ja hier«, sagte ich. Ich fröstelte, vielleicht von einem Luftzug.

»Ich weiß«, sagte er.

Und ging.

HEUTE nachmittag hat er angerufen. Im Hintergrund war ein ziemlicher Lärm zu hören und Musik und eine schreiende Frau.

»Ich möchte, daß du vorbeikommst und dir ein paar Bilder anschaust«, sagte er. »Wär das möglich?«

»Ich hab sein Gesicht gar nicht gesehen«, sagte ich. »Ich hab's dir doch gesagt.«

»Na ja, nur um ganz sicherzugehen, du weißt schon. Damit's auch hundertprozentig ist. Man kann nie wissen.«

»Ich wünschte, man könnte das auch mit Gerüchen machen. Zwischendurch fällt mir immer wieder sein Geruch ein.«

»Sein Geruch?«

»Da war ein ganz besonderer Geruch. Etwas wie Zahnarztgeruch. Oder Briefmarkensammlergeruch. Nach Klebstoff.«

Er lachte. Im Hintergrund brüllte ein Mann: »He, Malloy.«

»Es ist so, wie wenn man versucht, sich an einen Traum zu erinnern«, sagte ich. »Es ist irgendwo in mir drin.«

»Ich wollte, ich wär irgendwo in dir drin«, sagte er.

Zu meinem Erstaunen war ich ein wenig enttäuscht. Zu leicht, dachte ich. »Statt dessen bist du wo?«

»Auf der Arbeit«, sagte er. »Wird spät werden. Wie wär's mit morgen nacht?«

Ich wußte nicht, worauf sich seine Frage bezog. Ich wollte auch nicht, daß es klang, als wäre ich zu leicht zu haben. »Morgen nacht?« fragte ich.

»Nachts ist es einfacher. Ruhiger. Nicht so viele Bimbos da. Du könntest abends vorbeikommen, wenn's dir recht ist. Richie ist nicht grade überglücklich, am Schreibtisch zu hocken, aber ich hab ihn dazu gebracht, daß er jetzt wenigstens anfängt, Bilder rauszusuchen. Er ist sowieso stinkig auf mich. Neulich nachts hatten wir einen Mord in der Banks Street, ein Schwuler, und als ich vom Tatort weg bin, hab ich die Adreßkartei des Verstorbenen mitgehen lassen. Der hatte garantiert tausend Scheißnamen da drin. Alles Kerls. Ich hab eine von Richies Karten reingesteckt. Du weißt schon, Detective Richard – eigentlich Ricardo – Rodriguez. Nur, auf die Rückseite hab ich *un hombre magnífico* geschrieben und *muy grande.* Der Detective, der den Fall gekriegt hat, ein junger Typ, ist die Adressen noch mal durchgegangen, wie das seine Pflicht ist, und hat Richies Karte gefunden. Ich hab ihn vom anderen Ende des Zimmers aus beobachtet. Ich hab gewußt, daß er sie gefunden hatte, weil er weiß wie 'n Handtuch geworden ist. Was für 'n Nigger keine schlechte Leistung ist.«

Ich muß zu meiner Schande gestehen, daß ich da lachen mußte.

»Er ist also zu mir rüber und hat sie mir gezeigt. Was 'n Scheiß. Hat geflüstert und was weiß ich nicht alles. Ich hab gesagt: Du mußt es tun, Mann. Gib Rodriguez eine Chance, die Sache zu erklären, Mann. Das heißt noch nicht, daß er ein Mörder ist. Ich mußte gehen. Ich hatte Angst, ich würd rausplatzen. Das letzte, was ich gehört hab, war, wie Rodriguez versuchte, den Jungen aus dem Fenster zu schmeißen.«

»Er ist wirklich *un hombre magnífico*«, sagte ich.

Er schwieg. »Findest du?« fragte er endlich. »Vielleicht für einen Puertoricaner. Groß, für einen Latino. Er will Ballettunterricht nehmen. Meint, das wär 'ne erstklassige Methode, zu einem Fick zu kommen.«

Ich konnte im Hintergrund Willie Nelson hören. Vielleicht war Malloy doch nicht auf der Arbeit.

»Ich kann mir nicht vorstellen, daß es für Detective Rodriguez allzu schwierig sein sollte, zu einem Fick zu kommen.« Hinterhältig. Vor mich hin lächelnd.

»Wir haben früher zusammen fürs Rauschgiftdezernat undercover gearbeitet. Als Jungs noch. Damals war er noch nicht so groß. Ich sagte immer, Rodriguez kriegt fast immer seinen Mann. Was eine ganze Menge heißt.

Neulich hast du mich gefragt, warum ich Bulle geworden bin. Ich hab drüber nachgedacht. Ich war betrunken. Ich hatte den ganzen Abend in einer Bar auf der St. Nicholas Avenue getrunken. Ich war zweiundzwanzig, grade aus der Army entlassen, und zog mir alle vier Stunden Dilaudid und eine Flasche Robitussin rein. Schien mir 'ne gute Idee zu sein.« Er verstummte wieder. »Du stellst eine Menge Fragen.«

»Hast du Lust, Mittwoch abend ins Kino zu gehen?«

Er dachte nicht einmal darüber nach. »Ich kann nicht«, sagte er. »Ich arbeite. Ich versuche, auf die Liste zu kommen.«

»Die Liste?«

»Immer, wenn man Überstunden macht, setzen sie einen auf die Liste. Sie heißt die ewige Liste. Ich sag immer: Es ist drei Uhr nachmittags, in einer Stunde ist Feierabend; wenn wir zwei tote Rabbis mit einem Besenstiel im Arsch und ihren eigenen Genitalien im Mund finden, müssen wir weiter Dienst schieben. Wenn wir zwei Latinos finden, schicken sie uns nach Haus. So haut's vielleicht irgendwann hin.«

»Na ja, dann vielleicht ein andermal, wenn du nicht grade damit beschäftigt bist, Rabbis ihre Eier aus dem Mund zu holen.«

»Ja«, sagte er. »Vielleicht.«

»Schön, du sagst Bescheid«, sagte ich. »Wenn du frei bist.« Wutschäumend.

»Was machst du jetzt grade?« fragte er mit gesenkter Stimme. Ich konnte ihn kaum verstehen.

»Ich steh am Küchenfenster. Seh einem Mann zu, der auf die Straße pinkelt.«

Als ich nichts weiter sagte, sagte er: »Tu die Hand da hin. Faß sie an, nimm sie in die Hand.« Er wartete. »Die Muschi, wie ich sie mag – wenn du den Mittelfinger reinsteckst, geht er tief rein, und die Falten der Vagina sind schlaff und pitschnaß. Du streichst mit dem Finger aufwärts. Es gibt kein irreres Gefühl auf der Welt als eine solche Muschi. Dein Kitzler ist auf dem Posten. Er kommt mir entgegen. Er hüpft mir in die Hand. Wenn du eine Frau anfaßt, und ihr Kitzler ist draußen, dann weißt du, daß sie was von Sex versteht. Dann weißt du, daß du an sie rankommst. Wie bei dir.«

»Du kommst nicht an mich ran«, sagte ich.

»Tu dir die Hand zwischen die Beine«, sagte er.

Ich tat's.

»Hast du's gemacht?«

»Nein.«

»Steck sie dir ins Höschen.«

Ich tat's.

»Innen rein.«

Ich tat's.

»Siehst du, wie er dir in die Hand hüpft?«

In der Tat.

SPÄTER, in der U-Bahn, hörte ich, wie eine Frau zu einer anderen sagte: Dieser Mann, der's trisexuell.«

HEUTE war im Lokalteil der *Times* ein kurzer Artikel über die Ermordung von Ms. Angela Sands, sechsundzwanzig, aus Albany, New York, einer Schauspielerin, die zweite Besetzung in *The Will Rogers Follies* gewesen war. Es wurden keine Einzelheiten über den Mord angegeben. Kein Wort über Exartikulation. Oder gelutschte Schwänze. (Ich könnt einen Lutsch brauchen, hat er heute nachmittag am Telefon gesagt. Manchmal, hat er gesagt, wenn man eine erwischt hat, die ihr Geschäft versteht, kann sie zwischendurch ein Ei in den Mund saugen. Aber man muß aufpassen. Wer läßt schon gern Dilettantinnen an seine Klöten ran.) Allerdings zitierte die Zeitung einen ungenannt bleibenden Polizeisprecher, der die Tat als einen »krausen Mord« bezeichnete.

ICH habe neue Wörter für mein Glossar.

to knock boots (wtl. »Stiefel [aneinander]schlagen«), Phr.: koitieren
track (abgek. aus *contract),* Subst.: Auftrag (z. B. »ich hab den *track,* ihn umzulegen«)
to do, V.: vögeln
to do, V.: töten
clean, Adj.: gutaussehend; geschniegelt
to Brodie, V.: springen, in der Regel von einem Gebäude oder einer Brücke; nach einem Mr. Brodie, der behauptete, von der Brooklyn Bridge gesprungen zu sein
to lash (wtl. »peitschen«), V.: urinieren
chronic, V.: Marihuana, bes. von sehr guter Qualität

smudge (wtl. »Klecks«), Subst.: Schwarze/r
Ape Avenue (»Affen-A.«), N.: Eighth Avenue (Polizeislang)
puppy (wtl. »Hundchen«; Normalslang: »Ding, Gerät«), Subst.: Handfeuerwaffe (jamaikanischer Ausdruck)
scrambler (wtl. »Kraxler«), Subst.: Laufbursche eines Drogenhändlers
cocola, Subst.: Schwarze/r (puertoricanischer Ausdruck)
spliv, Subst.: Schwarze/r
to be hung like a horse (wtl. »ein Gehänge wie ein Pferd haben«), Phr.: gute Beziehungen bei der Polizei haben; auch wtl., ein Gerät wie ein Pferd haben
ground ball (wtl. »ein [beim Baseball] geschlagener Ball, der auf dem Boden aufprallt oder rollt«), Subst.: etwas Einfaches oder Simples
to pull a train (»einen Zug ziehen«), Phr.: Gruppensex machen, durcheinandervögeln
slinger (wtl. »Schmeißer«), Subst.: Drogenhändler
to inflash (wtl. etwa »einblitzen«), V.: informieren
to double (wtl. »doppeln«), V.: in zweiter Reihe parken
to sleep in a tent (wtl. »im Zelt schlafen«), Phr.: einen großen Penis haben
to be built like a tripod (wtl. »wie ein Stativ gebaut sein«), Phr.: einen großen Penis haben
dixie cup (wtl. etwa »Blechnapf«), Subst.: jemand, der als verfügbar – und beliebig »wegwerfbar« – betrachtet wird *her, she* (wtl. »sie«), Pron.: Ehefrau

CORNELIUS ist heute nach der Stunde zu mir gekommen. Er war mit der ersten Fassung seiner Semesterarbeit fertig und wollte wissen, ob ich sie mir ansehen würde. Er sagte, er hätte noch immer ziemlichen Stress damit.

Ich wäre geblieben, um ihm zu helfen, aber ich war mit

Mr. Reilly und Pauline im Snack ’n’ Chat verabredet, einem Lokal, in das Mr. Reilly mich schon seit längerem hatte ausführen wollen. Pauline, die der Meinung ist, die Welt würde bald eine Diner-Renaissance erleben, hatte mitgewollt.

Ich lud Cornelius ein, auch mitzukommen.

Er zögerte. »Wieviel Uhr gehn Sie?«

»Jetzt«, sagte ich. »Mit meiner Freundin Pauline und Mr. Reilly.«

»Mr. Reilly?«

Die Studenten nennen Reilly »Ax«, weil sie es als demütigend empfinden, wie er darauf besteht, daß sie, wie er es nennt, korrektes Amerikanisch sprechen. Daß sie also auch nicht *ax* für *ask* sagen. Als ob die Art, wie Cornelius spricht, kein korrektes Amerikanisch wäre. Mir ist seine Art zu sprechen sogar lieber. Ich frage mich, ob ich Cornelius nicht sagen sollte, daß *ax* für *ask* schon bei Chaucer vorkommt. Und dann auch bei Faulkner.

»Das Lokal ist hier ganz in der Nähe«, sagte ich. »Ich sehe mir Ihre Arbeit an, während sich die beiden über Resopaltische unterhalten. Na kommen Sie schon.«

Ich schubste ihn aus dem Seminarraum und fragte mich einen Augenblick, ob ich nicht vielleicht dabei war, mich in eine Schieflage zu manövrieren.

Gestern hat er mir gesagt, ich dürfe nicht mit der U-Bahn fahren, nicht einmal tagsüber. Er findet es falsch, daß ich praktisch Hinz und Kunz ins Haus lasse. Auf dem Weg zum Eßlokal pöbelte er einen Mann an, der mich angebettelt hatte. Cornelius murmelte einen drohenden Bannspruch, in dem das Wort Nigger vorkam und der den Mann zwar, wie beabsichtigt, zum Rückzug veranlaßte, mich aber in Verlegenheit brachte. Cornelius ist herzlos, hat keinerlei Verständnis für die Besitzlosen, nimmt ihnen ihre Armut nicht ab, betrachtet die meisten Dinge des

Lebens als ein Spiel, als Theater. Nicht viel anders als Detective Malloy. Heimlichtuerisch, argwöhnisch, herzlos. Ich wüßte zu gern, ob Cornelius eine jamaikanische Fahne auf dem Hintern hat.

Was ich nicht bedacht hatte – und was mir erst bewußt wurde, als wir im Lokal ankamen und ich in Paulines Gesicht etwas wie genitale Billigung aufleuchten sah –, war, daß ich *ihn* in eine Schieflage manövriert haben könnte. Pauline schien zu glauben, Cornelius und ich hätten ein Rendezvous miteinander. Seine Aufmerksamkeit mir gegenüber war rein platonisch-taktisch motiviert – es ging ihm um eine gute Note, um Freundschaft, um Abwechslung im langweiligen College-Einerlei. Nicht ums Vögeln.

Deshalb war ich nicht darauf vorbereitet, auch wenn ich es hätte sein sollen, daß er, kaum daß wir uns Pauline und Mr. Reilly, die sich tatsächlich über Resopal unterhielten, gegenüber in eine kunstlederbezogene Nische gesetzt hatten, sein Bein gegen meines preßte.

Ich rückte näher zur Wand.

»Krieg ich dann den Schein von Ihn', Mr. Reilly?« fragte er.

Reilly sah von dem honiggefüllten Plastikbären auf, den er in seinen rosigen Händen drehte und wendete. »Ich wüßte wirklich nicht, warum«, sagte er mit einem Lächeln.

»Weil Sie die Nase gestrichen voll von mir haben«, sagte Cornelius.

Reilly reichte ihm eine Speisekarte. »Ich habe von Ihnen allen die Nase gestrichen voll«, sagte er milde.

Cornelius sah mich an. »Das heißt, daß ich 'ne Eins krieg. Wo ich doch jetzt den Unterschied zwischen nix und nichts und bla weiß.« Er sprach das »nichts« so aus, als könnte er es nur mit größter Mühe über die Lippen bringen.

»Was *ist* denn der Unterschied zwischen nichts und bla?« fragte Pauline, und ich begriff, daß sie mit ihm flirtete. Das überraschte mich.

Er schenkte ihr keinerlei Beachtung, sondern richtete den vollen Strahl seines Charmes – eines Charmes, den sie bereits in den drei Minuten unseres Beisammenseins instinktiv erkannt hatte – auf mich. Die ich neben ihm saß und mich gegen das Elchbild an der Wand quetschte, um ihn nicht auf falsche Gedanken zu bringen. Er verbündete sich mit mir. Gegen sie. Nicht, daß ich ihm, wie auch immer, zu verstehen gegeben hätte, ich wünschte mir, von ihm auserkoren zu werden.

Meine verspätete Einsicht in seine Begehrlichkeit hatte tatsächlich die Wirkung, daß ich ihn, wenn auch nur einen Augenblick, ernsthaft in Betracht zog. Es war wie auf der High-School, wo es völlig ausgereicht hatte zu erfahren, daß ein Junge dich mochte, um dich noch am selben Tag bereit zu erklären, mit ihm zu gehen. Wenn ich jetzt darüber nachdenke, ist es genau wie im richtigen Leben. Von wegen High-School.

Die Kellnerin, in rosa Uniform und weißer Schürze, kam zu uns an den Tisch, und Pauline bestellte das Hackbraten-und-Kartoffelpüree-Menü. Mr. Reilly bestellte etwas, was Thanksgiving-auf-Brot hieß. Ich wurde ausgeschimpft, weil ich ein Vollkornbrot-Thunfisch-Sandwich bestellte. Cornelius bestellte überhaupt nichts.

»Ich will keine Soße und bla auf meiner Semesterarbeit«, sagte er.

Die Kellnerin brachte das Essen. Mr. Reillys Bestellung sah köstlich aus. Es war wirklich Thanksgiving auf Brot. Ich weiß gar nicht, warum ich daran gezweifelt hatte – zwei Scheiben Weißbrot, vollgehäuft mit Farce, Preiselbeerkompott, kandierten Süßkartoffeln und Soße und bekrönt mit einer Putenbrust und zwei Flügeln. Ich wollte ihm nicht zusehen, wie er es aß. Ich hatte einmal in einem Lokal am South Street Seaport mit ihm Krabben gegessen, und seither habe ich keine Krabben mehr angerührt. Ich mißgönne niemandem sein erotisches Vergnügen, durch was auch immer es verursacht sein mag. Ich nehme Reilly nicht einmal sein Gemampfe und Gekaue und Geschnipple und Genage übel, aber ich hatte keine Lust, es mir anzusehen.

»Ich mach die Flatter, Mann«, sagte Cornelius unvermittelt. Bevor ich irgend etwas sagen konnte, war er schon aus dem Lokal.

Reilly sah mich mißbilligend an und wischte sich geziert die Hände an seiner Serviette ab. »Nie zu empfehlen«, sagte er.

»Was?« fragte ich, obwohl ich genau wußte, was er gleich sagen würde.

»Sich gemein machen«, sagte er. »Es schafft nur Unordnung.« Er hob einen Truthahnflügel auf und lutschte den Gelenkkopf ab.

»Oh«, sagte ich wütend. »*Das* Argument. Zu schade, daß es kein Kentucky Fried Chicken in der Nähe gibt.«

»Gibt's«, sagte er, nahm das Stengelchen einer Preiselbeere vom Rand seines Tellers und schnippte es auf den Tisch. »Auf der Fourteenth Street.«

»Möchten Sie meinen Hackbraten probieren?« fragte ihn Pauline. Er mochte.

Kein Wunder, daß sie mit Dellen von Waschbeckenrändern am Hintern endet, dachte ich. Ich aß das Thunfischsandwich, das so einfallslos war, daß es schon anfing, mir leid zu tun, so sehr leid zu tun, daß ich es ganz aufaß, samt dem, was einer meiner Studenten die Garniere nennt. Wir teilten die Zeche gleichmäßig unter uns auf, und Reilly und Pauline verabredeten sich, in das neue Restaurant in

Chelsea zu gehen, wo die Kellner Gaucho-Beinschützer und Hüte mit bammelnden Filzbommeln tragen.

Wir trennten uns von Mr. Reilly bei seinem Auto, und Pauline begleitete mich bis zum Waverly Place, wo wir uns einen Abschiedskuß gaben.

Während ich nach Hause ging, dachte ich an das neue Gedicht in der U-Bahn-Linie Vier. Ich bin im letzten Monat so paranoid geworden, daß ich mir einbilde, die Poetry-in-Motion-Plakate seien an mich gerichtete Botschaften. Nicht im übertragenen Sinne, sondern ganz konkret für mich von jemandem ausgesucht, der es irgendwie geschafft hat, Einfluß über das dafür zuständige Auswahlkomitee zu gewinnen. Das neue Gedicht ist von Akiko Yosano. »Endlich hier angelangt/Seh ich auf meine Lust zurück/Und erkenne, daß ich/Wie ein Blinder gewesen bin/Der das Dunkel nicht fürchtet.« Für mich, stimmt's?

Meine Uhr war kaputt, und auch wenn ich wußte, daß es Abend war, wußte ich noch nicht, wie spät es wirklich war. Nicht, daß es irgendeine Rolle gespielt hätte. Das ist eines der Dinge, die ich als Kind gelernt habe – ohne Uhr zu erkennen, wieviel Uhr es ist. Dazu braucht man allerdings einen Himmel. Und da ich in New York genaugenommen nie eine natürliche Lichtquelle zu sehen bekomme, ist es hier nicht leicht zu bewerkstelligen. Eine andere Sache, die ich seit meiner Kindheit weiß, ist, daß bestimmte Würmer, von denen es auf dem philippinischen Land nur so wimmelt, sich durch die Fußsohlen in den Körper Eingang verschaffen, schnurstracks zum Gehirn wandern und selbiges auffressen. Diese bescheidenen, aber lebenswichtigen Kenntnisse verdanke ich Augustina, der Frau, die damals auf mich aufpaßte. Ich denke oft an sie, vielleicht wegen einer weiteren unschätzbaren Sache, die sie mir beigebracht hat, nämlich zwecks Empfängnisverhütung Vaginalspülungen mit einem geronnenen Gemisch aus Kondensmilch und Limonensaft vorzunehmen – was meinen ersten Lover, den Chefkorrespondenten der *New York Times* in Manila, zur schuldbewußten Bemerkung veranlaßte, ich röche wie ein Hündchen.

Ich stelle diese Wahrheiten nicht jeden Tag auf die Probe, versteht sich. Augustina schärfte mir auch ein, mich vor jedem, ob Mann, ob Frau, der einen Umhang trägt, in acht zu nehmen. Das sind einfach nur Erinnerungen. Außerdem saß, wie spät es auch sein mochte, Cornelius auf meiner Vortreppe. Gott sei Dank trug er keinen Umhang.

Lag auf meiner Treppe, um genau zu sein, mit seinem Rucksack als Kopfkissen. Beine lümmelig ausgestreckt, Füße vom Gewicht seiner Arbeitsstiefel beidseits nach außen gedrückt.

Von da, wo ich stand, am Fuß der Treppe, sah er tot aus. Am vorigen Abend war ich spät heimgekommen und hatte zwei Männer vorgefunden, die gerade auf die oberste Stufe pinkelten. Als ich sie fragte, ob sie sich nicht eine andere Stelle zum Pissen aussuchen könnten, sagte einer von beiden, ein Lateinamerikaner, indem er seinen Penis wieder in die Jeans stopfte: Wie wär's mit dir?

»Cornelius«, sagte ich.

Er setzte sich mit der demonstrativen Langsamkeit dessen auf, der geschlafen hat und dich von dieser Tatsache in Kenntnis sezten möchte. Ich stieg die Treppe hinauf. »Ich hoffe, ich habe Sie nicht geweckt.«

Er rührte sich nicht, wodurch ich gezwungen war, über seine Beine zu steigen. Ich zog meine Schlüssel heraus.

»Ich habe zu arbeiten«, sagte ich über die Schulter. Ich hörte, wie er seinen Rucksack aufhob und sich hochrappelte. Er stand hinter mir auf dem Treppenabsatz. »Es hat mich ziemlich geschafft, Mr. Reilly beim Thanksgivingfeiern zu-

zuschauen«, sagte ich. »Lassen Sie mir Ihre Semesterarbeit da, und ich sehe sie mir bis zur nächsten Stunde am Dienstag an. Da bleibt Ihnen noch genug Zeit, sie zu korrigieren.«

Mir wurde bewußt, daß das unentschlossen klang, ja nervös – und daß ich es auch war. Nicht, weil ich Angst vor ihm gehabt hätte, sondern weil ich ihn nicht kränken wollte. Ich fragte mich plötzlich, ob sein Wille stärker sein würde als meiner, ob er mir ins Haus und hinauf in meine Wohnung folgen und darauf bestehen würde, daß ich – was? Die ausgedachte Unterhaltung mit dem Mörder John Wayne Gacy durchlas, die er als Abschlußarbeit geschrieben hatte. Ich habe mich bei Cornelius immer in acht genommen. Ich habe nicht mit ihm geflirtet. Und selbst wenn ich's getan hätte, was ich nicht habe, birgt Flirten an sich noch kein Risiko. Es erhöht nur die Wahrscheinlichkeit eines Risikos.

»Hieß Gacy nach dem Schauspieler so, oder ist es einfach ein Familienname?« hörte ich mich fragen.

»Was?« fragte er.

Ich fragte mich, ob ich letzten Endes nicht vielleicht doch Angst vor ihm hatte. Ob ich wirklich glaubte, Cornelius Webb würde sich danebenbenehmen, wenn ich ihn und seine Semesterarbeit mit hinaufnahm. Als er am Tisch sein Bein gegen mein Bein gepreßt hatte, hatte ich einen kaum wahrnehmbaren Anflug von Verlangen verspürt, und vielleicht war es diese Einsicht, die mir jetzt Unbehagen bereitete.

»Sie hatten gesagt, Sie kucken sich's an, Mann.« Er stand dicht bei mir, wie ich der Tür zugewandt, den Rücken zur Straße. Er stand so dicht bei mir, daß meine Hüfte gegen die Tür drückte. »Dafür bin ich doch in diesen Laden mitgegangen.« Er war wütend.

Ich öffnete die Tür, und wir traten ein. »Geben Sie mir Ihre Arbeit«, sagte ich.

Die schwere Tür fiel hinter uns zu. Er drehte sich um und drückte dagegen, um sicherzugehen, daß das Schloß auch eingeschnappt war.

»Ich hab se nich.«

Ich starrte ihn an.

»Ich hab se weggeschmissen.«

»Warum haben Sie das getan?«

»Wie ich aus dem Laden raus bin.«

Ich wandte mich von ihm ab, als wollte ich meinen Briefkasten öffnen, und legte die Hand flach auf die Türklingel meines Vermieters. Man hörte nichts, obwohl seine Wohnung in der Ecke der kleinen Eingangshalle ist, unter der Treppe. Ich begriff, daß die Klingel nicht funktionierte.

»Was brauchen Sie Ihrn Hausmeister? Was sind Sie gallig und alles?«

Ich nahm die Hand vom Klingelknopf. »Ich möchte, daß Sie gehen«, sagte ich.

Was immer ich aufgrund meines Status als vierunddreißigjährige Dozentin und seines Status als neunzehnjähriger Mann einmal an Autorität besessen haben mochte, war jetzt außer Kraft gesetzt. War in der heißen, stickigen Eingangshalle keinen Furz mehr wert.

Ich schloß die innere Tür auf. Eine Hand auf dem wakkeligen Holzgeländer, wie um mich daran hochzuziehen, die andere zwecks zusätzlicher Beschleunigung gegen die Außenwand gestemmt, rannte ich die Treppe hoch.

AN dem Abend war ich wie versprochen um halb acht auf dem Revier in der Tenth Street. Als ich sagte, ich wolle Detective Malloy sprechen, zeigte die breitgebaute Schwarze an der Anmeldung nach oben.

Ich stieg in den ersten Stock hinauf. Im Treppenhaus hingen ein signiertes Foto von Gloria Estefan (»Für all die coolen Jungs vom Sechsten«), eine Erinnerung, sich für die Sporttage der Police Activity League einzuschreiben, und ein großes Plakat mit der Ankündigung einer Abschiedsfete für ausscheidende Detectives, die kommenden Freitag im Castle Harbor Casino in der Bronx steigen sollte.

Ich folgte den Hinweisschildern einen trüb beleuchteten Korridor entlang bis zu einer Tür, an der ein handgeschriebenes Schild hing: Bestes Morddezernat der Welt. Ich trat ein.

Direkt hinter der Tür verlief ein niedriges Holzgeländer mit einem Schwingtörchen. Entlang der Absperrung stand eine Reihe von Stühlen. Auf der Mittelachse des Raums waren etliche graue Metallschreibtische hintereinander aufgestellt. Überall standen fahrbare Drehstühle herum, die Rückenlehnen mit Anzugjacken behängt. Zwei Schreibtische standen an der hinteren Wand. Es gab Pinnwände voller Zettel, Wandtafeln, Wandbretter mit Haken und Zahlen, Wandbretter mit Dienstplänen. Es gab alte elektrische Schreibmaschinen, einen Hutständer, schwarze Telefone, Papierkörbe. Es gab eine große Uhr, die fünf Minuten vorging. Ein Plakat, das alle Verhaltensweisen auflistete, die den Tatbestand der sexuellen Belästigung am Arbeitsplatz erfüllten, und eine Telefonnummer angab, unter der im Bedarfsfall Anzeige erstattet werden konnte. Auf einem der Schreibtische stand ein roter Plastikeimer, in den Wasser von der Decke heruntertropfte. Vom hinteren Ende des Raums führte ein enger Korridor zu einer kleinen Zelle mit rostigen Gitterstäben.

In einer Ecke gab es eine Tür, auf der »Captain Corelli« stand. In der anderen Ecke gab es eine Glaswand und dahinter ein weiteres Zimmer. In diesem Zimmer saßen um einen langen Tisch, auf dem sich Pappbehälter eines Chinesenimbisses, Lottoscheine und eine Flasche scharfer Soße befanden, mehrere Männer in Hemdsärmeln und sahen sich auf einem alten Fernsehgerät, das an Ketten von der Decke hing, »Jeopardy!« an. Ich blieb direkt hinter der Schwingtür stehen. Einer der Männer im Fernsehzimmer, ein kleiner Mann in einem neongrünen Haifischlederanzug, sah mich und sagte etwas zu einem anderen Mann, der vor einem Mikrowellenherd stand. Der Mann am Mikrowellenherd sah über die Schulter zurück, und ich stellte zu meiner Überraschung fest, daß ich trotz der vielen Körperteile, anhand deren ich ihn im Dunkeln identifizieren könnte, Malloy von hinten nicht erkannt hatte.

Er kam aus dem Zimmer, eine Cola Light in der Hand. Ein paar von den Männern sahen mich ausdruckslos an. Einer sagte etwas, und die anderen lachten, dann wandten sie sich wieder dem Fernseher zu.

»Flauer Abend«, sagte er zu mir. »Willst du was zu trinken? Einen Sprudel oder sonstwas?«

Er verschob den roten Eimer um ein paar Zentimeter. »Das Dach ist undicht«, sagte er. »Die schießen von den umstehenden Gebäuden runter. Kleinkalibergewehre.«

Er führte mich zu einem der Schreibtische an der Wand. Auf dem Schreibtisch befanden sich eine lange Peitsche aus ungegerbtem Leder, ein staubiges Plastiksektglas und ein gerahmtes Schwarzweißbild von Buckwheat mit der Aufschrift: »Danke, Offifer Malloy, du bift prima.« Außerdem noch das Foto eines Mannes, der vor einer Schusterwerkstatt stand.

»Wie geht's?« fragte er. »Wie läuft's denn so?«

»Gut, danke«, sagte ich und drehte das Armband an meinem Handgelenk. Ich war befangen, und das gab mir ein unsicheres Gefühl.

»Das sagst du immer«, sagte er.

»Nichts anderes wird von mir erwartet. Ich könnte auch sagen: Yo, yo, voll cool, Mann. Aber dann würde ich mich wie ein Arschloch anhören. Nicht daß Leute, die yo, yo sagen, per se Arschlöcher wären. Nur solche, die versuchen, wie jemand anders zu reden.«

»Klar«, sagte er, lächelnd und mit einem Blick, als wäre ich nicht ganz dicht.

»Malloy!« brüllte jemand. »Dein Essen ist fertig.«

Der Mann im Haifischlederanzug holte mit einem Lappen ein flaches Behältnis aus der Mikrowelle und hielt es hoch. Es sah aus wie ein TV-Dinner. »Deine schlanke Küche«, brüllte der Mann.

Ein kahlköpfiger Mann, Jackett über die Schulter gehängt, eine versiegelte kleine Urne in der Hand, durchquerte das Zimmer.

»Es ist mir schnurz, was du tust«, sagte Malloy zu mir, »du kannst absolut alles tun, was dir paßt, aber wenn du jemals irgendwem erzählst, daß ich tiefgefrorene Diätmenüs esse, mach ich dich kalt.«

Ich sagte nichts und fragte mich, wem ich es hätte erzählen können. Ich sah, wie Detective Rodriguez im Fernsehzimmer vom Tisch aufstand, sich reckte und gähnte und sich wieder reckte. Er kam in den großen Raum und setzte sich mir gegenüber an Malloys Schreibtisch.

»Ich find ›Jeopardy!‹ zum Kotzen«, sagte er.

»Richies Lieblingswissensgebiet ist die impressionistische Malerei. Rembrandt und so 'n Scheiß. Stimmt's, Richie? Weißt du noch, Miss –«

Bevor Malloy den Satz beenden konnte, sagte Rodriguez: »Wie geht's? Alles okay?«

»Mir geht's gut, danke.«

»Stimmt«, sagte Rodriguez zu Malloy. »Ich wette, sie

weiß sogar, daß Rembrandt der Vorname von dem Typen war.«

»Leck mich am Arsch«, sagte Malloy. »Sein Vorname?«

Rodriguez sah irgendwelche Akten durch, die auf dem Schreibtisch lagen. »Den Finklestein-Fall können wir abschließen. Der Kerl hat gestanden. Ich *hab* dir doch gesagt, daß er's getan hat, du fetter Ficker. Jesus, manchmal find ich's richtig *irre,* Bulle zu sein.« Er wandte sich zu mir. »Ich wußte, daß er seine Alte umgebracht hat, als er zu mir sagte: ›Haben Sie eine Ahnung, wie sehr ich sie geliebt hab? Ich hab sie so sehr geliebt, daß ich sie jede Nacht geleckt hab.‹« Er schnippte mit den Fingern. »*Da* wußte ich's.«

»Du mußt eine lieben, um ihr die Fotze zu lecken?« fragte ein Mann in Jeans und Windjacke, der mit einer Schrotflinte in der Hand vorbeiging.

»Wann hat er's denn rausgelassen?« fragte Malloy. »Hast du ihm 'ne Papiertüte über den Kopf gestülpt und sie angezündet, wie das vorige Mal?«

»Weißt du«, sagte Rodriguez zu ihm, »ich war gestern nacht bis zwei hier. Zuletzt hab ich gesagt, ach, leck mich, ich geh. Um acht muß ich schon wieder hier sein. Also geh ich. Ich komm heute morgen wieder rein, lauf an seiner Zelle vorbei, er sitzt jetzt in der Zelle, und er meint, Detective, kann ich mit Ihnen reden? Ich sag, klar, was zum Teufel willst du? Er sagt, Sie sind wirklich davon überzeugt, daß ich es war, nicht? Ich sag, ich *weiß,* daß du es warst. Ich sag, nicht nur hast du's getan, du hast wahrscheinlich auch den Rest deiner Familie kaltgemacht. Ich hab gesagt, wahrscheinlich hast du auch Willy kaltgemacht, Gott weiß, wo *der* ist. Und wir wissen, daß du deine Alte kaltgemacht hast. Ich hab ihm Fotos von ihrer Leiche gezeigt. So hast du sie liegenlassen, du Arschloch. Das ist sie. Das ist Lillian. Er hat gesagt, na schön, dann will ich Ihnen mal erzählen, wie's passiert ist. Und dann ist er zusammengebrochen und läßt es raus. Flennt und all so 'n Scheiß. Hat mich richtig umgehauen, Mann. Normalerweise brechen diese Typen nicht zusammen.«

»Das läuft nicht immer so ab«, sagte Malloy zu mir. »Problematisch wird's, wenn so 'n Arschloch gar nicht erst mit mir reden will. Das sind die wirklich harten Burschen.«

»Die meisten Leute glauben, sie hätten mehr auf dem Kasten als ich«, sagte Rodriguez. Er zwinkerte mir zu. »Und das verschafft mir einen Vorteil.«

Malloy ging zu den Aktenschränken, die auf der anderen Seite des Raums aufgereiht standen. Hoch oben an der Wand war ein weiterer kleiner Fernseher befestigt, der im ständigen Wechsel Fotos von vermißten Kindern, Frauen und Männern zeigte, mit Alter und Spitznamen, besonderen Kennzeichen und wo zuletzt gesehen: im Wilbur-G.-Van-Heusen-Freizeitcenter, in der Barbie-Abteilung von Macy's.

»Ich bin froh, daß ich Sie noch mal sehe«, sagte Rodriguez leise.

Ich wartete.

»Ich wollte mich entschuldigen. Ich hab mich neulich ein bißchen danebenbenommen. An dem Abend, in der Bar. In letzter Zeit ist hier einiges schiefgelaufen. Malloy hat Ihnen vielleicht davon erzählt.«

Ich schwieg.

»Ich war ein bißchen abgefüllt.« Er zögerte. »Für den Fall, daß Sie einen falschen Eindruck gekriegt haben sollten.«

»Falschen Eindruck?«

»Von mir.«

»Nein«, sagte ich.

»Gut.«

»Detective Malloy möchte, daß ich mir ein paar Bilder ansehe. Er sagte, Sie hätten sie für mich herausgelegt.«

Er runzelte die Stirn. Er schien nicht zu wissen, wovon ich eigentlich redete. »Bilder?«

»Wegen der Sache neulich abends«, sagte ich. »Auf dem West Broadway.«

»Ach so, Bilder«, sagte er geschmeidig. »Kein Problem.«

Ich fragte mich, ob Malloy vergessen hatte, es ihm zu sagen. Einen Augenblick spürte ich, wie sich mir die Härchen auf den Armen sträubten. Was meine liebe Augustina ein billiges Vergnügen zu nennen pflegte. Ich sah zu Malloy hinüber. Er stand vor einem offenen Aktenschrank, mit dem Rücken zu uns. Er konnte uns nicht hören.

»Ich dachte, Sie hätten sein Gesicht gar nicht gesehen«, sagte Rodriguez.

»Habe ich auch nicht.«

»Er trug eine Maske, richtig? Also warum will Malloy, daß Sie sich Bilder anschauen?«

»Vielleicht war er in der Bar. Vielleicht erkenne ich das Gesicht von jemandem, der in der Bar war.«

»Das besagt gar nix.«

Es knallte laut, als das Schwingtörchen mit einem Fußtritt geöffnet wurde. Ich war die einzige im Raum, die sich danach umdrehte. Ein riesiger, lächelnder rotgesichtiger Mann in einem blaßblauen Anzug hielt einen jungen Schwarzen am Arm fest. Er führte den Jungen zu einem der unbesetzten Schreibtische und drückte ihn auf einen Stuhl. Der Junge trug ein rotes Tuch um den Kopf. Als der Detective ihn losließ, sah ich auf seinem Arm die grob eintätowierten Buchstaben FTW. Fuck the world.

»Hey, Richie«, sagte der Detective in liebenswürdigem

Ton zu Rodriguez. »Wie läuft's?« Er keuchte. Vielleicht lag's daran, daß er fast drei Zentner wog.

»Und selber, Mann?« sagte Rodriguez. »Ich hab diese Adressen für dich, Halloran. Hat mich den ganzen Scheißtag gekostet.« Er sagte gan-zen-Scheiß-tag, mit gleichmäßiger Betonung auf allen vier Silben, als skandierte er eine Parole. »Ich hab was gut bei dir.«

Ein junger hispanischer Detective stellte vier Plastikbehälter auf einen der unbesetzten Schreibtische. Er öffnete sie vorsichtig. Schwarze Bohnen, Reis mit Erbsen und Möhren, *plátanos maduros,* Schweinefleisch, Weizenmehltortillas. Ich bekam Hunger. Von seiner Mutter oder seiner Frau gekocht. Mußte eine frischgebackene Ehefrau sein.

Der junge Detective sagte zu Rodriguez: »Du hattest recht mit dem Exitus vom Riverside.«

Rodriguez sah in seine Schreibtischschublade und prüfte sorgfältig mehrere Büroklammern, bis er eine gefunden hatte, die ihm zusagte. Er fing an, sie geradezubiegen.

»Ich hätt schwören können, daß einer ihn geschubst hat, Mann«, sagte der junge Detective kopfschüttelnd. Er fing an zu essen.

»Hast du dir seine Hände angesehen?« fragte Rodriguez. »Du mußt dir die Hände ansehen, Mann. Da kannst du immer erkennen, ob einer ihn geschubst hat. Wenn er geschubst wird, ist die natürliche Reaktion, bei der Landung die Hände auszustrecken. Bei Leuten, die einen Schubs gekriegt haben, sind die Fingernägel kaputt. Die Hände verletzt. Der Typ war ein Springer.«

Detective Halloran hatte sich auf einen Schreibtisch gesetzt. Für einen Stuhl war er zu breit. Sie waren zu weit weg, als daß ich sie hätte deutlich hören können, aber Teile ihrer Unterhaltung, wenn ich das so nennen darf, kamen bei mir an, besonders als Detective Halloran zu seinem

Bedauern die Stimme erheben mußte. Halloran weigerte sich zu glauben, der Junge heiße mit Nachnamen Kelly. »Weißt du, was das ist?« brüllte er den Jungen an. »Das is 'ne Beleidigung!«

Rodriguez sah, daß ich zuhörte. »Noch 'n irisches Arschloch«, sagte er.

»Aus Irland«, sagte Malloy, der gerade vorbeiging.

»Haben Sie 'n gutes Gedächtnis?« fragte mich Rodriguez. »Ich meine, wenn ich die Bilder hol, werden Sie ihn dann erkennen?«

»Ich glaube nicht, daß man sich auf das Gedächtnis verlassen kann. Wenigstens nicht auf meins. Meine Erinnerungen sind keine Fakten.«

»Doch, sind sie«, sagte er kalt. »Scheiße, ich *zähl* auf Ihr Gedächtnis.«

Es war nicht der richtige Augenblick, ihm zu erklären, daß ich Erinnerungen für ebenso verbindlich wie Träume halte. Sie beweisen überhaupt nichts. Ich kann eine Erinnerung ebensowenig beweisen wie einen Traum.

Malloy stellte einen Karteikasten vor mich hin. »Die sind komisch, diese Hausmäuse«, sagte er. »Haben ihre eigene Kaffeetasse, verstehst du, was ich meine?«

Rodriguez schwang seine Beine auf den Schreibtisch.

»Nervt dich Detective Rodriguez?« fragte Malloy plötzlich. »Erzählt er dir von den Fischen im Hudson? Direkt unter der George Washington Bridge.«

»Ich hab ihr grad von dem Exitus aus der 123rd Street erzählt, dem die Katze die Eier abgefressen hat.«

»Die Eier abgefressen?« fragte ich.

»Tatsächlich?« fragte Malloy, von einem Zettel abgelenkt, den ihm jemand auf den Schreibtisch gelegt hatte.

Ich merkte schon, die Geschichte über die Katze würde ich nicht zu hören bekommen.

Rodriguez nahm die Rinderpeitsche von Malloys Schreibtisch, lehnte sie vorsichtig gegen die Wand und hielt die Hand davor, bis er sich vergewissert hatte, daß sie nicht umfallen würde. »Sehen Sie die Kartei durch«, sagte er. »Wenn er da drin ist, wird er Ihnen in die Augen springen.«

»Das will ich doch nicht hoffen«, sagte ich.

»Ich würd mich gern mit deiner Freundin unterhalten«, sagte Malloy plötzlich. »Der, die dabei war.«

»Pauline?«

»Ja. Pauline.«

»Sie war gar nicht dabei. Ich war allein.«

»Ich weiß. Ich weiß, daß sie nicht dabei war. Aber sie könnte wen gesehen haben, wenn du weißt, was ich meine. Könnte aus dem Fenster geguckt haben.«

Ich gab ihm ihre Telefonnummer. Er nahm den Zettel und ging an einen anderen Schreibtisch. Rodriguez blätterte ein Spanisch-Englisch-Lexikon durch. Ich nahm mir die Kartei vor. Es waren Hunderte von Fotos, nach Verbrechen alphabetisch sortiert – Mord, Notzucht, unsittliches Entblößen.

Ein müde aussehender Mann kam aus dem Fernsehzimmer und ging zum Kleiderständer, wo er in den Taschen eines Anzugjacketts nach irgend etwas suchte.

Malloy sah, daß ich den Mann beobachtete. »Den Typ müßtest du eigentlich kennen«, sagte er.

»Müßte ich?«

»Das ist Detective Jurowitz. Der hat mehr Titten gesehen als sonst ein Mann auf der Welt.«

Ich wußte nicht, was ich sagen sollte. »Meine nicht«, sagte ich.

»Er ist jede Nacht in der Pussy Cat Lounge.«

Detective Jurowitz merkte, daß wir über ihn redeten. »Malloy, dein Essen wird kalt«, sagte er.

»Er hat mir mal erzählt, daß alle Wesen auf der Erde miteinander verbunden sind. *Wesen!*« sagte Malloy zu mir.

Jurowitz lächelte. »Hübscher Anzug«, sagte er zu Malloy.

»Klar«, rief Malloy zurück. »Immer besser aussehen als die andern.«

Jurowitz fand seine Zigaretten und ging wieder ins Fernsehzimmer zurück.

»Er soll 'n großen Johannes haben«, sagte Malloy und ging zum Karteischrank.

Ich fragte mich, ob sein großer Johannes ihm in der Pussy Cat Lounge viel einbrachte. Wohl kaum. Ich ging die Karten mit den trostlosen, furchterregenden Gesichtern durch. Ich glaubte nicht, daß ich auf das Bild des Mannes stoßen würde, der mich neulich nachts Ecke West Broadway und Canal in die Arme geschlossen hatte, aber ich wollte nicht nach Haus.

Plötzlich stand Rodriguez hinter mir. »Wo gehen Sie heut abend essen?« fragte er ruhig. »Ich muß hier unbedingt raus.«

Das hätte mich eigentlich nicht überraschen dürfen. Schließlich habe ich doch angeblich eine Schwäche für die Ungewißheit. Sie interessiert mich. Der Wunsch, überrascht, das Bedürfnis, überzeugt zu werden.

»Mögen Sie *calamares?* Es gibt da ein tolles Lokal auf der Arthur Avenue.«

Malloy rief ihm vom anderen Ende des Zimmers zu: »Eins frag ich mich, Richie, eins frag ich mich, und zwar, seit wann du auf weiße Bräute stehst.«

»Seit ungefähr so lang wie du«, sagte Rodriguez und entfernte sich.

Ich war peinlich berührt. Ich sah auf das Bild des Mannes auf Malloys Schreibtisch. »Ist das dein Vater?« fragte ich.

»Jesus«, sagte er und kam herüber. »Mein Vater? Mein Vater war Busfahrer. Er ist seit fünfzehn Jahren tot.«

»Tut mir leid«, sagte ich.

»Du kannst nichts dafür«, sagte er. »Er war ein Spieler. Ein degenerierter Spieler. Ein Trinker. Ich würd nicht sagen, daß er ein Alkoholproblem hatte. Er trank, aber das Problem war das Glücksspiel. Die Pferde waren das Problem. Das da ist ein Bild von Kevin Daley«, sagte er und sah auf das Foto. »Er war ein toller Scheißdetective, und jetzt ist er ein toller Scheißschuster. Er war Detective im Rauschgiftdezernat, als ich 71 da anfing, und ich hab Drogenkäufe für sein Team inszeniert. Ich fand's stark, für ihn zu arbeiten. Er war ein Typ, der Schlußfolgerungen ziehen konnte, verstehst du, was ich meine? Er konnte von A, B, C zu L und M springen. Er hatte diese angeborene Fähigkeit, Zusammenhänge zu erkennen. Aber dann haben sie ihn vom R. D. wegversetzt. Jetzt machte er Morde. Er war glücklich. Und dann, ziemlich spät schon, ich weiß nicht, was über ihn gekommen ist, beschließt er, die Sergeantprüfung abzulegen, und besteht sie. Er kam oben in die Bronx. Der Kerl hatte in einer Uniform genausoviel zu suchen wie der Mann im Mond. Er gehörte unter die Detectives. Also erreicht er sein zwanzigstes Jahr, und seine Frau nörgelt so lange, bis er den Polizeidienst quittiert, denn sie kann einfach nicht begreifen, die meisten können's nicht begreifen: Wenn man nach zwanzig Jahren mit halbem Gehalt in den Ruhestand kann, warum sollte man dann fürs halbe Gehalt weiter Dienst schieben? Die Polizei war sein ganzes Leben, aber irgendwie labert sie so lange auf ihn ein, bis er seinen Abschied nimmt. Er fängt an, in der Bronx als Lehrer zu arbeiten, unterrichtet ledige Mütter und geht abends aufs Iona College, um den Magister zu machen. Ihm wird bald klar, daß die Unterrichterei nix für ihn ist, also guckt er sich um und überlegt: Was kann ich tun, was die Leute brauchen? Er wohnt im Rockland County, gleich bei mir um die Ecke.«

»Ich wußte gar nicht, daß es im Rockland County Ekken gibt«, sagte ich. Nicht um witzig zu sein. Ich hatte mir da einfach keine Winkel vorgestellt.

»Es gibt Ecken, aber es gibt keine Schuster. Hör zu: Er zieht für sechs Monate in die Stadt runter und geht bei einem alten italienischen Schuhmacher in der Wall Street in die Lehre, Absätze, Sohlen, Kleben und all den Scheiß. Er hat sich einfach hingesetzt und ist Schuster geworden. Er ist der beste Schuster, den ich je gesehen hab.«

Ich schwieg.

»Als ich ein Junge war, gab's da einen gewissen Jerry Farmer, der war so was wie der Robin Hood des Viertels, klaute den reichen Judenkindern die Fahrräder und gab sie uns. Er war ein paarmal im Knast gewesen, und er stellte mich dazu ab, drüben auf der Fort Washington Avenue Räder zu klauen. Mir standen beide Wege offen, verstehst du, was ich meine? Aber da war auch noch ein anderer Typ im Viertel. Ein junger Bulle, der hieß Buster Kelly. Ich hab ihn immer beobachtet. Er wurde respektiert. Er hatte Würde. Er hatte ein Schießeisen. Er wurde umgebracht, als er mal versuchte, einen bewaffneten Raubüberfall zu vereiteln. Zu seiner Beerdigung sind Hunderte, Tausende von Bullen gekommen. Ich hab gesehen, daß es so was wie ein Geheimbund war. Und ich wollte dazugehören.«

Rodriguez beobachtete uns von der anderen Seite des Zimmers aus.

Ich hörte, wie der Junge, der von Detective Halloran vernommen wurde, mit genervter Stimme sagte: »Nigger, Kanake, Weißer, Tsching, das is für uns gekotzt wie geschissen. Hauptsache is, du bis' clean. Wenn wir powern gehn, wenn wir einen aufmischen wolln, dann mußte auf unsrer Seite sein, dann mußte clean sein, mußte abdrücken, klar?«

»Du kennst deine Rechte, du kennst den Spruch auswendig, nicht?« sagte Halloran. »Also, was hast du mir zu sagen?«

Ich wandte mich wieder der Kartei zu, sah mir jedes Gesicht aufmerksam an. Nigger, Kanake, Weißer, Tsching.

»Die haben nichts, wo sie hin könnten«, sagte Malloy und sah dabei den Jungen an. »Man bestellt sie zur Vernehmung aufs Revier, und sie tanzen tatsächlich an. Man geht hin, um sie festzunehmen, kein Haftbefehl, gar nix, und sie lassen alles stehen und liegen und kommen mit. Ich oder du wären längst in der Maschine nach Miami.«

Ich sah zu ihm auf.

»Die meisten Leute, die jemand umgebracht haben, im Gegensatz zu geisteskranken Mördern, brauchen eigentlich nix anderes als einen Grund, warum sie's getan haben«, sagte er. »Das ist alles. Gibt man so einem einen Grund, schluckt er ihn sofort. Bildet sich wirklich jemand ein, Robert Chambers wär selbst auf die Idee mit dem harten Sex als Begründung gekommen? Ein Bulle hat sich das ausgedacht. Mein früherer Partner übrigens. Robert Chambers hat das Mädchen erdrosselt, weil sie ihm auf die Nerven ging. Es gab für uns nicht die Spur eines Zweifels, daß er sie erdrosselt hatte. Aber er wollte es nicht rauslassen. Sogar *er* wußte, daß er sie kaltgemacht hatte. Bloß, der Gedanke war für ihn unerträglich, er konnte es einfach nicht zugeben. Mein alter Partner ist ins Zimmer gegangen, wo Chambers verhört wurde, und hat gesagt: ›Hör zu, Bobby, das ist jetzt nur unter uns gesagt, ich bin dein Freund, ich weiß, wie's war. Sie ging dir mächtig auf die Nüsse. Die Fotze ließ doch alles rein, was Beine hatte. War bloß 'ne Stehgeigerin. Willst du dafür in den Knast wandern, daß du 'ne beschissene Hure kaltgemacht hast? Ich weiß, was passiert ist, Bobby: Sie saß auf dir drauf, kehrte dir den Rücken zu und rammelte dich so fest, daß dir der Schwanz weh tat. Und wollte einfach nicht runter. Und du hast dich aufgesetzt und sie von hinten in den Schwitzkasten genommen, um sie wegzuziehen, und deine Armbanduhr hat sie am Kehlkopf erwischt und diesen kleinen Knochen da eingedrückt. Und da war sie tot, Mann.‹ Und dieses beschissene Arschloch sitzt 'n paar Sekunden so da und sagt dann, genau, so ist das gewesen, harter Sex.«

Er sprach Hure wie »Chuuure« aus.

Zwei Detectives, einer davon eine Frau mit grauen Haaren, kamen durch die Schwingtür herein. Die Frau nahm einen Schlüsselbund und trug auf einem der Klemmbretter etwas ein. Als sie an Malloys Schreibtisch vorbeiging, sah sie ihn an. Er ignorierte sie.

»Weißt du«, sagte er zu mir, aus nächster Nähe, »kein normaler Mensch gibt gern zu, daß er jemand umgebracht hat.«

Ich hielt den Finger zwischen die Gesichter der zwei Epstein-Brüder, Warren und Wendeill, und sah ihn an. Er wandte sich nicht ab, sagte nichts, schob auch nicht den Stuhl auf seinen rostigen Rollen herum. Es war so, als forderte er mich heraus, *ihn* anzusehen statt der Gesichter der verdammten, verdorbenen Seelen in der Sexualverbrecherkartei und ihm zu sagen, was ich sah.

Halloran und der Junge durchquerten das Zimmer. Hallorans Arm lag um die Schultern des Jungen, als sie durch die Schwingtür gingen.

»'s geht hier zu wie auf dem Scheißhauptbahnhof«, sagte Malloy plötzlich.

Rodriguez kam herüber. »Hör auf zu jammern. Alle sind am Gehen. Sogar ich bin weg, Mann. Ich bin dann im Zwo-Vier.« Er nahm sein Jackett von einer Stuhllehne.

»Vielleicht sieht man sich später noch mal«, sagte er zu Malloy und sah mich dabei an.

»Vielleicht«, sagte Malloy. Er hob den schweren Karteikasten, einen Finger an der Stelle, bis zu der ich gekommen war, vom Schreibtisch und sagte: »Komm mit.«

Rodriguez lächelte und verließ das Büro.

Ich folgte Malloy in das Zimmer, das laut Namensschild Captain Corelli gehörte, und er stieß die Tür mit dem Fuß zu und stellte den Karteikasten auf den Schreibtisch.

Er schloß die Tür ab.

Ich stand mit dem Rücken zum Schreibtisch und sah ihm verunsichert zu.

Er hakte die Handschellen los, die hinten an seinem Gürtel befestigt gewesen waren, und ließ sie geräuschvoll über die Schreibtischplatte schlittern.

Ich sah sie an. Ich war plötzlich erregt, befürchtete, sie seien nicht für mich bestimmt, er hätte sie nur der Bequemlichkeit halber abgenommen. Ich, die ich dem Ehemann in Paris jahrelang die Erfüllung seines Lebenstraums verweigert hatte, einen Skorpion auf meiner Vagina zu fotografieren.

»Du bist verhaftet«, sagte er.

»Was habe ich getan?«

»Das weißt du nicht?«

»Sollte ich nicht dich verhaften?«

»Ich glaube nicht«, sagte er.

Er drehte mich um und drückte mich mit dem Oberkörper auf den Schreibtisch runter, zerrte mir den Rock über die Taille hoch, zog das Höschen beiseite und stieß mir den Finger, die Finger, sämtliche Finger hinein.

»Du bist klitschnaß«, sagte er. Er zerrte mir die Arme nach hinten, hielt meine Handgelenke mit einer Hand zusammen.

Man hörte eine Gürtelschnalle gegen die Seitenwand des Schreibtischs knallen, dann das Geräusch eines Reißverschlusses. Die Handschellen lagen auf dem Schreibtisch, ganz nah bei meinem Gesicht.

Im Zimmer nebenan klingelte das Telefon.

Mit einer Hand drückte er mir ins Kreuz, und mit der anderen nahm er seinen Penis und führte ihn zwischen meinen Hinterbacken rauf und runter, befeuchtete mich, rieb sich den Penis und befeuchtete auch ihn. Und dann fing er an, mich zu öffnen, ein Finger zuerst, dann zwei, mich vorzubereiten, mich zu reizen, geduldig, gekonnt, bis ich spürte, daß es weicher wurde, sich weitete. »Gut so«, sagte er, als er es auch fühlte. »Laß dich gehen.«

»Was tust du da?« flüsterte ich. Obwohl ich's wußte. Es war so, als müßte ich so tun, als wüßte ich nicht, was er gleich mit mir machen würde. Öffnen, was verschlossen war. Beharrlich. Mich fertigmachen. Mich aufbrechen. Endlich. Ich, die ich keinem bestimmten Mann gehören wollte. Ich, die ich überhaupt niemandem gehören wollte. Ich wollte nicht fertiggemacht, unten gehalten werden, mit geöffnetem Verschluß, mit gebrochenem Herzen.

Ich wollte fertiggemacht, unten gehalten werden. Geöffnet werden. Die alte Sehnsucht, ausgewählt, gejagt, umkämpft, abgeschleppt zu werden.

»Laß dich gehen«, sagte er noch einmal und drang mit einem plötzlichen leisen Stöhnen in mich ein, und seine Heftigkeit, der rasche Schmerz ließen mich aufschreien. Er packte mich fest bei den Hüften und bewegte mich langsam, dann schneller vor und zurück, drang tiefer ein, nahm kurz eine Hand weg, um mein Steißbein abzuwischen, das schweißnaß war, packte mich wieder an den Hüften, bohrte die Finger in meine Knochen, hielt mich fest an sich gepreßt. Sein Atem war zu hören, dann ein anderes, tieferes, rauheres Geräusch, das ich noch nie vorher gehört hatte, als er langsam, unaufhaltsam, ohne einen Gedanken an mich, ohne einen Gedanken an die Männer draußen, zum Orgasmus kam.

Er zog sich vorsichtig aus mir zurück und drehte mich um. Ich schämte mich plötzlich, hatte plötzlich Angst, daß es schlecht riechen würde oder daß Scheiße an seinem Schwanz sein würde, und ich konnte nicht hinsehen. Aber er hielt ihn mir hin, wollte, daß ich hinsah, und ich sah, daß kein Grund zur Sorge bestand.

Ich lehnte mich gegen den Schreibtisch zurück, griff nach unten und fand meine Klitoris, geschwollen und schlüpfrig, und während er zuschaute, mich mit seinen kalten blauen Augen unverwandt ansah, redete er leise auf mich ein, fragte mich, ob, nein, sagte mir, daß es mir gefallen hatte, daß mir gefallen hatte, was er mit mir gemacht hatte, und ich antwortete ja, ja, hatte es, bis ich kam und es naß in die offene Hand rann, die er unter mich geschoben hatte, um mich vorn etwas anzuheben, damit er's besser sehen konnte.

Als ich mich zum Gehen wandte, sah ich, daß die Unterlage auf Captain Corellis Schreibtisch Flecken abbekommen hatte.

Ich sah ihn an.

»Laß es so«, sagte er. »Er hält sich für einen Detective. Mal sehen, ob er draus schlau wird.«

ICH habe den Ausdruck Stehgeigerin falsch verstanden. Ich dachte, er bedeutet, daß der Mann während der Sache steht oder die Frau so gut war, daß sie Ovationen dafür verdient hätte. Aber er bedeutet, daß die Frau so klein ist, daß sie stehen muß, um dir einen zu blasen.

broccoli, Subst.: Schamhaare

everything is everything (wtl. »alles ist alles«), Phr.: alles ist cool (Gang-Ausdruck)

down for mine (wtl. »bereit für meins«), Phr.: fähig, auf sich selbst aufzupassen, sich zu verteidigen (z. B. *»I be fine; I be down for mine«)*

hamster, Subst.: Schwarze/r (Bronx-Ausdruck)

to get some pink (wtl. »etwas Rosa kriegen«), Phr.: Geschlechtsverkehr haben

smoke insulation (wtl. »Rauch-Isolierung«), Subst.: *smoke inhalation* (»Einatmen von Rauch«) (Verballhornung)

around the way (wtl. »um den Weg«), Phr.: in der Gegend, in der Nachbarschaft (z. B. *Tony and I be around the way tonight)*

Habitrail^Wz^, Subst.: Polizeirevier (nach den Plastikrohren, in denen Goldhamster, Mäuse und ähnliche kleine Haustiere spielen)

Phillies, Subst.: Blättchen zum Drehen von Joints

Two, Subst.: Schwarze/r (nach dem in Polizeiberichten verwendeten Kode zur Angabe der Rassenzugehörigkeit – eins: weiß; zwei: schwarz; drei: latino)

bloodclot (wtl. »Blutgerinnsel«), Subst.: schlimmstmögliche Beleidigung im jamaikanischen Slang

D. T. s, Subst. Pl.: Detectives

to flake (wtl. »raspeln«, »abbrechen«), V.: jmd. Beweismaterial (gewöhnlich eine Schußwaffe) unterjubeln

gangsters, Subst. Pl.: Brüste (z. B. »die zwei Gangster hängen ihr immer an der Pelle«)

English, Subst.: Olde English Malzbranntwein; auch O. E.

wings and things (wtl. »Flügel und Sachen«), Subst.: Huhn und Gemüse, meist Chinesisch-zum-Mitnehmen

Mickey D's, Subst.: McDonald's

cocobola, Subst.: Polizei-Schlagstock (nach dem Namen des tropischen Holzes, aus dem er früher hergestellt wurde)

DIE Ereignisse haben sich in letzter Zeit so überstürzt, daß es mir gar nicht möglich war, sie gründlich zu durchdenken. Was mich immer ein bißchen nervös macht. Nicht, daß mir irgend etwas in der Art je zuvor passiert wäre. Mein Leben verläuft normalerweise ein bißchen ruhiger, als es in den letzten sechs Wochen der Fall gewesen ist. Ich unterrichte, ich korrigiere die Arbeiten meiner Studenten und bereite meine Vorlesungen vor, ich schreibe wissenschaftliche Artikel. Ich arbeite an meinem Buch über regionalen Slang. Manchmal fahre ich nach Easthampton raus, wo Pauline ein Ferienhäuschen hat, und verbringe das Wochenende mit ihr. Um diese Zeit des Jahres, nach Semesterende, besuche ich normalerweise meinen Vater in Mexico City. Gehört nicht gerade zu den Städten, die ich mag, Mexico City. Und mein Vater flößt mir auch keine besonders zärtlichen Gefühle ein. Einmal, als ich dreizehn war, ließ er mich fünf Tage allein in Genf sitzen. Später sagte er, er sei wegen eines kleinen Krieges nach Washington gerufen worden, und es wäre ihm nicht im Traum eingefallen, daß ich *nicht* hervorragend allein zurechtkommen würde. Aber ich weiß, daß er mich einfach vergessen hatte. Pauline meint, ich hätte die Gelegenheit ausnutzen und so richtig einen draufmachen sollen. Ich weiß wirklich nicht, was ein dreizehnjähriges Mädchen ihrer Meinung nach allein in Genf im Januar hätte tun können, um einen draufzumachen. Sich vielleicht ein paar hundert Schachteln Pralinen aufs Zimmer schicken lassen. Einen Schneemann bauen. Ein Dutzend Leinentaschentücher mit Edelweißstickerei auf Daddys Rechnung setzen lassen.

Aber ich verliere den Faden (guter Ausdruck, den Faden verlieren). Ich muß über Mord nachdenken, nicht über Väter. Was manchmal das gleiche ist, ich weiß, aber mein Vater saß mit seiner Lebensgefährtin, Mrs. Grummacher, in einem großen Haus in Cuernavaca und trank Brandy mit Soda, und ich saß auf einer Bank im Garten von St. Luke-in-the-Fields und versuchte, mir darüber klarzuwerden, ob jemand versuchte, mich zu töten. Diesmal ganz wörtlich. Kein Seelenmord. Richtiger Mord.

Ich kaufte mir bei Fratelli's ein Auberginensandwich und ein Bier und ging zum Kirchgarten. Wenn man vom Washington Square aus nach Westen in Richtung der Kreuzung von Grove und Hudson geht, sieht man eine Kirche aus hellgrauem Stein, die sich über eine Zeile kleiner Reihenhäuser erhebt. Früher reichte der Fluß bis an den Obstgarten hinter der Kirche (vielleicht hat die Straße ihren Namen daher), dann wurden die Hügel von Manhattan (dessen Name tatsächlich »Hügel-Insel« bedeutet) eingeebnet und das abgetragene Erdreich vors Ufer gekippt. Die Weiden, die im Kirchgarten stehen, legen noch davon Zeugnis ab. Die Bäume sehen so aus, als fühlten sie sich völlig fehl am Platz, vielleicht weil sie sich an den Fluß erinnern, der früher träg und schlammig hinter den Apfelbäumen vorüberfloß. Der Garten ist der Öffentlichkeit zugänglich, auch wenn es keine Schilder gibt, die auf diese Tatsache hinweisen. Es ist ein kleines, verstecktes Fleckchen Erde.

Manchmal sind auch andere Frauen im Garten; sie sitzen auf den Bänken oder auf dem kleinen Rasen und knutschen. Es ist ein Ort für Frauen, die mit anderen Frauen zusammensein möchten. Es macht sie nicht befangen, mitten bei einem Kuß überrascht zu werden, sie tun es ganz offen, nehmen die Störung auch nicht weiter übel. Es muß downtown so etwas wie eine stillschweigende Übereinkunft geben, daß dies ein Garten ist, wohin Frauen kommen können, um sich in den Armen zu liegen. Es bleibt der Episkopalkirche überlassen, Lesben eine Zufluchtsstätte zu bieten.

Ich schaffe es einfach nicht, bei der Sache zu bleiben. Vielleicht habe ich Angst. Es fällt mir nicht leicht, das einzugestehen. Mein Mut ist eines der wenigen Dinge, die ich an mir nicht in Zweifel ziehe. Er ist eines der Dinge, an die ich glaube. Leidenschaft als Heroismus. Ich besitze eine gewisse ernsthafte Tüchtigkeit, das weiß ich. Eine gewisse unbedachte Anpassungsfähigkeit. Aber ich müßte verrückt sein, um jetzt keine Angst zu haben.

Ich führe eine Liste im Kopf, ganz am Rande des Bewußtseins, die sich aber gelegentlich meiner Aufmerksamkeit aufdrängt: Ein Freund, John Graham, scheint mich irgendwie im Auge zu behalten. Ein Student von mir, Cornelius Webb, hat eine Zuneigung zu mir entwickelt, die harmlos sein mag, aber mit Sicherheit unangebracht ist. Auch er scheint mich zu beobachten. Jimmy Malloy, ein Detective vom Morddezernat, ermittelt in der Entführung und Ermordung einer jungen Frau, die ihm kurz vor ihrem Tod den Schwanz gelutscht hatte. Was ich jetzt übernommen habe. In der Eingangshalle des Hauses, in dem ich wohne, hat jemand eine Gummihand unter meinen Briefkasten gelegt. Ein in schwarzes Gummi gekleideter maskierter Mann ist mir auf dem West Broadway gefolgt und hat versucht – was? Mich auszurauben? Mich zu entführen? Hat versucht, mir etwas anzutun. Das kann ich, glaube ich, so sagen. Wenn er vorgehabt hätte, mich auszurauben, dann hätte er es auch getan.

Da. Das ist die Liste. Logische Unvereinbarkeit übt auf mich von jeher einen starken Reiz aus, aber dieses jüngste Zusammentreffen von Ereignissen könnte sich selbst für mich als zuviel erweisen. Ich bin immer bereit, sogar gern bereit, auf einen erwartbaren Kausalnexus zu verzichten (mit sechzehn, als mein Vater an der Botschaft in Taiwan arbeitete, war ich vorübergehend Taoistin), aber es besteht dabei die Gefahr, in einen heimlichen Masochismus abzugleiten. Eines der Dinge, die mich am Sex interessieren, ist die Tatsache, daß er ein Komplott improvisierter Mythen darstellt. Sehr dazu angetan, verbotene oder verborgene Wünsche wachzurufen. Mir war nicht klargewesen, daß ich so viele davon hatte, bis ich Jimmy Malloy kennenlernte. Ich hänge noch immer dem pubertären Glauben an, man müsse sich der Transformation der Seele widerstandslos hingeben – wie schreckenerregend das auch sei. Wie schwierig das auch sei. Aber eine Masochistin bin ich nicht. Soviel weiß ich.

Es gäbe nicht mehr viel, was sie zur Aufklärung des Mordes an Angela Sands tun könnten, sagte Malloy, als er mich gestern abend absetzte. Keine Zeugen. Keinerlei Beweisstücke. Nur die Leiche. Nur ein paar Teile von Angela selbst. Die Polizei lasse es ziemlich kalt, sagte er, nicht völlig, aber ziemlich kalt, wenn entlang des West Side Highway einzelne Körperteile einer Frau aufgefunden würden. *Was* ihr Sorgen bereite, sei die Presse, und die Frage, ob sich eine Serie von Morden oder Vergewaltigungen abzuzeichnen scheine, etwas, was die Öffentlichkeit verständlicherweise beunruhigen könnte. Mehr als alles andere, sagte er, wollen Polizei-Detectives Ärger vermeiden. Sie arbeiten an dem Fall, tun, was sie können, aber dann tauchen auf einem anderen Abschnitt des Highways die Arme und Beine einer anderen Frau oder eines Mannes oder Kindes auf, und sie müssen sich *damit* befassen. Manchmal, sagte Detective Malloy, würden Fälle auch aufgeklärt. Vielleicht vierzig Prozent. Aber allein im Sechsten Revier – seinem Revier – würden zehn Morde pro Jahr begangen. Fast einer im Monat. Wir dürfen nur dann an einem Fall dranbleiben, sagte Malloy, wenn es jemand Berühmtes ist. Oder Wichtiges. Eine tote Berühmtheit. Oder die tote Tochter einer Berühmtheit. Ansonsten gehen wir zur nächsten Leiche über. Ein Großteil von dem, was ich tue, sagte er, ist Grenzpatrouillendienst, weißt du, was ich meine? Mein Job besteht darin, übles Volk aus guten Vierteln herauszuhalten. Ich bewache einfach die Herde.

Es arbeitet also niemand an dem Mord an dem Mädchen? fragte ich.

Der Fall ist noch nicht abgeschlossen, sagte er. Wir haben seitdem noch zwei weitere Morde gehabt. Aber hör zu, vielleicht kommt irgendwann ein Durchbruch. Rodriguez hat übrigens deine Freundin aufgesucht, und du hattest recht, sie hat nix gesehen. Aber man kann nie wissen. Es könnte sich ein Zeuge melden. Ein Informant. Der Killer könnte wieder zuschlagen, und dann könnten wir anfangen, die einzelnen Teile zusammenzusetzen. Offen bleiben. Das, was wir wissen, im Hirn gären und arbeiten lassen. Ein cleverer Detective könnte durchaus auf irgendwas stoßen.

Ich hatte ihn gefragt, ob er Lust hätte, mit mir in ein Konzert zu gehen, James Brown, und er sagte, vielleicht.

Er scheint überhaupt kein Privatleben zu haben, nur ein Geheimleben, das sich offenbar mit seinem Berufsleben überschneidet, ja sogar Teil von diesem ist (das Mädchen im Red Turtle, der weibliche Detective in seinem Büro, Kellnerinnen in der Bronx, die Erin oder Kelly heißen). Er geht, soweit ich's beurteilen kann, weder mit Freunden noch mit Frauen essen, noch fährt er übers Wochenende weg. Er geht nicht ins Kino. Er geht nicht zum Baseball. Er macht sich nichts aus Restaurants. Allerdings geht er in Bars. Mit anderen Polizisten.

Wie Cornelius macht er sich auf einmal Gedanken um meine Sicherheit. Ich sei nicht vorsichtig genug. Ich solle nicht mit der U-Bahn fahren. Solle nicht mit Unbekannten reden. Solle die Tür abschließen. Es sei leicht, in meine Wohnung hereinzukommen, sagt er, bei meiner Lebensweise.

Nun. Ich glaube nicht, daß meine Tür doppelt und dreifach abzuschließen mich, oder wen auch immer, vor dem Tod bewahren wird. Die zwei Mädchen da, die auf der Bank mir gegenüber sitzen, Händchen halten, rauchen und diskutieren, werden sich ihre körperliche Unversehrtheit nicht einfach dadurch bewahren, daß sie sich nachts in ihren Wohnungen einschließen. In ihrer Wohnung.

Vielleicht sollte ich mir einen Hund kaufen. Einen deutschen Schäferhund. In einen sichereren Stadtteil ziehen. Selbst ein nettes Mädchen kennenlernen.

Ich weigere mich, mich einschüchtern zu lassen. Ich werde vorsichtig sein, vorsichtiger als bisher. Ich werde mich bemühen, konsequenter, aufmerksamer zuzuhören, aber ich habe nicht vor, meine Lebensweise zu ändern. Denn wenn ich wirklich fest entschlossen wäre, vorsichtig zu sein, würde ich Cornelius nicht mehr sehen, nicht außerhalb des Unterrichts. Ich würde ihn nicht zusätzlich fördern.

Ich würde nicht mit Dr. Graham ins Kino gehen.

Und vor allen Dingen würde ich mich nicht mit Detective Malloy treffen. Ich würde ihn seinen Mädchen überlassen, seiner Frau, den irischen Kobolden.

Weißt du, sagte er, als ich die Tür öffnete, um aus dem Auto auszusteigen, ich kann mich an fast jeden Mord erinnern, an dem ich je gearbeitet hab. Ich träum davon. Es ist alles in meinem Kopf. Und manchmal macht was einfach klick. Manchmal hat man's. Es ist wie mit einer Braut. Manchmal weiß man's einfach.

Weiß man was? fragte ich.

Ob alles zusammenpaßt, sagte er.

HEUTE abend, während ich im Kino war, hat Cornelius seine Semesterarbeit unter meinen Briefkasten gelegt. Ich war in einem Dokumentarfilm über die Sprachbenutzung von Gehirnschlagpatienten. Ich weiß nicht, wie er zu so später Stunde ins Haus gekommen ist. Der Briefträger schließt die Haustür normalerweise ab, nachdem er die Post gebracht hat. Wenn er die Post bringt.

Abgesehen von einigen orthographischen und grammatikalischen Fehlern, ist es eine gute Kurzgeschichte.

Im Jahr 1978 begannen für Mr. John Wayne Gacy die Probleme, als die Polizei in seinem Keller eine Leiche ausgrub. Als die Polizisten wieder gingen, hatten sie 27 Leichen, die meisten davon von unterm Haus. Als John im Keller der Platz ausging, vergrub er die anderen Leichen im Garten und ein paar im Fluß.

Das war vor 14 Jahren. John hat seither in der Todeszelle gesessen, aber im Mai wurde er schließlich mittels einer Giftinjektion hingerichtet. Die Amtshandlung verzögerte sich um ein paar Stunden, weil die Chemikalien in der Spritze gefroren waren und nicht durch die Nadel wollten.

Ich frag mich, ob John in seinen letzten Tagen an die Zeiten zurückgedacht hat, wo er sein gepunktetes Clownskostüm und seine rote Nase anzog und mit den Kids spielte. Die Kids mochten ihn. Er war immer cool, gab ihnen Schokoriegel und bla. Der Clown hieß Pogo der Clown und als Gacy in der Todeszelle saß, hat er immer Bilder von Pogo dem Clown gemalt, die er dann verkauft hat. In Chicago ist eine Pogo-Ausstellung mit einem Bild von einem leeren Clownskostüm auf einem Stuhl.

John hat früher in einem Col. Sanders als Manager gearbeitet und er sagte, daß er die ganzen netten Leute die da reinkamen gern mochte. Er muß auch das Essen da gemocht haben, weil als er seine Henkersmahlzeit bestellte, wollte er Brathähnchen und Fritten. Klingt wie ein Soul brother. So schlecht konnte er nicht sein.

Die Polizei sagt, das John zu Anfang die Morde gestanden hat, aber man braucht kein Nigger sein, um zu wissen, daß die das sagen würden. Manchmal behauptete er, er wär unschuldig an dem Verbrechen, und manchmal sagte er, er hätt den ersten in Notwer getötet. Manchmal sagte er, er wär gar nicht in der Stadt gewesen. Bis zur letzten Minute hat er allen möglichen Scheiß erzählt. Die Polizei sagt, die Morde wären von 1972 bis 1978 weitergegangen.

Sechs Jahre um 33 Leute umzubringen. Ein Paar von denen waren vergewaltigt worden. Er muß ziemlich busy gewesen sein, weil er damals arbeitete und auch noch Parties für Leute aus Polen organisierte. Alle sagen, das er echt beliebt war. Vielleicht ist das der Grund, wie er 33 Jungs überhaupt dazu bringen konnte, mit ihm nach Haus zu gehen. Wie er sie dazu beschwatzen konnte, das sie sich ein Seil mit einem Stock dran um den Hals binden ließen.

Er hat nie gesagt, das es ihm leid täte. Am Schluß war er »redselig« (meinte sein Wachmann). Er wollte über die Chicago Cubs diskutiren. Brathähnchen essen. So tun als wär er Pogo der Clown.

Das sind die Fakten.

Hier ist die Story.

Es stimmt, daß ich mich als kleiner Junge für so genannte tierische Überreste intressierte. Ich fand tote Vögel auf dem Weg am Fluß, und ich bewahrte sie in Schuhschachteln in meinem Schrank auf, baute Särge für sie, bewegte ihre steifen roten Beine als ob sie tanzen würden. Aber mein Dad hat sie in meinem Zimmer gerochen und sie ins Feuer geschmissen, wo er im Garten das Laub verbrannte.

Ich hab ein Eichhörnchen bei den Eisenbahngleisen gefunden. Um ehrlich zu sein, was ich in diesem Tagebuch ja zu sein versuche, hab ich das Eichhörnchen nicht gefunden. Ich hab eine Falle gebaut, und dann hab ich es mit in den Keller genommen.

Ich glaub, es war ein Eichhörnchenweibchen, aber es war schwer zu erkennen. Ich hab Eis-am-Stiel-Stäbchen benutzt. Aber ich habe es nicht mit Sicherheit rausgekriegt. Bei großen Tieren ist es leichter zu erkennen. Ich wollte, das es ein Männchen wäre. Ich weiß nicht warum, ich wollte es einfach.

Im Sommer als ich zehn war, kam ich ins Ferienlager, weil mein Vater meinte, ich sollte im Freien spielen. Im Ferienlager macht man lange Wanderungen und rudert auf flachen Flösen über einen See. Es war so heiß, daß mir die Augen weh taten. Nachts konnte ich nicht schlafen. Es war feucht und es gab Mücken. Und Zicken. Sie glauben jetzt wahrscheinlich, das ich Zecken schreiben wollte, aber ich meine Zicken. Alle Jungs machten Zicken, d. h. spielten sich gegenseitig Streiche. Wir taten Dinge wie Leuten Nacktschnecken und Frösche ins Bett legen, und wir taten auch schlimmeres. Wie zum Beispiel einen Jungen an seinem Bett festbinden, wärend er schlief, und dann auf ihn pinkeln. Diese Dinge pasierten auch mir, ich war nicht nur der Übeltäter. Ich war nicht nur der Bösewicht. Ich möchte, daß Sie das wissen.

Jeden Morgen nach dem Frühstück mußte man einem Betreuer sagen, ob man an dem Tag Stuhlgang gehabt hatte oder nicht. Was ich immer dumm fand, denn wer würde da schon nein sagen.

Manchmal frage ich mich wärend meinen vielen Stunden der Untätigkeit, ob meine Liebe zu Clowns wärend diesen vielen Sommern im Lewis and Clark Trail Camp entstanden ist. Es war dort, am Ende meines dritten Sommers, wo ich für die Ferien-Narrheiten (so hießen die nehmlich) die Rolle von Pogo dem Clown zugeteilt bekam.

Ich wünschte bloß, ich hätte nicht bis dahin zu warten brauchen, um die Entdeckung zu machen, die mein ganzes Leben verändern sollte. Anfangs beherrschte ich die Schmink und Verkleidungskunst des Clowns noch nicht, aber ich hoffe Sie werden mich nicht für einen Angeber halten, wenn ich sage, daß ich sie mit den Jahren vervollkomnet habe. Wenn ich was wirklich bedaure, dann das ich es nicht geschafft habe, ein richtiger professioneller Clown zu werden. Viel später, als ich im Kentucky Fried Chicken Restaurant in Ducerne als Manager arbeitete, brachte mir Mrs. Halle, eine Stammkundin von mir, eine Zeitschrift, wo eine Adresse drin stand, wo man professionelle Verkleidungen bestellen konnte, und ich habe sie bestellt, und das war schon wirklich was anderes.

Aber ich greife meiner Geschichte vor. Ich war ja erst im Lewis and Clark, wo ich die anderen Jungs zum Lachen brachte. Mein Hilfsclown war Jeremy Boyd, der ein sehr netter Junge war. Er konnte solche Dinge wie Salto rückwärts und Radschlagen, was ich nicht kann. Ich hab ihn jeden Sommer, wo er da war, als meinen Hilfsclown ausgewählt, obwohl andere Jungs das auch gern gewesen wären. Wir wurden von Jahr zu Jahr besser. Es ist nicht wahr, das ich versucht hab ihm was anzutun. Das wird er auch bestätigen. Ich hab es damals erklärt, also besteht für uns heute als erwachsene Männer, die noch ihr ganzes Leben vor uns haben, kein Grund, solche alten Geschichten wieder aufzuwärmen.

Während dem Rest des Jahres, wo ich nicht im Ferienlager war und dann später als Erwachsener, hab ich meine

Clownsnummer in der Freimaurerlosche und bei Festen in Einkaufszentren und an anderen Orten vorgeführt, wo der Bürgermeister oder der Gouverneur anwesend waren. Ich ging wenigstens sechs oder sieben Mal mit dem Kardinal und Rossalyn Carter ins Shriner's Children Hospital, um krebskranke Kinder zu unterhalten, und das war sehr befriedigend. Es war diese Erfahrung, diese Kinder mit ihren ganzen Schmerzen und Tränen zum Lächeln zu bringen, was mir die allergrößte Freude überhaupt gemacht hat. Es hat mir gereicht, einfach bloß diese Kinder glücklich zu machen.

Auch hier in Rock Island hab ich nette Freunde gefunden, und ich hab ihnen im Rahmen meiner bescheidenen Möglichkeiten auch ein bißchen helfen können, aber ich eile schon wieder voraus.

Ich war weit gekommen seit der Zeit, wo ich noch mit Eichhörnchen spielte. Deshalb zu sagen, wie sie das in den Medien getan haben, ich hätte 1969 einen elfjährigen Jugendlichen überfallen, der Zeitungen austrug, angeblich in dem ich ihn in den Keller eingeladen habe meine Sammlung von ausgestopften Vögeln anzusehen, war und ist eine Lüge. Es kann sein, daß sie mich mit jemand anderem verwechseln. Die Presse muß Zeitungen verkaufen. Das ist mir bekannt. Das ist uns allen bekannt. Deshalb als sie sagten, ich hätte einen jungen Mann mit Namen Frances Frascotti in den Keller eingeladen, haben das manche geglaubt. Manche haben angefangen, mich anders anzusehen. Wenn sie meinten, ich wär so gefährlich, meinen sie vielleicht, ich hatte keine hundert Gelegenheiten bei den jungen Leuten, die von morgens bis abends ins Restaurant kamen? Oder im Krankenhaus? Wenn ich die Sorte Mensch wär, wie sie glauben, hätte ich nicht eine viel bessere Chance gehabt, all das zu tun, was sie sagen, wann immer ich gewollt hätte? Was ein weiterer Beweis dafür ist, das sie Unrecht haben.

Nicht das ich irgendwelche Beweise bräuchte. Ich kannte diesen Jungen gar nicht. Ich hab diese Zeitung nicht mal ABBONIERT. Ich beziehe die Morgenzeitung und das ist schon immer so gewesen. Sogar der Junge hat selbst gesagt, als man versuchte, ihn vor Gericht aussagen zu lassen, das er *nicht hundertprozentig sicher sein konnte,* weil es gegen Ende seiner Tour war und es wegen der Sommerzeit schon dunkel war. Am späten Nachmittag wird es da schon dunkel. Das weiß jeder. Sogar die Mutter von dem Jungen meinte, es wär ein Fall von Personenverwechslung und wollte nur, das alles wieder in die gewohnten Bahnen zurückkehrt. Ich war vollkommen unschuldig. Ich würde diesen Jungen nichts antun.

Abschließend möchte ich ein weiteres Beispiel für den Gemeinschaftssinn zeigen, den ich schon immer gehabt habe und noch immer habe, schon seit jenen glücklichen Tagen als Pogo der Clown und davor. Hier ist ein unschuldiger junger Mann mit Namen Angel Vasquez, mit dem ich mich angefreundet habe, der auch unschuldig ist. Er kann keine Briefe schreiben oder sich sonst wie postalisch mit seinem Anwalt in Verbindung setzen, weil er bei einer Messerstecherei in der Wäscherei eine Wunde an der rechten Hand davongetragen hat. Ich bin sehr froh seine Korrespondenz zu schreiben, weil auch er ein Opfer des Systems ist. Er diktiert mir seine Briefe, und dann schreibe ich sie ganz genau so auf. So will er es haben. Ich hab ihm versprochen, daß ich mich daran halten würde. Beigefügt ist hier ein Brief an seine nicht eheliche Frau, den ich für ihn geschrieben habe. Ich nehme ihn als Beweisstück auf, damit die Leute sehen. Und damit er weiß, das ich es gemacht habe.

Jennifer, wie läufts! Ich weiß schon, das ich lange sitzen muß. Ich wär gern oben mit dir zusammen. Tatsache ist, das du mich am besten besuchst und jeden Tag schreibst. Wenn du mich linkst oder wenn ich auch nur hör, das du was angestellt hast, polier ich dir die Fresse. Wenn du schwanger bist behalts. Wenns ein Junge ist, nenn ihn Angel Hassan Vasquez, wenns ein Mädchen ist, nenns Jolin Vasquez. Schick mir Geld, so 100 oder 150 und spar jeden Monat 100 Dollar und rühr es nicht an. Jennifer, du weißt ich lieb dich Wahnsinn. Tu einfach so wie wenn nix passiert ist, denk nich zu viel an mich, aber vergeß mich nie. Sag zu meinem Bruder ich hab hallo gesagt und zu meinen anderen Freunden auch. Wenn du mein Kind kriegst, erzähl ihm alles gute Sachen über mich. Keine schlechten Sachen. Ma, ich lieb dich! Link mich nich, Jennifer. Und geh morgen zum Krankenhaus und kuck ob du schwanger bist. Und hol dir alle Papiere. Sag den Bullen ob du mir zurückschreiben kannst. Ma, ich lieb dich ganz, ganz, ganz irre und ich schreib dir bald Heim. Und besorg dir ein Telefon. Tschüs, aber nicht für immer. Wir sehn uns dann meine heimliche Ma, Frau, alles.

Angel

Liebst du mich?

Dies um zu zeigen, was für ein Mensch ich bin, der wie Sie sehen keinen dreiundreißig jungen Männern was angetan und sie im Keller meines Hauses begraben hat. Ich war nicht einmal zu Haus zum Zeitpunkt dieser angeblichen Verbrechen. Und selbst wenn doch, würde ich so was niemals tun. Sie können jeden fragen, der mich kennt, sogar meine Exfrau und sie werden alle dasselbe sagen – er ist unschuldig, er ist Pogo der Clown.

NUN. Zweierlei.

Ich habe Cornelius eine Eins gegeben – was blieb mir anderes übrig?

Und ich möchte wissen, wer diesen Brief an Jennifer wirklich geschrieben hat.

Dreierlei: Es geht mir allmählich besser. Ich gehe nicht mehr davon aus, daß jeder Mann, der einen Schnurrbart und einen Anzug trägt, ein Detective ist. Ich glaube nicht, daß das neue Gedicht in der U-Bahn für mich bestimmt ist. Es ist ein Lied der Seneca-Indianer. »Es ist weit in der Ferne. Es ist hereingekommen.« Eindeutig nicht für mich.

HEUTE früh bin ich in den Park gegangen. Es waren Hunderte von Leuten da, schon um neun Uhr. Alte Frauen saßen auf den Bänken im Schatten, und an der Nordwestecke, unter dem Henkerbaum, spielten einige Männer schon Schach und Dame. An dem Baum wurde im Jahr 1843 eine junge Frau aufgehängt, die ihren Arbeitgeber ermordet hatte.

Die Jugendlichen, die um den trockenen Springbrunnen sitzen, kommen von jenseits der Flüsse, aus Hoboken und Long Island City, aus Staten Island und Five Towns und aus der Bronx – ein paar von ihnen offensichtlich erstaunt, die meisten von ihnen gelangweilt und übellaunig. Die College-Mädchen, Austauschstudentinnen aus Japan und Schweden, hören den zappeligen schwarzen Jungen zu, und die Jungen knoten sich das Hemd um den Hals und versuchen, den Mädchen einen Joint oder einen Straßenköter oder ihre Gesellschaft aufzuschwatzen.

Der Park hat im Sommer so etwas an sich. Es ist nicht nur der Geruch nach Urin oder der Staub, der vom Hundeauslauf aufsteigt, und das Gekläff der kämpfenden Hunde, das die Bongospieler übertönt, oder die Besitzer der Hunde, die die anderen Hundebesitzer anschreien. Es ist nicht einmal die Verwahrlosung, die Schäbigkeit des Parks an sich, mit den Eisenabsperrungen der Polizei – für den Fall, daß jemand beschließen sollte, ein paar Flaschen zu schmeißen. Es sind nicht die graslosen umzäunten Flächen voll alter Zeitungen und Dosen. Ich weiß, ich würde mich wie Miss Burgess anhören, wenn ich sagte, daß dort ein Mangel an gesellschaftlichen Umgangsformen herrscht. Und es wäre außerdem unzutreffend. Wenn überhaupt, so herrscht dort ein Zuviel an (guter Ausdruck, »ein Zuviel an«) Umgangsformen. Eine Frau, möglicherweise sogar ein Mann, kann keine zwanzig Sekunden allein auf einer Parkbank sitzen, ohne angequatscht zu werden.

Mein Vermieter hat sich endlich bereit erklärt, die undichte Stelle in meinem Badezimmer reparieren zu lassen, und ist, wie um mich zu bestrafen, heute früh um sieben mit dem Klempner angekommen. Wie sich herausstellte, war es eine viel größere Angelegenheit, als er sich eingeredet hatte, und der Klempner hat geschätzt, daß er den ganzen Vormittag beschäftigt sein würde. Da mein Vermieter nicht erlaubt, daß sich Handwerker unbeaufsichtigt in den Wohnungen aufhalten, da sie Armaturen, Heizkörper und Ähnliches mitgehen lassen könnten, war auch er heute vormittag in meinem Badezimmer.

Also bin ich mit einer Banane und einem Becher Kaffee in den Park gegangen. Außerdem habe ich einen Artikel mitgenommen, den ich auf Detective Malloys Schreibtisch im Revier gesehen und mir ausgeliehen hatte. Der Artikel war mit »Der Lustmörder« überschrieben und stammte von zwei Gentlemen aus der Abteilung für Verhaltensforschung der FBI-Hochschule in Quantico, Virginia. Auf der Rückseite waren Notizen in Malloys Handschrift (»Geschoß ohne abgerundete Nase wie Wadcutter oder Hohlspitze macht unregelm. Einschuß?/Einschuß durch Geschoß verursacht, das vor Aufprall anderen Gegenstand getroffen hat/Fernschuß = Abstand größer als Reichweite d. Pulverrückstände = 35–60 cm«).

Es freute mich irgendwie, seine Notizen zu sehen. Pauline behauptet, sie habe sich in Leonardo Reynolds verliebt, während sie eine Kostümprobe der Reynoldsschen Broadway-Inszenierung von *Warten auf Godot* über sich ergehen ließ. Woraus ich schließe, daß auch er um die tendenziell Aufmerksamkeit erregende Wirkung der Erfahrung wußte. Ich begriff, daß ich dazu verurteilt war, Santos Thorstin zu heiraten, als ich ihn im Sommer, als ich achtzehn wurde, ein Tennismatch mit 6:3, 4:6 und 7:5 gewinnen sah. Und er gefiel mir nicht einmal. Daher war ich interessiert, Detective Malloys Notizen zu lesen.

Mehrere Passagen des Lustmörder-Artikels waren mit Tinte unterstrichen. »Häufig nimmt der Mörder ein ›Souvenir‹ mit, in der Regel einen persönlichen Gegenstand oder ein Kleidungsstück des Opfers, aber gelegentlich kann es sich dabei auch um ein intimeres Andenken an die Begegnung handeln – einen Finger, eine Haarlocke oder einen mit sexuellen Assoziationen behafteten Körperteil. Der Täter kann auch eine kannibalistische Handlung begehen.«

Ich fand es interessant zu erfahren, daß das FBI derlei als eine Begegnung ansah. Und daß das Wort »kannibalistische« zweimal unterstrichen worden war.

Detective Malloy hatte mir noch immer nicht gesagt, was für ein Souvenir der Mörder Angela Sands abgenommen hatte. Ich stellte meinen Kaffee auf den Boden und las die am 3. September 1975 von Vollzugsbeamten des Staates South Carolina aufgenommene Aussage eines gewissen

James Clayton Lawson: »Dann habe ich ihr die Kehle durchgeschnitten, damit sie nicht schrie . . . damals wollte ich ihren Körper in Stücke schneiden, damit sie nicht wie ein Mensch aussah, und sie zerstören, damit sie nicht mehr existierte. Ich fing an, ihren Körper aufzuschneiden. Ich weiß noch, wie ich ihr die Brüste abgeschnitten habe. Danach weiß ich nur noch, daß ich immer weiter ihren Körper aufgeschnitten habe. Ich habe das Mädchen nicht vergewaltigt. Ich wollte es nur zerstören.«

Ich dachte unter anderem gerade daran, daß das eine interessante Wendung war, »ihren Körper aufzuschneiden«, als jemand mich am Bein leckte.

Ich sprang auf und stieß dabei meinen Kaffee um.

»Er freut sich, dich zu sehen, das ist alles«, sagte John und kraulte den Hund zwischen den Augen.

Ich setzte mich hin und versteckte den Artikel unter meinem Oberschenkel, da ich nicht wollte, daß er sah, was ich gerade las.

»Was hast du da gerade gelesen?« fragte er. »Du sahst ungewöhnlich vertieft aus. Was bei dir eine ganze Menge heißt.«

»Nur einen wissenschaftlichen Aufsatz. Über den Gullah-Dialekt.«

»Du mußt ja wirklich viel zu tun haben«, sagte er und setzte sich neben mich auf die Bank. Skip sah mich mit heraushängender Zunge an.

»Nicht so wild«, sagte ich. »Es sind Semesterferien.«

»Du bist neuerdings abends ziemlich oft unterwegs. Ich kann vom Park aus in deine Wohnung sehen. Wenn ich meine Nachttuar mache.«

»Deine Nachttuar?«

John stammt aus dem Mittleren Westen und spricht seine Vokale mit einer regionalen Färbung aus, die mich früher einmal interessiert hat. Milch klingt bei ihm wie Mülch. Eine Tuar war eine Tour.

»Ich habe in letzter Zeit viel emotionales Material aufgearbeitet«, sagte er.

Eine von John Grahams Methoden, das schlechte Ich, wie er es nennt, aufzuarbeiten, besteht darin, seinen zweifellos sehr gerechtfertigten Zorn zu nehmen und die Verantwortung dafür großzügig jemand anderem aufzubürden. Da erwähnt er etwa beiläufig, daß er auf einer Party in Amagansett, äh, Jamie Saintsford, einen früheren Freund von mir, getroffen habe, und daß ihn, John, das sehr betroffen gemacht habe. Ich, die ich die Schritte des Menuetts, das ich mit ihm zu tanzen scheine, noch nicht durchschaue, frage begriffsstutzig: Was hat dich denn betroffen gemacht?

Ich möchte wirklich nicht darüber reden, sagt er. Ich hätte nicht damit anfangen sollen.

Es vergehen ein paar Minuten. Der Kellner kommt an den Tisch. Wir bestellen. John, der Gesundheitsbewußte, informiert sich beim Kellner über die im Hause übliche Weise, die Speisen zuzubereiten. Ich kippe meinen zweiten Martini, als tränke ich auf einer Hochzeit in Wladiwostok auf das Wohl der Brautleute.

Und dann sagt er: Was mich betroffen macht, wenn du es unbedingt wissen mußt, ist, was er über dich gesagt hat.

Über mich? frage ich verwundert, da ich wirklich nicht weiß, was Jamie Saintsford denn überhaupt noch über mich sagen könnte, nachdem er einmal dem Direktor des Altphilologischen Seminars der NYU erzählt hat, ich sei eigentlich nie auf seinen (Jamie Saintsfords) beharrlich vorgetragenen Wunsch eingegangen, ich möchte beim Liebesakt das Schnurren einer Katze nachahmen.

John Graham sagt: Jamie meint, seit deinem Artikel

über die Sprache der Valley girls hättest du nichts mehr geschrieben, was deinen eigenen hohen Maßstäben gerecht werden würde.

Ich verteidige mich. Frage mich besorgt, ob Jamie Saintsford nicht am Ende vielleicht recht hat.

Und eines Abends, wir saßen im Hermosita's an der Theke, flirteten mit der Barkeeperin, probierten fünfzehn verschiedene Sorten Tequila (diese Abfüllung ist ein bißchen kalkiger, meinte das Mädchen, wenn ich mich recht erinnere, gegen Mitternacht), da sagte John zu mir: Ich habe diesen Mann, der mit dir am College arbeitet, Mr. Reilly, auf dem Parkplatz getroffen, und unser Gespräch hat mich beunruhigt. Er hat ein paar gute Ideen in bezug auf Studenten aus Minderheiten und die für sie in Frage kommenden Unterrichtsmethoden. Er schließt nicht völlig aus, daß du das eine oder andere nicht ganz richtig machst. Er wollte sich irgendwo mit mir zusammensetzen und über dich reden.

Und ich hatte gesagt: Wäre es nicht einfacher, du verpaßt mir einen Schlag ins Gesicht und bringst es ein für allemal hinter dich?

Was? hatte er schockiert gefragt.

Ich sagte: Ich schließe nicht völlig aus, daß eine Freundschaft zwischen uns beiden nicht möglich ist.

Natürlich war es am Ende nicht ganz so unkompliziert abgelaufen. Aber ich hatte nicht erst mit der Barkeeperin in einen neuen Club auf der Wall Street zu gehen brauchen, der erst um sechs Uhr früh öffnete, um ihm meinen Standpunkt klarzumachen.

Eine Frau, die auf der Parkbank uns gegenüber saß, gab einem Mann, der so aussah, als könnte er Hunger haben, ein Sandwich; er untersuchte es eingehend und gab es ihr dann zurück.

»Ich habe erst gestern mit meinem Arzt darüber gesprochen«, sagte John. »Über dich gesprochen eigentlich. Na ja, über jede Frau eigentlich. Frauen im allgemeinen.«

»Entscheide dich.«

»Dich. Wir haben über dich gesprochen.«

»Ich hoffe, du wirst nicht gegen die ärztliche Schweigepflicht verstoßen und mir erzählen, was ihr gesagt habt.«

Er sah verwirrt aus. »*Die* dürfen nichts weitersagen. Ich darf.«

»Nein, darfst du nicht«, sagte ich.

Er runzelte die Stirn. »Ich habe Pauline angerufen. Ich hoffe, es stört dich nicht. Aber ich wollte es dir erzählen. Mich vergewissern, daß du mich nicht totschlägst.«

Ich fragte mich, ob er und sein Seelenklempner schon bei der Sache mit den Projektionen angekommen waren. »Warum sollte es mich stören?«

»Na, wenn ich dich nicht gefragt hätte.«

»Sie hat mir gesagt, daß du angerufen hast.«

» Und ?«

»Das ist alles. Daß du angerufen hast.«

»Meinst du, das ist eine gute Idee? Du kennst sie besser als ich. Wenn ich so darüber nachdenke«, sagte er zögernd, »kenne ich dich auch nicht besonders gut. Ich weiß, daß du in vierzehn verschiedenen Ländern aufgewachsen bist, daß du mit einem berühmten Fotografen verheiratet warst, daß deine Mutter trank –« Er sah mich an, um festzustellen, ob seine Bemerkung mich betroffen gemacht hatte. Ich beobachtete gerade, wie ein junger Mann ein Fahrrad stahl. »Du hast keine Geschwister, du hast deinen Mann in Paris kennengelernt, als du an der Sorbonne warst. Er machte damals Bilder von diesem alten Franzosen, der dein Analytiker war. Oder war er Politiker? Ich weiß es nicht mehr.« Er sah mich wieder an. »Soweit richtig?«

»Nicht so ganz.« Kein gutes Wort, Geschwister.

Manchmal glaube ich, daß er all seine Informationen, all seine geistigen Koordinaten aus Klatschspalten und Fernsehen bezieht. Wie Rodriguez scheint er zu meinen, Erinnerungen seien Fakten.

»Ich habe neuerdings so komische Angstzustände«, sagte er. »Wenigstens *glaube* ich, daß es Angstzustände sind. Sie sind ziemlich übel.«

Er tat mir leid. Die Tatsache, daß er sich als einen Organismus betrachtet, einen kostbaren und einzigartigen Organismus (was er natürlich ist), der, in einem kontinuierlichen faszinierenden Wandel begriffen, ein unermüdliches Studium verdient, bedeutet nicht, daß er nicht leiden würde.

»Was passiert dabei?« Ich erinnerte mich, daß er im vergangenen Frühjahr für achtzehn Stunden das Gehör verloren hatte.

»Schweißausbrüche. Ich weiß nicht mehr, wo ich bin. Meine Gedanken rasen. Ich habe das Gefühl, wenn ich losrennen würde, würde ich überhaupt nicht mehr stehenbleiben.«

»Das tut mir leid«, sagte ich. Er streckte die Hand aus, und ich nahm sie.

»Ich glaube, es könnte mit etwas zu tun haben, was ich als Kind gehört habe. Mit etwas, was ich *glaube,* gehört zu haben. Also eigentlich weiß ich, weiß ich mit Bestimmtheit, daß ich es gehört habe.«

Ich ließ seine Hand los.

»Passiert dir das nie?« fragte er. »Daß dir so komische Bilder aufsteigen, als hättest du etwas gesehen oder erfahren? So merkwürdige Erinnerungen aus der Kindheit.«

Der Hund beugte sich vor und leckte mir die Schuhe ab.

»Meine Kindheit ist wie ein Traum«, sagte ich. »Ich

glaube nicht, daß man erwarten kann, darin allzuviel Sinn zu entdecken. Ich glaube nicht einmal, daß man das sollte. Von der Erinnerung zuviel erwarten.«

»Und das stört dich nicht?«

»Nein. In gewisser Hinsicht ist es eine Erleichterung, nicht alles verstehen zu müssen.«

Er schwieg. »Wenn ich nur nicht diese komischen Anfälle hätte«, sagte er gereizt. »Mein Gehirn, mein Gehirn explodiert praktisch. Ich hab schon daran gedacht, dieses Präparat zu nehmen.«

»Ja«, sagte ich. »Vielleicht solltest du das tun.« Er fing an, sich die Ohren zu reiben, und ich sagte: »Du hast allen Grund, mit den Nerven fertig zu sein. Dein Staatsexamen nächsten Monat. Nicht viel Geld. Fängst in einem Alter an zu praktizieren, in dem die meisten schon längst etabliert sind. Ein kranker Vater. Ist dein Vater noch immer krank?«

Er nickte.

»In einer Stunde sind's in der U-Bahn hundert Grad im Schatten. Und dann das Krankenhaus.«

Er sah mich an. »Ich fühl mich schon viel besser.«

»Wann triffst du dich mit Pauline?«

»Ach, die frißt mich doch bei lebendigem Leib auf. Machst du Witze? Die ist noch schlimmer als du.«

»Ich sehe sie Freitag abend«, sagte ich. »Vielleicht fressen wir uns ja gegenseitig bei lebendigem Leib auf.« Komisch, dachte ich. Gerade hatte ich über Kannibalismus gelesen.

»Schön«, sagte er und stand auf. »Wie ich sehe, hat dir Skip die Füße gewaschen wie mit dem Wein und den Fischen.«

Ich war so klug, ihn nicht zu fragen, was er damit eigentlich meinte. Das war nicht einmal mehr eine gekreuzte Metapher. Ein gekreuztes Gleichnis.

»Frannie, habe ich dir eigentlich schon mal erzählt, daß meine Mutter mich immer nur in Mädchenblusen herumlaufen ließ, bis ich sieben war?« Skip war abmarschbereit aufgesprungen, aber als er den Ton von Johns Stimme hörte, setzte er sich wieder hin.

»Hast du«, log ich.

»Vielleicht ist das der Grund, warum Pauline einen solchen Reiz auf mich ausübt. Wie sie sich anzieht. Neulich trug sie ein Kleid, das ausschließlich aus diesen kleinen Metallringen bestand – du weißt schon, wie die an Cola-Dosen.« Er starrte einen Augenblick nachdenklich Skip an. »Ich komme häufig an deiner Wohnung vorbei. Manchmal parkt dieses Auto davor, dann klingel ich nicht.«

»Auto?« Ich war überrascht.

»Was machst du heute abend?« fragte er.

»Ich sehe mir *Eugen Onegin* an.« Ich weiß nie, ob sehen das richtige Verb in bezug auf eine Oper ist. Obwohl *Eugen Onegin* hören auch nicht ganz richtig wäre. Normalerweise erzählte ich ihm nicht, was ich vorhatte. Er hatte etwas an sich, bei dem mir mulmig wurde. »Es ist diese wunderschöne Inszenierung, die letzten Sommer in Glyndebourne aufgeführt wurde. Voll von schockierenden, für die Oper schockierenden, unbewußt-sein-sollenden Gesten. Nach der Briefszene gießt sich Tatjana einen Krug Wasser über den Kopf. Ich glaube, es würde dir gefallen.«

»Es gefällt *dir*. Mir würde es wahrscheinlich nicht gefallen. Ich interessiere mich nur für mein eigenes Verhalten.«

Skip hörte etwas Neues in Johns Stimme und fing an, an der Leine zu zerren. Sie gingen (John blieb noch einmal stehen, um sich die Schnürsenkel zu binden). Und ließen mich mit dem Lustmörder und einem leeren Becher Kaffee zurück.

MITTWOCH abend rief er mich an. Er war unterwegs zu einem Mord, einem guten Mord im Gegensatz zu einem schlechten Mord, sagte er, womit ein richtiger Mensch gemeint war, kein Drogenhändler. Wenn ein Dealer umgebracht wird, spricht man von einem k. F. – einem korrigierten Fehler.

»Ich wollt dir bloß sagen, daß ich für ein paar Tage nicht in der Stadt bin. Also nicht zu erreichen. Ich bin dann Freitag wieder da, rechtzeitig zur Vieruhrschicht.«

»Wo fährst du hin?« fragte ich, mich innerlich windend, gegen meine sämtlichen Regeln verstoßend. Ich legte mir die Hand auf die Augen. Die Anhänger des Armbands fühlten sich an meinem Gesicht kühl an.

»Ans Meer. Ich freu mich schon drauf. Ich muß mal ausspannen. Ein bißchen Zeit mit meinen Kindern verbringen. Als Bulle kriegt man seine Kinder doch nie zu Gesicht.«

»Wie alt sind denn deine Kinder?«

»Achtzehn und zwanzig.«

»Achtzehn und zwanzig?« Ich war überrascht.

Seine Stimme klang plötzlich verändert, als schöbe er mich voran, als wollte er mich an etwas vorbeimogeln, bevor ich es sah.

»Deine Frau kommt auch mit?«

»Ja«, sagte er schnell. »Meine Exfrau.«

»Nein«, sagte ich. »Deine Frau.«

»Leck mich am Arsch! Ich schlaf auf dem Scheißsofa.«

»Mag sein, daß du auf dem Sofa schläfst«, sagte ich, »aber sie ist deine Frau.«

Es entstand eine lange Pause. Er rang sich offenbar zu einem Entschluß durch. »Hör zu«, sagte er schließlich mit gesenkter Stimme, »ich kann hier nicht richtig reden, verstehst du? Es ist ungünstig hier. Ich bin in meinem Büro, es wimmelt überall von Leuten. Es hat 'n Auftragsmord auf der Thirteenth gegeben, man stolpert hier auf Schritt und Tritt über Bullen. Verstehst du, was ich meine?«

»Ich hätte nicht gedacht, daß ich wie jemand aussehe, dem das was ausmacht.«

»Was ?«

»Ich hätte auch so mit dir gevögelt.«

Es entstand eine weitere Pause. Ich konnte Stimmen im Hintergrund hören. »Ich dachte, ich würd dich verlieren«, sagte er endlich.

»Hast du mir je die Wahrheit gesagt?«

»Schau –« Er stockte. »Die Leute erzählen mir den ganzen Tag lang Lügen. Ich erzähl ihnen den ganzen Tag lang Lügen. Das hab ich mein Leben lang getan.«

Er war mir immer ein paar Schritte voraus. Er war auf dem Jupiter, während ich über die Nineteenth Street lief. Er war überzeugend. Lügen als Kulturmerkmal. Ein Berufsrisiko. Und ich fiel darauf herein. Ich kam gar nicht auf den Gedanken, daß er einfach deswegen lügt, weil es ihm Spaß macht. Lügt Vorgesetzte an. Lügt im Zeugenstand. Er brüstet sich damit. Lügt unter Eid. Man nennt es Zeugnis ablügen, hatte er mir mal erzählt. Lügt Frauen an, vor allem Frauen. Angefangen bei seiner Mutter und schön der Reihe nach jede einzelne von uns. Seine Frau. Die Puppenkollektion. Er sah einfach keinerlei Veranlassung, die Wahrheit zu sagen.

»Du hast mich nicht verloren«, sagte ich ruhig.

»Ich fühl mich zum Kotzen. Als hätt ich alles versaut.«

»Wie lang bleibst du am Meer?« fragte ich. Eifersüchtig.

»Es ist schon das ganze Jahr geplant gewesen. Ich kann mich nicht mehr drücken. Ich würd's, wenn ich könnte. Wir haben das Haus zusammen mit meinem Vetter, eigentlich ist es ihr Vetter, aber ich nenn ihn meinen Vetter. Ist schon alles bezahlt.«

Ich schwieg. Meine Gedanken rasten.

»Ich werd dich wahrscheinlich nicht anrufen können.«

»Nein. Wahrscheinlich nicht.«

»Weißt du, Sergeant Engelhart meinte immer: Ihr werdet als die abgefucktesten Individuen überhaupt enden. Eure Frauen werden euch hassen, die Hälfte von euch wird Alkoholiker sein, die andere Hälfte schlicht durchgeknallt. Ihr werdet nicht *einen* Freund haben, der kein Bulle ist, und ihr werdet alle anderen hassen. Ihr bildet euch ein, ihr werdet der Welt die Scheiße aus dem Leib prügeln, aber die Welt wird euch die Scheiße aus dem Leib prügeln.« Er hielt inne. »Weißt du, das hier ist kein besonders schwieriger Job. Es gibt Dinge, die richtig, und Dinge, die falsch sind. Es ist ganz einfach. Man braucht nicht übermäßig viel Grips, um Bulle zu sein.«

Sein Selbstmitleid bewirkte, daß ich zum erstenmal eine Abneigung gegen ihn verspürte.

»Was treibst du so? Schreibst du?« fragte er.

»Ja. Ständig. Am Freitag treffe ich mich mit Pauline. Nach dem Konzert.« Es fiel mir zunehmend schwerer, die geringste Munterkeit, die geringste Lust am Reden aufzubringen. Ich wollte auflegen. Ich wollte, daß auch er sich mies fühlte. »Es ist dieses Konzert, zu dem du nicht konntest«, sagte ich.

»Ach so, ja«, sagte er.

»Ich gehe mit jemandem hin, den ich auf einer Party kennengelernt habe.« Gelogen.

»Gut«, sagte er. »Das ist gut. Hör zu, tut mir leid, daß es nicht geklappt hat.« Gelogen.

»Ja. Schön.«

Es war laut an seinem Ende der Leitung. Vielleicht war er wirklich auf der Arbeit. »Ich muß mich beeilen«, sagte er. »Die schreien schon nach mir. Sie merken's immer, wenn man mit einer Braut redet.« Er lachte über etwas, was jemand zu ihm sagte. »Ich ruf dich an, wenn ich wieder da bin«, sagte er.

ICH gehe nicht ins James-Brown-Konzert. Das ist nichts, wo man allein hingehen würde. Ich kann mir die Cellosonaten von Bach allein anhören gehen, aber nicht den Godfather of Soul. Ich habe die Eintrittskarten Cornelius geschenkt, und er geht mit seiner Schwester hin. Seiner Schwester, die Jennifer heißt. Und Briefe von ihrem Freund aus dem Gefängnis bekommt. Sie *ist* schwanger, wie sich herausgestellt hat. Ich habe ihm gesagt, ich würde alles tun, was in meiner Macht stünde, um ihr zu helfen. Er hat sich über die Eintrittskarten gefreut, und er hat sich über seine Eins gefreut. Er fragte, ob ich am Wochenende Zeit für ihn haben würde. Er hätte etwas, was er mir zeigen möchte.

PAULINE war im Carlyle, auf ein paar Drinks mit ihrem neuen Augenarzt, Dr. Whyte. Eine merkwürdige Konfiguration, dachte ich, aber nicht unethisch, wie sie mir schnell versicherte. Nicht, daß ich das angenommen hätte. Oder daß es von Belang gewesen wäre. Dr. Whyte war, wie sie vermutete, verheiratet, und er hinkte. Sie sagte, ihr Flirt habe anläßlich eines jüngst erfolgten Checkups angefangen, während sie in so einem Spezialstuhl saß, den Kopf in einer Metallzwinge, was die Untersuchung erleichterte und es zugleich ihren Knien ermöglichte, sich im Dunkeln zu berühren.

Um elf war ich mit ihr in der Pussy Cat Lounge verabredet. Ich hatte seit ein paar Tagen nicht mit ihr gesprochen. Vielleicht, weil ich das Telefon abgeschaltet hatte. Ich entfernte mich nicht allzuweit von den heimischen vier Wänden (da ich überhaupt nicht aus dem Haus ging), ernährte mich von Frühstücksflocken (manchmal ohne Milch), hörte mir Opernmusik an (*Madame Butterfly,* zweitausendmal). Putzte mir die Zähne, badete natürlich, wechselte mein Nachthemd, aber kämmen tat ich mich eigentlich nicht. Deshalb war es ganz gut, daß Pauline, nachdem sie mir mehrere Botschaften auf den Anrufbeantworter gesprochen hatte (»Das Problem ist, ich meine, was mich stört, mich wirklich erheblich stört, ist, daß er dich nicht versteht, er *kapiert* dich nicht. Er weiß nicht, daß du wirklich das sexy Mädchen mit Brille bist«), meinte, es würde mich aufheitern, wenn wir zusammen ins Pussy Cat gingen.

Ich zog mich an und beschloß, zur Church Street zu laufen. Es würde mir guttun. Ein bißchen Luft. Ein bißchen Bewegung. Ein bißchen Downtown. Ich bürstete mir das Haar.

Hatte ich eine Ahnung.

PAULINE war nicht in der Pussy Cat Lounge. Ich bestellte den Tequila, den sie am liebsten mag, und freute mich schon auf den Bericht von ihrem Rendezvous mit Dr. Whyte. Sie hatte mir am Telefon gesagt, er hätte zugegeben, daß ihre Augen tadellos seien, und dem die ziemlich unzutreffende Bemerkung hinzugefügt, Liebe sei nicht blind. Ich sagte, das klänge wie ein Spruch, den er schon häufig benutzt haben könnte. Gott, ja, das hoffe ich doch, hatte sie gesagt.

Um zwanzig vor zwölf setzte ich meine Brille auf und fing an, mir das Hockeyspiel anzusehen, das im Fernsehen lief. Ich bestellte einen Cheeseburger und bat Tabu, an der Theke nachzufragen, ob Pauline angerufen hätte.

Am Nebentisch saßen zwei Männer. Als sie merkten, daß ich allein aß, rutschte einer von ihnen, ein Kerl mit Schnurrbart und einem auf die Schulter tätowierten Kobold mit Zylinder, auf den Stuhl neben mir.

»Wie geht's denn so?« fragte er.

»Gut«, sagte ich. »Danke.« Immer ladylike.

»Wie steht's?«

»Ein Freund von mir, genauer gesagt, mein Freund, hat mir erzählt, daß noch jeder Ire, den er bisher eingebuchtet hat, diese Tätowierung hatte.«

Er lachte.

Ich stand vom Tisch auf und ließ meinen Cheeseburger liegen.

»Was hatt ich dir gesagt?« fragte der Typ seinen Freund.

Der vietnamesische Gentleman, dem die Pussy Cat Lounge gehört, ist zufällig auch der Eigentümer des ganzen Hauses. Ich wußte, daß sie hinter der Theke die Schlüssel zu den zwei Wohnungen oben hatten, weil Pauline sich häufig ihren ausleihen mußte. Ich bat das Barmädchen darum. Ich wollte oben auf sie warten.

»Allein«, sagte ich, um dem Mädchen ein Lächeln zu entlocken.

»Wie auch immer, Baby«, sagte sie.

ICH kann mich nicht an allzuviel erinnern. Bestimmte Dinge. Bestimmte Bilder. Alle möglichen irrationalen – irrationalen, weil unsinnig unpassenden – Informationsfetzen strömen mir durch den Kopf, als bombardierte mich mein Unbewußtes mit Wörtern und Satzfragmenten, ein feindlicher Agent, der eine Funkübertragung stört.

Der Satz »General Ameglio, ein Ägypter, konnte mit einem Packmuli auf der Schulter Polka tanzen« geht mir noch immer durch den Kopf.

Detective Malloy war da, das weiß ich. Nicht von Anfang an. Später. Ich weiß nicht genau, wann er ankam, bald, ziemlich kurz danach, noch vor den anderen.

Detective Rodriguez hat mir gesagt, Malloy sei da. Zumindest behauptet er das. Daß Malloy sofort gekommen sei. Ich dachte, er wäre mit seiner Frau zusammen.

Ich glaube, daß es Malloy war, der mich saubergemacht hat. Das Blut. Es ist ein Gemeinplatz, ich weiß, das mit dem Blut. Man stellt sich gar nicht vor, wieviel Blut der menschliche Körper enthält. Es war auch Erbrochenes da, und weil ich mich nicht erinnern konnte, mußten sie Tests durchführen, um herauszufinden, wessen Erbrochenes es war.

Sie hätten sehr erfahrene Leute von der Spurensicherung da gehabt, sagt Malloy. Einen Freund von ihm, Detective Sherman, der berühmt dafür sei, daß er exakt erkennen könne, ob eine dem Magen des Verstorbenen entnommene Handvoll Reis weißer amerikanischer Reis, Kanakenreis oder chinesischer Reis sei. Hat Malloy gesagt.

Manchmal, wenn ich nicht darauf gefaßt bin, wenn ich einen Augenblick die Zügel locker und den Tausenden, den Millionen kleinen Synapsen in meinem Kopf ihren Willen lasse und sie mir mitteilen, was genau ich nicht zu wissen ertrage, was ich nicht als bekannt zu wissen ertrage, dann erinnere ich mich schon.

Malloy war da.

Er hat mich wirklich saubergemacht.

Es war mein Erbrochenes. Das hätte ich ihnen gleich sagen können. Wenn ich mich erinnert hätte.

Es war Malloy, der ihren Kopf nahm, ihn aus dem

Waschbecken holte, wo ich ihn zur sicheren Aufbewahrung hingelegt hatte. Wo ich ihn ansehen und sicher aufbewahrt wissen konnte.

MALLOY hatte mich gebeten, heute wieder downtown zu kommen, um mir noch mehr Bilder anzusehen. Er erwartete mich. Wir setzten uns an einen Tisch in einem großen Raum. Schreibkräfte und Polizeiassistenten, größtenteils Frauen in Jeans und Sweatshirt, arbeiteten am Computer oder standen gegen die offenen Schubfächer der Karteischränke gelehnt und ließen die Finger beider Hände über die Karten flitzen.

»Ich war im Leichenschauhaus«, sagte er, als er sich mir gegenüber hingesetzt hatte. »Deswegen konnte ich dich nicht abholen.«

»Ich will nicht von dir abgeholt werden.«

»Kein Problem«, sagte er ruhig.

»Warum warst du im Leichenschauhaus?«

»Ich bin Polizist.«

»Oh. Stimmt. Hatte ich vergessen. Ich dachte, du wärst einer von diesen verheirateten Typen, die glauben, einen geblasen zu kriegen sei per se und immer gut.«

»Weißt du«, sagte er, »manche Frauen sind entsetzlich miese Bläserinnen. Kein Rhythmus. Kein Schwanzgefühl.«

Er ließ einen Vierteldollar über seine Fingerrücken rollen, als übte er einen Zaubertrick. Wie immer fesselte mich die kleine Geste. Sie war alles, was ich von ihm wußte, und sie konnte mir gefährlich werden. »Kein Schwanzgefühl. Guter Ausdruck. Ja, das muß entsetzlich sein.«

Ich war plötzlich müde, als hätte ich nicht die Kraft, oder die Motivation, gegen ihn anzukämpfen. »Warum warst du in Paulines Wohnung?«

»Ich hab's dir grad gesagt. Ich bin Polizist.« Er hielt inne. »Ich bin in dem Augenblick ins Revier spaziert, als der Anruf kam.«

»Wer hat angerufen?«

»Das Mädchen unten. Die an der Theke.«

Ich sah wieder auf seine Hände und zwang mich dann wegzusehen. Ich klappte das schwere Verbrecheralbum zu, das er offen vor mich hingelegt hatte, und schob es zur Mitte des Tisches.

»Hör zu«, sagte er, »ich bin *immer* irgendwohin unterwegs, wo jemand tot ist, nur daß es diesmal deine beste Freundin war. Diese Bubis, die Jungs in Uniform, sagten, wir hätten 'ne weibliche Leiche, und jemand hätt versucht, ihren Kopf mitzunehmen. Ich rechne immer mit dem Schlimmsten, selbst noch nach all den Jahren. Die Vorstellungskraft macht es noch schlimmer, und dann sieht man's und sagt sich: Ist ja gar nicht so schlimm, wie ich gedacht hatte. Die Leiche liegt nie offen da. Nie. Ich muß sie finden. Ich bin in einem fremden Zimmer, ich such sie, und dann, peng!, da ist sie. Ich hab immer Angst, daß ich was sehen werde, wovon mir schlecht wird, was, wovon ich weglaufen muß. Daß da 'ne Leiche liegt und ich sage: Das reicht, und gehe. Aber was passiert, ist, du siehst die Leiche, und etwas in dir übernimmt die Regie: Wie ist sie aufgeschlitzt worden? Wo? Wer ist sie? Entweder man ist ein guter Detective, oder man ist keiner. Entweder man kniet sich hin und steckt die Nase in die Wunden, oder man tut's nicht. Manchmal krieg ich Blut an den Schlips, wenn ich mich vorbeuge. Ich vergeß immer, ihn ins Hemd zu stecken.«

Ich sah auf seinen Schlips, und er zog ihn, vom Knoten bis zur Spitze, durch die Finger. Es war kein Blut daran.

»Wirst du's mir sagen?« fragte ich.

»Dir was sagen?« Er sprach mit tonloser Stimme, als

grauste es ihn vor meiner Frage und als wüßte er bereits, daß er sie beantworten würde.

»Was du getan hast.«

»Wie kommst du drauf, daß Wissen was dran ändert?«

»Das habe ich mein Leben lang gedacht.«

»Na, da liegst du falsch. Wissen is kein' Furz wert.«

»Kein*en* Furz wert.«

Er atmete tief durch. »Du schaltest alles andere aus deinem Bewußtsein aus und gehst ganz logisch vor. Du fängst an, das Ganze zusammenzusetzen. Langsam. Du nimmst eine Taschenlampe und untersuchst die Leiche Zentimeter für Zentimeter. Du siehst dir Narben, Tätowierungen, Wunden, Fingernägel, Ohren an. Du guckst nach, ob ihre Unterhose aufgerissen worden ist, ob da Samenflekken sind, ob sie ihre Regel hat. Deine ganze Welt reduziert sich in dem Augenblick auf diesen einen Körper.«

»Wie beim Sex.«

»Nein. Nicht wie beim Sex.« Er ließ sich nicht provozieren. »Töten ist eine sehr persönliche Angelegenheit. Überhaupt nicht wie Sex. Aber bloß der methodische Killer macht es zu 'ner persönlichen Tat. Das da ist kein Dealer in Harlem, der jemand ein Loch in den Schädel pustet, weil der sich zufällig in seinem Revier rumgetrieben hat. Das da war vorsätzlicher Mord. Er hat sie beobachtet. Er hat deine Freundin beobachtet. Er ist ihr auf der Straße gefolgt. Er kannte ihren Tagesablauf. Vielleicht hat er mit ihr gesprochen, mit euch beiden gesprochen, ist in denselben Fahrstuhl gestiegen, hat in der U-Bahn um 'ne Auskunft gebeten. Vielleicht hat er ihr in 'ner Bar einen Drink spendiert und dem Barkeeper gesagt, er soll nicht sagen, daß er von ihm kam. Deine Freundin kriegt ihren Tequila und guckt hoch, und sechs Typen starren sie von der Theke aus an.«

»Das hatte ich nicht gemeint.«

»Was dann?«

»Ich will wissen, was du mit ihr gemacht hast.«

Er sah mich an. »Warum?« fragte er schließlich.

»Ich weiß nicht. Damit ich es mir vorstellen kann. Damit ich schlafen kann.«

Er setzte zum Sprechen an, hielt dann inne. Dann fing er wieder an. »Sie muß sich dabei bewegt haben«, sagte er ruhig. »Er hat ihr den Hals und die Brüste aufgeschlitzt. Der Kehlschnitt ging durch die Luftröhre. Die Halsvene. Die Epiglottis. Die Zunge. Er hat sie bei den Haaren festgehalten und hat ringsum geschnitten und dabei den Kopf vor und zurück bewegt. Wenn man am Knochen angelangt ist, muß man irgendwie zwischen die Wirbel kommen. Man braucht ein größeres Messer. Er hatte eins. Es ist nicht einfach, mit einem Messer durch Knochen zu kommen. Es ist schwer. Aber er hat's geschafft.« Er stockte. »Und ich kann dir noch was sagen. Es hat ihm Spaß gemacht.«

»Ja«, sagte ich. Ich wollte nicht, daß er aufhörte.

»Bevor er gegangen ist, hat er in der Dusche den Abflußfilter rausgezogen. Hat alles rausgeholt, was uns irgendwie hätte weiterhelfen können. Das macht mir Sorgen. Er wußte über Abflüsse Bescheid.«

Er reichte mir sein Taschentuch, und ich wischte mir das Gesicht ab und dachte, wie großzügig von ihm, daß er es aus seiner Brusttasche genommen und damit sein Erscheinungsbild verdorben hat. Er achtete immer sehr auf sein Aussehen.

Ich schäme mich so wegen der Dinge, die mir früher Kummer bereitet haben. Daß ich mich darüber aufgeregt habe, daß er mich hinsichtlich seiner Frau belogen hat und dann mit ihr in Urlaub gefahren ist. Daß die Universität

Yale mir nicht erlaubt, die Briefe von C. K. Whitney zu verwenden. Daß mein Vater mich in Genf vergessen hat.

»Hast du eine Ahnung, wie nah dran du gewesen bist, selbst umgebracht zu werden?« sagte er ruhig. »Du warst an der Wohnungstür, als er aus dem Fenster gestiegen ist. Er hat einen Matchsack auf der Feuerleiter liegenlassen. Kunststoffgefüttert, wasserdicht. Und er hat einen Abdruck hinterlassen, der nicht von normalen Schuhen oder Turnschuhen stammen kann. Er ist gut.« Er seufzte. »Ich hab den Matchsack ins Leichenschauhaus gebracht. Der Leichenbeschauer und ich haben versucht, sie auf dem Seziertisch wieder zusammenzusetzen. Die Wunden an ihrem Körper stimmten mit denen am Körper von Angela Sands überein.«

Ich wischte mir wieder das Gesicht ab.

»Ist es das, was du wolltest? Jetzt zufrieden?«

Ich nickte.

»Jeder Killer läßt charakteristische Spuren zurück, ob er will oder nicht«, sagte er leise. »Schneidet er den Hals an der gleichen Stelle durch? Scheißt er auf den Boden? Pißt er auf die Leiche? Holt er sich auf der Leiche einen runter? Läßt er sie in einer aufreizenden Stellung zurück? Er könnte sogar Sinn für Humor haben. Aber was er auch tut, es ist immer das gleiche. Daran erkenn ich's. Man sucht nicht nach den Unterschieden, man sucht nach den Gemeinsamkeiten.

Was ist das *gleiche* an diesem Tatort?« fuhr er fort und strich sich mit der Hand durch die Haare. »Vielleicht öffnet er die Tür mit einer Plastikkarte, vielleicht führt er den Schnitt von links nach rechts, vielleicht greift er von hinten an. Vielleicht erdrosselt er sie zuerst. Vielleicht macht er sich ein Sandwich, bevor er geht.« Er schob seinen Stuhl vom Tisch zurück. »Überall in der Wohnung waren Schmierspuren von Blut«, sagte er. »Was bedeutet, daß er mit der Leiche gespielt hat.«

Ich hatte plötzlich Atemnot. »Wenn ich eher raufgegangen wäre.«

»Du hast dir nix vorzuwerfen.« Er wartete, bis ich wieder Luft bekam. »Alles in Ordnung? Ich mach mir Sorgen um dich.« Er stand auf und kam um den Tisch herum.

Ich wollte nicht, daß er mich anfaßte. Und er tat's auch nicht.

»Ich bring dich nach Haus«, sagte er. »Ich fahr wieder in ihre Wohnung. Da ist was, was ich weiß, aber ich weiß noch nicht, was. Es treibt mich zum Wahnsinn. Manchmal hilft's, einfach am Tatort zu sitzen.«

»Wie kommst du hinein?«

Er sah erstaunt aus. »Ich hab einen Schlüssel.«

»Einen Schlüssel? Ihren Schlüssel?«

»Ich nehm's an. Ich hab *einen* Schlüssel.«

Ich stand auf und ging zur Tür. »Du warst so schnell da«, sagte ich. »Ich dachte, du wärst mit deiner Frau am Meer.«

Er hatte die Hand auf dem Türknauf gehabt, aber jetzt ließ er sie schlaff herunterfallen.

»Du versuchst doch nicht, mich umzubringen, oder?«

»Raus hier«, sagte er und öffnete die Tür, und ich ging hinaus.

ICH ging in die chinesische Videopassage, um mit dem Huhn Kreuz und Kringel zu spielen. Die Videospiele sind nicht chinesisch, nur die Jungs, die sie spielen.

Während ich die Centre Street entlangging, dachte ich über das Phänomen der Reue nach. Die meisten Leute behaupten steif und fest, daß sie nichts bereuen. Was ich für einen Fehler halte. Ich glaube, daß es wichtig ist, Dinge zu bereuen. Ich finde das gut. Oder besser gesagt, ich finde meine eigenen Reuegefühle gut. Das einzige Problem ist, daß solche Gefühle, besonders die anderer Leute, dazu neigen, sentimental zu sein, zum Beispiel: »Ich werd's ewig bereuen, daß ich am Wochenende von Woodstock krank war«, oder, das sentimentalste überhaupt: »Je ne regrette rien.« Um die Wahrheit des Gesagten zu beweisen, gebe ich zu, daß ich gerade bereute, Pauline nie zum Spiel gegen das Huhn mitgenommen zu haben. Ganz besonders hätte es sie gefreut, wenn Tierrechtler draußen vor der Tür demonstriert hätten. Sie sagte immer, man kann in einem völlig ungerührten Kinopublikum sitzen und zuschauen, wie Kinder zu Tode gefoltert werden, aber in dem Augenblick, in dem ein Gürteltier mit einem Dorn in der Tatze auf der Leinwand erscheint, fangen die Leute an zu schluchzen.

Ich wußte, daß ich unentschieden spielen konnte. Aber das liegt nur daran, daß ich geübt habe. Cornelius hatte mir erzählt, daß das Huhn aus dem »IQ-Zoo« kommt, einem Forschungszentrum in Arkansas, nicht weit von dem Ort, wo der Präsident als Kind gelebt hat. Im IQ-Zoo werden Tiere dazu abgerichtet, Kunststücke vorzuführen. Als ich Cornelius fragte, was für Kunststücke genau, sagte er, na ja, die ham 'ne Wildwestshow, wo Häschen sich duellieren, mit kleinen Colts und Holstern und bla. Es war Cornelius, der mich zu dem Huhn brachte. Nachdem ich verloren hatte, ging ich nach Haus, zeichnete kleine Gitter auf ein Blatt und machte den Eröffnungszug des Huhns. Das Huhn darf immer anfangen. Und es setzt immer ein X in das linke obere Feld. Und so schlägt es einen. Außer natürlich, man weiß, daß man sofort seinen Kreis in die Mitte setzen muß. Dann schafft man ein Unentschieden.

Cornelius meint, es sei unfair, daß das Huhn anfangen darf. Das Huhn sei besser, sagt er, weil es andauernd spiele. Ich habe ihm nicht erzählt, daß ich herausgekriegt hatte, wie man ein Unentschieden erreichen kann, indem ich jede mögliche Zugfolge auf dem Papier durchexerziert hatte.

Ich dachte, wenn ich auf der Mott Street mit dem Huhn Kreuz und Kringel spielte, während rings um mich herum die asiatischen (nicht orientalischen, sagt Cornelius) Jungs Mortal Kombat spielten, dann würde ich vielleicht irgendein Zeichen empfangen und mich dadurch ein bißchen besser fühlen. Es war nicht so, daß ich nach einer Erklärung für die Unmenschlichkeit des Menschen gegenüber dem Menschen gesucht hätte. Darüber war ich hinaus. Ich suchte nur nach etwas geistiger Nahrung.

Als ich den Mann an der Kasse, einen Armenier, der nichts für Asiaten – oder gar für Hühner – übrig hatte, fragte, warum der Glaskasten mit dem Huhn leer sei, schüttelte er den Kopf und sagte, das Huhn sei nicht da. Er sah auf einem Minifernseher CNN.

Es fing an, auf diese gehetzte, dringliche Art zu regnen, wie es in New York zu regnen pflegt. Der Regen trommelte laut auf das Aluminiumvordach der Passage. Zwei Frauen standen unter dem Vordach und hielten sich eine Zeitung über den Kopf. Eine der Frauen sagte etwas zu mir, und ich sah sie an, und da war ein Foto von Pauline in ihrem weißen plissierten Marilyn-Monroe-Kleid, etwas feucht, über ihrem linken Auge. Es war das Bild, das Paulines Mutter, die in Belfast wohnt, der Presse gegeben hatte, und ich fand, es war eine sehr gute Wahl. Pauline hatte immer liebevoll von ihrer Mutter gesprochen. Als Pauline ein Mädchen war, hatte die Mutter ihr Kleider genäht, nach Fotos von Filmstars, die Pauline in einem Sammelalbum aufbewahrte.

Ich trat in den Regen hinaus und ging zur U-Bahn-Station Chambers Street. Eine Frau ließ ein Kaugummipapierchen auf den Bahnsteig fallen, und als ich sie auf das Ordnungswidrige ihres Tuns hinwies, wurde mir klar, daß ich möglicherweise nach Ärger von einer Größenordnung suchte, der mich ein für allemal von allen diesbezüglichen Bedürfnissen kurieren könnte. Ihre zwei Freundinnen sahen mich an, als sei ich übergeschnappt. Als die Frau meinte, ich sollte mich ins Knie ficken, stand ich schon am anderen Ende des Bahnsteigs und dachte an Malloy. Stellte mir vor, daß er auf mich wartete. Daß ich nach Haus kam und er vor dem Haus stand. Daß er sich Sorgen um mich machte. Daß er mich verfolgte.

Ich sah über die Schulter. Er war nicht da. Nur eine kleine Jazzcombo, die versuchte, wie Sonny Rollins zu klingen. Ein Mann, der so aussah, als könnte er wissen, wie Sonny Rollins klingen sollte, hielt sich die Ohren zu, während er auf den Zug wartete.

AUF dem Weg nach Haus wetterleuchtete es. Die Bäume im Park wiegten sich und schauderten erwartungsvoll, ich weiß nicht, ob in wonniger oder ängstlicher Erwartung. Ich ging zu Strand rein und kaufte mir ein Buch. *Taber's enzyklopädisches medizinisches Wörterbuch.*

Ich machte mir zwei Martinis, legte mich angezogen ins Bett und schlug »Epiglottis« nach. Pauline hätte sich gefreut. Nicht darüber, daß ich im Kleid im Bett lag, sondern über die Definition des Begriffs. »Ein dünnes blattförmiges Gebilde ... « Das »dünn« hätte ihr sogar in bezug auf die Abdeckung ihrer Larynx gefallen. Die Abdeckung, die verhindert, daß Flüssigkeiten in die Atemwege gelangen. Die Atemwege. Flüssigkeiten wie Ahornsirup. Cola Light. Samen. Mädchen konnten der Epiglottis dafür dankbar sein, daß sie ihnen die Atemwege freihielt.

Os hyoideum. Dieser zarte Knochen, »geformt wie ein Hufeisen«. Ein Glückshufeisen, das ihr vor der Kehle hing.

Carotis interna. Vom griechischen *karos*. Tiefschlaf.

Zerebral, kommunizierend. Das klang wie schlechte Lyrik. Aber dann fand ich »semilunar«. Ich würde mir gern vorstellen, daß ihre Halsschlagader ein Halbmond war, der dieser umsichtigen Anstandsdame Epiglottis beistand.

Ich schlug alles mögliche nach (Lymphe, zum Beispiel, und Harnveränderungen, Bedeutung von – wenn der Harn leicht würzig riecht, so ist dies ein Anzeichen für die erfolgte Ingestion von Sandelholz), und als ich bei Karphologie (»Flockenzupfen«, zittriges Herumfingern in der Luft oder über der Bettdecke) anlangte, war ich ein bißchen betrunken.

Als ich genug davon hatte, das schwere Buch auf meinem Brustkorb aufrecht zu halten, fragte ich mich, wen ich anrufen könnte. Außer Malloy fiel mir niemand ein. Ich wollte mit ihm reden. Seine gefährliche Stimme hören, die Stimme, die er bei Frauen verwendete (»Hi, Baby, alles klar? Sitzt du auf'm Telefon?« Das »Hi« zu einem leisen verschwörerischen Flüstern in die Länge gezogen). Ich wollte die Kälte hören, die so tief saß, daß sie noch über das Macker-Tussi-Ding, wie Cornelius sagen würde, hinausging. Diese Seelenkälte, die es zu einer so erregenden Erfahrung gemacht hatte, in den Genuß seiner Aufmerksamkeit zu gelangen.

Ich kenne die Sorte Mann, der ich gefalle. Deswegen fragte ich mich, nicht zum erstenmal, was für ein Geheimnis ich wohl besitzen mochte, was für ein Zauber oder Talisman es mir ermöglicht hatte, Malloy überhaupt auf mich aufmerksam zu machen. Ihn dazu zu bringen, mich zu vögeln. Ich bin nicht die Sorte Frau, auf die er steht. Ich bin keine Krankenschwester. Ich gehe mit keinem seiner Freunde aus. Ich bin nicht verheiratet. Ich bin keine Stewardess. Ich bin nicht blond. Vielleicht glaubt er, ich sei reich. Ich weiß nicht einmal, ob es ihm dabei um den Sex geht. Er redet nicht über Sex, wie das manche Männer tun, die alles noch einmal durchkauen wollen, von der Frau hören wollen, wie es gewesen ist und daß sie sich danach eine Woche lang nicht hat abwischen können. Eines hat er mich schon gefragt – ob mich schon mal jemand so gevögelt hätte, wie er es im Büro des Captains getan hatte, und ich sagte ja. Gelogen.

Als ich vierzehn war und gewisse Schwierigkeiten damit hatte, den Sohn des deutschen Botschafters auf den Philippinen, einen stummen Jungen (im übertragenen Sinne stumm) mit Namen Gunter, auf mich aufmerksam zu machen, hatte Augustina schroff gesagt, stell dich ihm in den Weg, Mädchen. Wenn er die Straße langkommt, mußt du dich vor ihm aufs Pflaster legen, so daß er gezwungen ist, auf dich draufzutreten, und dann sagt er: Was tust du da, Mädchen?

Und was *tu* ich da? hatte ich sie gefragt. Ich weiß es bis heute nicht.

Es klingelte an der Tür.

Malloy. Malloy, der gerade im rechten Augenblick ankam. Ich sprang auf und dachte, daß ich wenigstens angezogen war, daß es letzten Endes doch eine gute Idee gewesen war, angezogen ins Bett zu gehen.

Ich lief die Treppe hinunter, ein bißchen wackelig, ein bißchen benommen, mein Herz im Siegestaumel, und ich öffnete die Tür, und es war Cornelius.

»Ich hab von Ihrer Freundin gehört«, sagte er. Er war naß. Regentropfen glitzerten auf seinen Dreadlocks.

»Ja«, sagte ich. Enttäuscht. »Frauen tragen sie auf dem Kopf.«

»Ich hab's im Fernsehn gesehn«, sagte er.

Oh, dachte ich, wenn's im Fernsehen war, muß es wahr sein.

»Die hatte so 'n Kleid an, aus Alufolie und so'm Scheiß.«

»Eins ihrer Lieblingsmodelle. An den ›Scheiß‹ kann ich mich nicht erinnern.«

»Ich schreib 'n Drehbuch«, sagte er.

»Über Pauline?« Ich war schockiert.

»Nein, Mann, über John Wayne.«

»Oh«, sagte ich und nickte erleichtert. »Den Schauspieler?«

Er schüttelte den Kopf. »Mein' Mann. Mein' Gacy.«

Ich wußte nicht, was ich sagen sollte.

»Ham Sie an diesem Wörterbuch gearbeitet?«

»Nein«, sagte ich. »Ich kann nicht arbeiten. Es ist mir unangenehm.«

Ich machte die Tür weiter auf und ließ ihn in die Halle eintreten. Er sah hinunter auf meine Füße.

»Warum ham Sie bloß einen Schuh an?«

Ich machte eine Geste nach hinten. Wenn ich ohne Schlüssel runterlaufe, um zu öffnen, lege ich einen Schuh in den Spalt der inneren Tür, damit sie nicht hinter mir zufällt.

Cornelius nickte. Ich merkte, daß er mit hinauf wollte. Aber Malloy kam ja. Es war nur eine Frage der Zeit. Ich wollte nicht, daß Cornelius da wäre, wenn er ankam.

»Kommen Sie rein«, hörte ich mich sagen.

Ich ging die Treppe hoch, gefolgt von Cornelius. Oben prasselte der Regen aufs Oberlicht. Ich konnte schwach das Stück hören, das auf seinem Walkman lief. Ich fragte mich, ob er Smif 'n' Wessun hörte. Ob er auf meinen

Hintern starrte, während ich vor ihm die Treppe hinaufstieg und mich bemühte, meinen Körper ruhig zu halten, mich ja nicht so zu bewegen, daß es als Aufforderung mißverstanden werden könnte.

Er legte mir die Hand ans Bein.

Ich blieb stehen, das hintere Bein ausgestreckt, und seine Finger glitten die Wade hinunter zum Knöchel. Den Bruchteil eines Augenblicks, so rasch, daß es fast ein unbewußter Gedanke war, doch nicht unbewußt genug, stellte ich mir vor, wie er mir etwas antat. Mich auf die Stufen niederdrückte.

Ich drehte mich um und setzte mich, den Fuß in seiner Hand, ein paar Stufen über ihm hin. Ich nahm seinen Kopf in beide Hände. Er hatte noch immer seine Kopfhörer auf, und meine Hände drückten sie an seine Ohren.

Er lächelte. Mein Rock war auf. Mein Fuß lag in seiner Hand. Ich dachte gerade, daß sich alles in einem einzigen Augenblick geändert hatte, auf eine Weise geändert, gegen die wohl weder er noch ich etwas einzuwenden hatten, als er sich vorbeugte und etwas von meinem Bein pflückte.

»Sie ham da ein Blatt dran«, sagte er.

Mein Fuß fiel aus seiner Hand.

Ich stand auf, knallrot, machte mir keine Gedanken mehr um meinen Hintern. Ich ging die Treppe hoch.

Er folgte mir in die Wohnung und ließ seinen Rucksack auf das Sofa fallen. »Meine Schwester meint, ich soll Ihn' danken«, sagte er.

Ich ging in die Küche. »Der Freund Ihrer Schwester, Angel, hat jemanden umgebracht«, sagte ich. »Den Teil hat John Wayne Gacy ausgelassen.«

»Das is, weil Sie und ich nie reden. Is immer nur Schrottgeplänkel.« Er kam hinter mir in die Küche. »Wir sind immer am Fighten«, sagte er.

Ich zögerte. »Ich weiß nicht, wie ich sonst Gleichheit schaffen könnte.«

Er sah mich an. »Was für 'n Scheiß is 'n das?«

»Ich meine nicht die Hautfarbe. Oder Rasse. Ich meine etwas anderes.«

»Was?«

»Wenn ich eine ironische, spielerische Sprache benutzen kann, macht es die Sache leichter.«

Er sah mich auf eine Weise an, wie er es noch nie getan hatte. Ungeduldig. Ein wenig gelangweilt. Als wäre ich bei Licht betrachtet doch nicht so helle. »Was wolln Sie mir eigentlich damit sagen?«

»Daß Sie nicht hier sein sollten.«

»Warum nich?«

Ich verlor die Nerven. »Ich erwarte jemanden.«

»Wichs drauf, Mann.«

»Wichs worauf?«

»Darauf, Mann.«

Ich schwieg.

»Ham Se was zu trinken?«

»Was möchten Sie?«

»Ich nehm 'ne Limo«, sagte er ruhig.

Sein plötzlicher Rückzug, seine Unverbindlichkeit, sein Willensverlust machten ihn mir auf einmal unsympathisch, und mir wurde bewußt, daß ich enttäuscht war.

Ich machte ihm eine Cola auf. Das Fenster war offen, und ich konnte den Regen und die nasse Erde vom Hundeauslauf im Park riechen. Ein Mann stand in den Büschen hinter dem Eisengitter und sah zum Fenster herauf.

Ich sah Cornelius' Spiegelbild in der hochgeschobenen Fensterscheibe, vor dem Hintergrund der Platanen. Bald würde es Nacht sein. Dunkel über der Insel. Ich dachte an die Flüsse, die die Insel umströmen, und ich fragte mich, ob Platane ein indianisches Wort war, da die Vorstellung des Flusses mich an Indianer denken ließ. Es gab früher ein Flüßchen, das durch den Washington Square Park floß, ein *kuyl,* wie die Niederländer es nannten, einen breiten Bach, der südwärts zur Spitze von Manhattan floß und sich in Marschen voller Watvögel und Wildenten verlief. Die Minetta. Ein indianisches Wort. Es ist sentimental, ich weiß, an Indianer und Flüßchen, die unter der Sixth Avenue fließen, zu denken. Cornelius sieht ein bißchen wie ein Indianer aus mit seiner dunklen Haut und seiner schönen Hakennase.

Die fünf Zentimeter von meinem Genick entfernt war. Meinem Nacken. Nacken ist ein Wort, das mich an japanische Frauen denken läßt, Frauen der Heianzeit, deren Nacken der bleiche Streifen zwischen den wattierten Kragen von siebzehn hauchdünnen Seidenkimonos und dem schwarzen Strich lackierten Haars ist. Es erinnert auch, seien wir gerecht, an den – rosigen, erhitzten, feuchten – Nacken bestimmter halbangezogener Frauen auf französischen Gemälden des achtzehnten Jahrhunderts. Boucher. Puder von der Frisur der Frau rieselt auf eine üppige bloße Schulter, während der Herr versucht, sie daran zu hindern, den Raum zu verlassen. Ein bißchen wie Cornelius.

Cornelius war dreist.

Dreist ist ein gutes Wort.

Ich war dreist.

Ich wandte mich um und küßte ihn, zog seinen Kopf zu mir heran, barg seine Ohren wie Muscheln in der hohlen Hand, mein Muschelkelch voll Ruhe. Nirgends konnte ich Frieden finden.

Er zog sich steif von mir zurück – nicht locker, nicht geschmeidig, so als dienten die Gelenke nicht der Beweglichkeit, sondern etwas anderem –, bückte sich, packte mein Kleid beim Saum und zog es mir über den Kopf, rukkelte es mir die Arme hoch, zerrte am Kragen, als der an meinem Haar hängenblieb.

Er öffnete meinen Büstenhalter, der vorn, zwischen meinen Brüsten, aufzuhaken ging – keine Unterweisung durch die Hähnchen-Lady nötig. Er trat zurück und sah mich an.

Ich stand mit dem Rücken zum Fenster. Der Mann im Park beobachtete mich ebenfalls. Ich stand zwischen den beiden.

Er knöpfte seine Jeans auf, griff hinein, zog seinen Penis hervor, wobei er ein Bein anheben mußte, um ihn zu fassen zu bekommen, und legte ihn in das V des Hosenschlitzes. Er war nicht beschnitten, und er sah so aus, wie alle unbeschnittenen Penisse für mich aussehen – wie die Schlange im Garten Eden. Daran dachte ich, und mit einemmal war mein Herz voller Verzweiflung.

Ich hatte ihn auf den Mund geküßt, ihm die Zunge in den Mund gesteckt, und ich wußte, daß ich nicht wußte, wie ich hier einen Punkt setzen konnte. Ich hatte vergessen, wie man einen Punkt setzt. Denn das ist etwas, was Frauen normalerweise können. Oh, ich meine nicht, wie ich Cornelius bremsen konnte. Ich meine, wie ich mich bremsen konnte.

Er bewegte seine Hände über meine Brüste, zwirbelte meine Brustwarzen, führte seinen Mund daran, leckte sie, sog an ihnen. Ich spürte die Belebung zwischen meinen Beinen, die Muskelkontraktionen, den herausfordernd munteren Andrang des Blutes.

Ich stieß ihn von mir.

Er sah mich an. Verschleiert. Mit schweren Lidern. Verstimmt.

»Ich will das nicht«, sagte ich.

Er trat zurück. Er hatte eine Erektion. »Magst du's

nich?« Er rieb sich mit einer Hand. »Mein Schwanz is echt Zucker, da kriegste Karies von.«

»Doch, ich mag's. Aber ich will nicht, daß du es tust.« Ich bückte mich, um mein Kleid aufzuheben, und er legte mir eine Hand auf den Hinterkopf. Hielt mich unten.

»Ich wollt dich sowieso nich ficken«, hörte ich ihn sagen.

Ich schwieg. Hörte zu. Ängstlich, jetzt wo ich wußte, was ich wollte. Was ich nicht wollte. Ich wollte nicht, daß er mir weh tat.

»Was willste, daß ich tu?« sagte er, flüsterte er mir ins Ohr.

Ich schwieg.

»Was?« fragte er.

»Laß mich los.«

»Was, Mädchen?«

»Cornelius.«

»War mir klar, daß du mich abfuckst«, sagte er. Sein Griff lockerte sich, dann fiel die Hand von mir ab. Er ging ins Wohnzimmer und hob seinen Rucksack auf.

»Was hast'n vor?« brüllte er zu mir zurück.

Ich stand in der Küchentür, die Arme vor den Brüsten verschränkt.

»Vor?«

»Du weißt schon«, sagte er.

»Nein.«

»Haste vor, mich abzufucken?«

»Warum sollte ich dich abfucken?«

»Du warst vom ersten Tag an scharf drauf, mich abzufucken.«

Es gab ein Geräusch am Fenster, als sei ein kleiner Vogel gegen die Scheibe geflogen. Ich drehte mich um. Da war nichts. Ich wandte mich wieder Cornelius zu.

Er steckte gerade etwas in seinen Rucksack. »Biste jetz fertig damit?«

»Ja«, sagte ich. Ich zog mein Kleid wieder an. »Ich habe dich nicht abgefuckt.«

Wieder knallte etwas gegen die Scheibe. Ich ging ans Fenster. Detective Rodriguez stand unten auf der Straße, neben einem grauen Auto. Er winkte mir zu. Ich sah über die Schulter nach Cornelius, aber er war fort. Die Tür stand offen.

Ich rannte die Treppe hinunter. Ich öffnete die Haustür und trat auf den Treppenabsatz. Der Regen hatte aufgehört.

»Malloy hat mich gebeten nachzusehen, ob Sie auch wirklich zu Haus sind«, rief Rodriguez zu mir herauf. »Wenn ich in der Gegend wär. Nachzusehen, ob mit Ihnen alles in Ordnung ist.«

Ich nickte.

»Und?« rief er.

»Und was?«

»Ist alles in Ordnung?«

»Warum sollte es das nicht sein?«

Er lächelte.

»Wo ist er?« Ich hatte eigentlich nicht fragen wollen. Mein Kopf schmerzte.

Er zuckte die Achseln und breitete die Hände aus, als wollte er sagen: Woher soll ich das wissen?

»Sagen Sie ihm, er soll mich in Ruhe lassen.«

Er lachte. Er stieg in das graue Auto, und ich wartete, bis er losgefahren war. Ich ging wieder rein.

Ich nahm die Cola-Dose, die Cornelius auf meinem Schreibtisch stehengelassen hatte. Ich stellte sie in die Spüle. Ich schaltete das Küchenlicht aus. Ich ging ins Wohnzimmer, den Büstenhalter in der Hand, und erinnerte mich an den Mann im Park. Ich schaltete den CD-Player ein, Al Green, und ging wieder ans Fenster, um nachzusehen, ob der Mann noch immer da war. Fragte mich, ob auch er das Interesse verloren hatte. Hatte er.

Ich schaltete die Schreibtischlampe aus. Die Jadehaarnadeln meiner Mutter waren weg.

»**ICH** möchte einen Diebstahl melden«, sagte ich.

»Da sind Sie hier falsch. Ich verbind Sie mit den Eigentumsdelikten.«

»Wie steht's mit Vergewaltigung? Fällt das in Ihr Ressort?«

»Das wär Sittlichkeitsverbrechen.«

»Wie steht's mit versuchtem Mord?«

»Das kommt der Sache schon näher. Noch besser, wenn Sie tot sind.«

Ich sagte nichts.

»Haben Sie mich gehört?«

»Washington Square einundzwanzig.«

»Befindet sich da die Leiche?«

Ich legte auf.

»**FÜR** meine Begriffe siehst du völlig in Ordnung aus«, sagte er und schob sich an mir vorbei. »Immer noch stinkig?« Er ging in die Küche, zog sein Jackett aus und goß etwas Bourbon in ein Glas.

»Ich mag Al Green«, sagte er. »Als ich undercover arbeitete, bin ich oft ins Copa, um ihn zu sehen. Hör mal«, sagte er und stellte den Drink auf einen Artikel über schriftlose Sprachen der japanischen Ureinwohner, »wir haben hier ein Problem.«

Ich schob die Blätter beiseite. »Tun wir das?« Schriftkundige Sprecher.

»Hör zu, du willst mich doch gar nicht. Du weißt es bloß nicht. Du glaubst bloß, daß du mich willst. Ich bin schon häufig irgendwo rausgeworfen worden.«

»Das klingt so, als würdest du dir was drauf einbilden.«

»Was zum Teufel willst du von mir?«

Ich sah ihn an, und die Kränkung, die ich verspürte, ließ mich erröten.

»Ich weiß nicht, ob ich das sein kann, was du willst«, sagte er. »Weißt du, was ich meine? Wenn 'ne Braut mich so und so haben will, irgendwas von mir will, dann krieg ich's hin, das hab ich dir schon gesagt, aber bei dir ist es anders. Ich hab das Gefühl, als würd ich die ganze Zeit rennen. Rennen, bloß um mit dir Schritt zu halten.«

»Tut mir leid.« Ich schäumte vor Wut.

»Du hast doch nix getan.«

»Ich weiß. Es tut mir leid, daß du dieses Gefühl hast.«

Er nickte. Sanfter jetzt. »Du bist nicht unkompliziert.«

»Warum sollte ich's auch sein?«

Er zuckte die Achseln. »Weißt du, was das Problem bei dir ist? Du kennst deinen Wert. Du weißt ganz genau, wieviel du wert bist.«

»Und deswegen bin ich nicht unkompliziert?«

Er dachte einen Augenblick lang nach. »Ja.« Er hielt inne, als ob ich wirklich von ihm verlangt hätte, daß er den treffenden Ausdruck fände. »Ja. Anstrengend. Weißt du, manchmal sind die Dinge einfach das, was sie sind. Nichts weiter. Du bist intelligenter als ich. Aber manchmal ist die Sache ganz einfach. Du suchst immer nach etwas mehr. Drunter, drüber, links und rechts daneben. Und manchmal liegst du damit eben falsch.«

»Ganz bestimmt.«

Er sah etwas ratlos aus. »Warum läßt du's dann nicht? Hör auf, jeden beschissenen Piß zu analysieren.« Er betonte jede einzelne Silbe des Wortes »jeden«.

»Ich dachte, das gefällt dir«, sagte ich.

»Hat's auch. Anfangs.«

Ich wartete darauf, daß er weiterredete.

»Weißt du, mir ging's ausgezeichnet, bevor ich dich kennengelernt hab. Ist dir das klar? Ausgezeichnet.«

»Als du noch die Bronx nach potentiellen Schwanzlutscherinnen abgegrast hast.«

Er trank einen Schluck. »Was ist an der Bronx auszusetzen?«

»Hängt davon ab, was du willst«, sagte ich und schlenderte hinter ihn. »Vielleicht weißt du gar nicht, was du willst.«

Er fuhr sich mit den Fingern durch die Haare. »Vielleicht nicht, nein.«

Ich ging zu ihm. Ich legte die Hand auf ihn. Manchmal ist es schwer zu sagen, ob man die Eier oder den Penis erwischt hat, aber bei ihm hatte ich diesbezüglich keine Probleme. Er fing in dem Augenblick an, hart zu werden, wo ich ihn berührte. Vielleicht war er schon hart gewesen.

»Was willst du von mir?« fragte er nochmals.

»Das wirst du schon sehen.«

Er schwieg einen Augenblick. »Wird's mir gefallen?«

»Ich denke schon.«

»Du bist dir nicht sicher?«

»Nein, *du* bist dir nicht sicher.«

Ich zog die Handschellen aus seinem Hosenbund. Er griff instinktiv nach hinten, aber ich hatte sie. Sie waren nicht eingerastet.

Ich verspürte ein solches Verlangen nach ihm, ein so mörderisches, gewalttätiges Verlangen, daß ich zitterte. Es war schwierig, die Handschellen zu öffnen.

»Glaubst du, ich bin von dir besessen?« fragte ich.
»Ja.« Das nicht mehr im Scherz.
»Nein.«
Ich schloß den einen Ring um sein Handgelenk, direkt über der goldenen Uhr, die er einem Toten abgenommen hatte, und befestigte den anderen an der Rückenlehne des Stahlrohr-Gartenstuhls.
»Was treibst du da eigentlich?«
»Was glaubst du?«
Er sah hinunter auf sein Handgelenk.
»Setz dich auf den Stuhl«, sagte ich.
Ich stellte mich vor ihn hin. Er mußte die Handschelle das Rohr entlanggleiten lassen, um sich setzen zu können.
Ich kniete mich hin und öffnete seinen Gürtel. Zog den Reißverschluß herunter. Er hob die Hüften instinktiv ein wenig an, um mir zu helfen. Nicht gerade das, was man tut, wenn man angekettet ist.
Ich hob mein Kleid bis zur Taille. Ich zog mein Höschen aus. Ich stand in der Grätsche über ihm, die Beine links und rechts vom Stuhl, ganz nah vor seinem Gesicht, damit er mich ansehen konnte. Er wandte sich nicht ab.
Sein einer Arm fiel seitlich am Stuhl herunter. Er schloß die Augen, als ich mich auf ihn niederließ, und er stöhnte auf, als er sich in mich hineinbog, gierig jetzt, wortlos, wütend.
Er hob den Arm, den freien Arm.
»Faß mich nicht an«, sagte ich. Mein Armband klirrte gegen den Stuhl.
»Mach weiter«, flüsterte er. Und öffnete die Augen. »Fick dich selbst. Ich will zusehen, wie du dich selber fickst.«
Ich bewegte mich langsam; seine Hand war jetzt an meinem Hintern, seine Finger fanden mich, drängten sich hinein. »Laß das«, sagte ich. Er nahm seine Hand weg. Er

bewegte sein Becken, drang tiefer in mich ein, drückte gegen die Klitoris, unter den Knochen. Schaukelte.

Ich versuchte, auf ihn zu warten. Versuchte, mich zu bremsen, außerstande, mich zu bremsen. Er würde mir nicht entgegenkommen. Er sah zu, wie sein Schwanz in mich hinein- und aus mir herausglitt.

»Du schaust gern zu«, sagte ich.

»Ja«, sagte er. »Ich mag's im Schlitz.«

Als ich nicht länger warten konnte, packte er mich mit einer Hand bei den Haaren. »Okay, okay, okay«, sagte er, bis es vorbei war.

Ich hob den Kopf und sah ihn an.

»Jetzt dreh dich rum und mach's noch mal«, sagte er. »Daß ich diesmal deinen Arsch anschauen kann. Daß ich kommen kann.«

»Nein.«

Er sah mich an, kam zu einem Entschluß.

»Dann mach mich los«, sagte er mit einem Lächeln. Herausfordernd.

»Klar«, sagte ich. Herausfordernd. »Wo ist der Schlüssel?«

»In meiner Jackentasche.«

Ich sah mich im Zimmer um.

»An meinem Schlüsselbund. In der Küche.«

Ich stemmte mich von ihm hoch und ging in die Küche. Ich nahm sein Jackett, blieb in der Tür stehen und kramte in den Taschen nach den Schlüsseln.

»In der Seitentasche. Beeil dich. Ich komm mir vor wie ein Mädchen.«

Ich fand sie. Es war noch allerlei Krimskrams in der Tasche. Münzen. Eine halbe Rolle Tums. Ein Messer mit Knochengriff. Und ein kleines Spielzeug. Es sah aus wie ein Kinderwagen.

Ich hielt es in der offenen Hand, starrte es an, ohne es wiederzuerkennen. Das Blut strömte langsam durch meinen Körper. Ich fühlte mich so, als wäre ich unter Wasser. Schwämme gegen den Strom. Und dann blieb mir das Herz stehen.

»Was gibt's?« fragte er. »Ich hab dir doch gesagt, du sollst dich beeilen.« Ich streckte ihm die offene Hand entgegen.

»Ach so«, sagte er. »Ich wollt's dir schon die ganze Zeit geben. Ich vergeß es andauernd.«

»Vergißt es?« Ich verstand noch immer nicht.

»Nimm mir die Handschellen ab. Sie tun weh. All die Nigger, die immer meinten, die tun weh, und ich hab's ihnen nie geglaubt.«

»Wo hast du den her?«

»Was her?«

»Diesen Anhänger.«

»Ich hab ihn auf dem West Broadway gefunden. Ich bin noch mal hingefahren, um zu sehen, ob ich was übersehen hatte. Ich hab vergessen, ihn dir zurückzugeben.«

»Du warst das?«

»Was?«

»Du warst das?«

»Was für 'ne Scheiße ist eigentlich in dich gefahren?«

»Das Mädchen. Das Mädchen mit dem roten Haar. Die Tätowierung. Ich hab sie gesehen.« Ich bekam kaum Luft. Ich war am Keuchen. »Aber ich hätte nicht gedacht, daß du sie umgebracht hast.«

»Die Tätowierung?« Es schwang etwas Neues in seiner Stimme mit. Verblüffung.

Er stand langsam auf, ließ seine Hand die Stuhllehne entlanggleiten. »Gib mir den Schlüssel«, sagte er ruhig. Er zog an den Handschellen, daß der Stuhl einen Sprung nach vorn machte. »Gib mir den Schlüssel«, sagte er noch einmal. Jetzt so, wie man mit einer Wahnsinnigen umgeht. Er wußte, wie man's macht. Kam langsam auf mich zu, die eine Hand ausgestreckt. Den Stuhl hinter sich herschleifend.

Er blieb stehen und steckte die freie Hand in die Tasche, und die Absurdität seiner Haltung, ihre Komik, Mann an Stuhl gekettet, bewirkte, daß ich ihn auf einmal anders sah, und kaum war ich dazu imstande, konnte ich mich auch bewegen.

Ich rannte aus der Wohnung und die Treppe hinunter, ließ sein Jackett und die Schlüssel auf die Stufen fallen und rannte über die Straße, rannte zwischen Autos hindurch, dachte, im Park würde ich sicher sein, bei den Jamaikanern, die mir schon zuriefen, was darf's sein, hübsche Missus?

Ich sah zu meinen Fenstern zurück. Die Wände meiner Wohnung waren rot gestrichen, im Geschmack der vierziger Jahre des vergangenen Jahrhunderts. Mein Vermieter hatte sich über meine Wahl gefreut. So stilecht. Die Farbe bewirkte, daß das Zimmer aussah, als stünde es in Flammen.

Ich stieß mit jemandem zusammen und fiel hin. Es war jemand, der mir bekannt vorkam.

Jemand, den ich kannte.

Detective Rodriguez. Im Park sah er fehl am Platze aus. Kein Rasta. Kein Hundebesitzer. Kein Junkie.

Er packte mich am Arm und stellte mich wieder auf die Füße. »Nicht so hastig«, sagte er lächelnd. »Alles in Ordnung? Haben Sie'n Turkey, daß Sie so rennen müssen?«

Ich zitterte am ganzen Leib. »Ich hatte keine Ahnung.« Ich sah mich ängstlich um.

»Langsam, langsam, immer mit der Ruhe.«

Ein Mann kam besorgt auf uns zu, Rodriguez sagte kalt:

»Alles in Ordnung, es geht ihr gut«, und der Mann verzog sich.

Rodriguez führte mich rasch durch den Park in Richtung Sullivan Street, und die Menge teilte sich und machte uns Platz, als ob sie alle wüßten, daß es das Klügste war, was sie tun konnten. Ich fragte mich, ob sie wohl dachten, ich sei verhaftet worden. Es muß schon so ausgesehen haben, der Mann im dunklen Anzug, der die weinende Frau durch den Park schleifte.

Er führte mich zu einem Auto, keinem Polizeiauto, das an der Südseite des Square parkte. Ich wußte, daß es sein Auto war, weil eine tiefe Schramme quer über die Motorhaube verlief, da, wo Lonnie-mit-zwei-Ns versucht hatte, ihren Namen einzuritzen.

»Ich kann nicht mit Ihnen mitkommen«, sagte ich schnell. »Er würde es erfahren. Wir können nicht zur Polizei.« Und schüttelte meine Hände aus, als wären sie naß.

Er lachte. »Ich bin die Polizei.«

Er öffnete die Tür und ließ mich erst los, als ich im Auto saß.

»Warum haben Sie das nicht wieder in Ordnung bringen lassen?« fragte ich plötzlich. Ich zeigte auf den Kratzer auf der Motorhaube. Mir wurde bewußt, daß ich schrie.

»Weil ich nicht vergessen will«, sagte er. Er schloß meine Tür und ging vorn herum zur Fahrerseite. Er zog sein Jackett aus und warf es auf den Rücksitz. Er verriegelte die Türen und ließ den Motor an, sah kurz zu mir herüber, als er sich in den Verkehr einfädelte. »Alles in Ordnung?« fragte er. Er krempelte sich beim Fahren die Ärmel hoch, erst die eine, dann die andere Hand am Lenkrad.

Er fuhr erst in westlicher Richtung, dann nach Norden auf den West Side Highway.

Ich konnte nicht aufhören zu zittern. »Es ist Malloy«, sagte ich.

»Wovon reden Sie eigentlich?«

»Es war Malloy.«

Er fuhr schnell. »Hat er Ihnen was getan?«

Ich schüttelte den Kopf.

Die Klimaanlage war weit aufgedreht. Ich kurbelte das Fenster herunter.

»Tun Sie das nicht«, sagte er und langte nach meiner Hand. Seine Finger quetschten das Armband um mein Handgelenk.

Einen Augenblick konnte ich den schmutzigen alten Fluß riechen. Der quer vor mir ausgestreckte Arm rieb an meiner Brust, als Rodriguez an der Fensterkurbel drehte.

Er verließ den Highway auf Höhe der 155th Street. Auf dem Boden des Wagens lag eine Flasche Rémy Martin, und sie rollte auf der Fußmatte hin und her. Er fuhr die Ausfahrt hinunter und bog dann in Richtung Fluß ab, an einer Baustelle vorbei, auf der leere Schuttlaster und Planierraupen herumstanden. Auf der anderen Seite des Flusses konnte ich die Lichter von New Jersey sehen. Das Wasser roch brackig. Wir kamen an einem Tennisplatz mit einem schlaff durchhängenden Netz vorbei. Dann nasse Wiesen.

»Wir sind fast da«, sagte er.

»Wo fahren wir hin?«

»Wo wir uns unterhalten können. Sie können mir erzählen, was passiert ist.«

Unkraut wuchs mitten auf der Straße. Zweige streiften die Windschutzscheibe. Ich sah schwarze Felsen am Straßenrand, entlang des Flusses, die mit gelbem Schaum gesäumt waren, und da wußte ich, daß Ebbe war.

Man hörte ein hohles, summendes Geräusch, und plötzlich ragte die Brücke über dem dunklen Ufer auf, funkelnd vom Licht der Autoscheinwerfer, die an ihren Pfeilern abprallten. Die Brücke glitzerte wie ein Raumschiff.

Er brachte den Wagen vor einem kleinen roten Leuchtturm zum Stehen und schaltete die Scheinwerfer aus. »Hier komm ich immer zum Angeln her«, sagte er. Der Leuchtturm sah aus wie ein Bild aus einem Kinderbuch. Er hatte eine schwarze Tür mit einer Kette und einem Vorhängeschloß daran. Auf einem Mast war ein Spotlight montiert. Rodriguez nahm einen Matchsack vom Rücksitz. Er stieg aus dem Wagen und kam herum zu meiner Tür. Das Licht schien auf uns herab. Er griff nach meinem Arm, und ich sah, daß er etwas an der Innenseite des Handgelenks hatte. Etwas, das eine Tätowierung war.

ER schloß die Tür des Leuchtturms auf und führte mich hinein. Er trug den Matchsack, ein Ding, wie man es in einem Geschäft für Seemannsbedarf bekommt. Wasserdicht. Strapazierfähig.

Innen war es nicht dunkel, die große, beleuchtete Brücke donnerte über uns, die Autos klangen jetzt wie Bienen, wie schwärmende Bienen.

Er ließ mich nicht los. Er ließ den Beutel fallen und schloß mit einer Hand die Tür von innen ab.

Hoch oben an der Wand war ein bullaugenförmiges Fenster. Auf dem Boden stand ein Angelkasten. Auf dem Kasten ein Paar hochhackige Frauenschuhe. Ein Alu-Campingstuhl mit zerrissener Bespannung. Eine Säge, nicht elektrisch, ein bißchen rostig. Eine blau-weiße Styroporkiste mit Abziehbildern von den New York Giants auf den Seitenwänden. Decken, säuberlich gefaltet. Ich nahm diese Dinge sehr präzis, sehr exakt wahr, als ob ihre spezifischen Eigenschaften, wie Dichte und Gewicht und Farbe, für mich von entscheidender Bedeutung wären. Ich wußte ganz einfach, daß sie von Bedeutung sein würden. Ich versuchte nicht, es zu verstehen. Ich komplizierte die Sache nicht unnötig. Malloy wäre stolz auf mich gewesen.

Er holte ein Rasiermesser aus dem Beutel. Blanker Griff. Dieses kleine Metallkomma am Ende. Er legte den Beutel wieder hin. Er setzte mir das Rasiermesser an die Kehle. An die Haut.

»Sie haben schönes Haar«, sagte er. Das Rasiermesser unter meinem Kinn, sein Arm genau zwischen meinen Brüsten eingepaßt.

»Danke schön.«

»Danken Sie nicht mir. Danken Sie Ihrer Mama und Ihrem Papa.«

Ich spürte das Rasiermesser gar nicht, als er mich schnitt, merkte es nur einen Augenblick später am plötzlichen Aufwallen von Hitze und Schmerz, am Stechen, am warmen Blut, das mir die Arme und Hände hinunterschwallte. Sobald ich mich daran gewöhnt hatte, tat es gar nicht mehr so weh. Es war kein schlimmer Schnitt. Nicht zu schlimm.

Er habe mich nicht schneiden wollen, sagte er. Aber es ließe sich nicht vermeiden. Wenn ich jetzt einfach stillhalten könnte, einfach aufhören zu zittern, würde nicht so viel Blut auf mein Kleid kommen. Ich wollte gar nicht zittern. Ich konnte nichts dagegen tun. Er hatte mich nicht schneiden wollen.

»Muy lindo. Su pelo.« Er griff mir ins Haar, schlang es sich um die Faust. »Sie sprechen Spanisch. Das weiß ich. Dieser Junge, der Cornelius, hat's mir erzählt. Ich hab noch nie eine Freundin gehabt, die Spanisch konnte, ohne Spanierin zu sein.«

»Cornelius?«

»Ja.«

»Warum?«

»Warum was, *mi ángel?*«

»Warum Cornelius?«

Er lächelte. »Ich bin Detective. Ich bin der Boss.« Er ließ mein Haar los. »Die Leute müssen mit mir reden.«

»Nehmen Sie das Rasiermesser weg«, sagte ich. Flüsternd. Es war sehr heiß im Leuchtturm.

»Da ist was zu essen«, sagte er und zeigte auf die Kühlbox. Ohne das Rasiermesser wegzunehmen.

»Ich will nicht essen.«

»Ich muß Sie hierlassen. Man hat uns im Park gesehen. Nur für 'n paar Tage. Um alles zu regeln. Sie haben mich überrumpelt, Mann. Ich war noch nicht für Sie bereit.« Er beugte sich vor und sah mir ins Gesicht. »Richie wird sich schon um Sie kümmern«, sagte er.

Augustina sagte früher immer, ich hätte alles, was es nur gibt, außer Glück. Sie hatte unrecht. Das hier war Glück. Nicht, daß er sich um mich kümmern würde, aber daß er mich hier zurücklassen, seine Hände von mir nehmen, das Rasiermesser von meiner Kehle nehmen würde. Ich würde hier herauskommen. Das Bullaugenfenster war außer Reichweite, aber da gab es einen Metallbalkon. Einen Steg, der ringsum an der Wand entlang verlief, unter einem Oberlicht. Das Oberlicht war zerbrochen. Durch das Glas konnte ich die Brücke sehen, gestreift mit weißem Licht. Ich konnte das Summen der Brücke hören.

Er rieb seinen Unterarm an meinen Brüsten.

»Sie haben keinen BH an«, sagte er. Er ließ das Rasiermesser meine Kehle hinuntergleiten, über das Os hyoideum, über die Glottis, zog es über den Musculus cricothyreoideus, den Nervus laryngeus superior, über die kleine Vertiefung in der Mitte des Schlüsselbeins, und ich dachte an Pauline, meine Pauline, und ich fing an zu würgen. Er packte mich beim Genick und drückte das Rasiermesser gegen meine Brust, direkt unter die Brustwarze, daß die Brustwarze auf des Messers Schneide ruhte und das Rasiermesser glatt, mühelos durch den gespannten Stoff schnitt, durch die Haut, das zarte blaue Spitzenwerk ineinander verflochtener, durchfluteter Adern, die Brustwarze rund herausgeschnitten, dann die Brust, sich auftuend, das dunkle Blut strömend wie der dunkle Fluß, der Indianerfluß, die Platane, mein Körper so leuchtend, daß ich geblendet wurde. Meine Brust. Meine Brüstinnen.

»Das ist das, was man ein Souvenir nennt«, hörte ich ihn sagen.

Ich war blind.

»Sie sollten sich hinsetzen.«

Er ließ mich auf den Campingstuhl gleiten. Die Aluminiumarmlehnen fühlten sich kühl an, als ich die Arme darauf legte. Meine Arme waren naß.

»Ich werd sie in der Tasche behalten«, sagte er. »So kann ich, wenn ich nicht bei Ihnen sein kann, die Hand reinstecken und sie fühlen, und dann ist es so, als wären wir zusammen.« Er steckte sie in die Tasche.

»Wie haben Sie's rausgefunden?«

»Was rausgefunden, *mi amor?*«

»Daß ich Sie mit diesem Mädchen gesehen hatte.«

»Jimmy hat's mir gesagt. Nur daß er's gar nich weiß.«

»Jimmy?« Ich konnte mir gar nicht denken, wen er meinte.

»Er sagte andauernd, daß Sie an dem Abend vielleicht was gesehen hätten, wovon Sie nicht mal wüßten, daß Sie's gesehen haben. Er machte mich total verrückt damit. *Loco.* Sie dachten, es wär Malloy, stimmt's?«

»Die Tätowierung.«

»Wir waren zusammen in Vietnam. Ich war nur einundvierzig Tage dort. Ich hab die Ruhr gekriegt, Mann. Da haben sie mich nach Hawaii geschickt.«

Ich fragte mich, ob ich das gewußt hatte.

»Und dann sind Sie an dem Abend zu uns ins Auto gestiegen. Ich hab Sie sofort wiedererkannt. Ich dachte, Sie hätten mich auch erkannt.«

»Nein.« Ich war traurig.

»Die war vielleicht 'ne Nummer, diese Angela. Die hat mir den Schädel weichgelutscht.«

»Seine Narbe?« Mein Rock war schwer vom Blut, das eine Pfütze zwischen meinen Schenkeln bildete, langsam durch den Baumwollstoff sickerte. Es kitzelte, wenn es auf meine Haut tropfte, in mein Schamhaar, über die Schamlippen lief. Ich trug keine Unterwäsche. Sie erinnern sich ja. »Er wollt's mir nicht sagen.«

»Dieser Scheiß-Malloy.« Er lachte. »Er hatte als Kind 'nen Blinddarmdurchbruch.«

Meine Hand auf meiner Brust, das Blut, das von selbst den Weg zwischen meinen geschlossenen Fingern hindurch fand, meine Rippen leicht in meiner warmen Hand, meine Brust leichter ohne die rosige Knospe, die ihr Gewicht, die ihr Bedeutung verliehen hatte.

»Tut's weh?« fragte er.

Es war schwierig, den Kopf zu bewegen. »Geht«, sagte ich. »Es geht.«

»Ich muß jetzt weg. Aber ich komm später wieder. Sie sehen nicht allzu gut aus. Mögen Sie Fisch?«

Einmal gingen Augustina und ich in Manila in ein Geschäft, wo sie ein Kleid gesehen hatte, das sie mir kaufen wollte, ein scharlachrotes Taftkleid mit weiten Filipinoärmeln und an Rosen gerafften Spitzenfestons. Ein sonderbares Kleid für ein Kind. Wir nahmen es mit nach Haus.

Meine Mutter sagte, es sei häßlich, und befahl Augustina, es wieder zurückzubringen. Das Kleid hatte mir gar nicht gefallen, aber wegen meiner Mutter gefiel es mir auf einmal. Meine Mutter war auf Augustina eifersüchtig gewesen. »Ja«, sagte ich laut, »das war es.« Mein Rock schwer von Blut.

»Das hab ich Sie gar nicht gefragt, Scheiße noch eins«, brüllte er, so daß ich zusammenschrak. »Mögen Sie Fisch?«

»Die Hand. Haben Sie die da hingelegt?«

»Die Hand?« Er sah verdutzt aus. »Wovon zum Teufel reden Sie eigentlich?« Er lief in dem kleinen Raum zwischen der Wand und dem Stapel Decken hin und her. »Kennen Sie den Witz über den Garten Eden?«

Ich konnte mein Blut riechen.

»Gott guckte runter, ja? Und da sah er, wie Eva in den Ozean stieg, um zu baden, und er schrie: O nein, und wie kriegen wir jetzt den Gestank wieder aus den Fischen raus?«

Der Griff des Rasiermessers glänzte. Das Licht von der Brücke tat mir in den Augen weh.

»Der Witz ist gut, Mann«, brüllte er.

»Nein.«

»Kein guter Witz?«

Manchmal konnte ich ihn sehen und dann wieder nicht.

»Wollen Sie ihn noch mal hören?«

»Nein.« Ich holte tief Luft, den Kopf zur Seite gewandt, den Kopf an den Körper geschmiegt.

»Er handelt von Fischen.« Er seufzte. »Tut mir leid«, sagte er. Er legte mir die Hand auf die Schulter. Er hörte sich beunruhigt an. Das verwirrte mich. »Sitzen Sie still«, sagte er.

Er erstarrte plötzlich, den Kopf schief gelegt, und sah zur Tür. Horchte.

Man hörte die Autos und Lastwagen auf der Brücke. Den schwarzen Fluß. Eine Ratte über uns auf dem Balkon, das Klicken ihrer Füße auf dem Metallgitter. Meinen Atem, tief, gurgelnd, rauh, wie von einem großen Tier, das Junge kriegt.

Er stand mehrere Minuten lang so da und horchte. Mehrere Stunden lang. Es war schwierig, die Zeit zu schätzen. Er beugte sich über mich, das Rasiermesser in der Hand, schnalzte kurz mit der Zunge und schlitzte mir das Kleid vorn auf, zwischen meinen Schenkeln. Das aufgestaute Blut strömte mir, entstaut, die Beine hinunter.

»Dieses Kleid ist völlig eingesaut«, sagte er angewidert. »Es macht mir nicht die *geringste* Freude, Sie aufzuschneiden, wissen Sie.«

Mich aufzuschneiden. Macht ihm keine Freude. Mir macht's auch keine. Ich habe ein neues Wort für das Glossar. Malloy hat es mir gesagt. Ein Gossenwort. Ein Wort, das Glücksspieler benutzen, für wenn man linst, hat er gesagt. *In the cut.* Im Schlitz. Der Schlitz ist eigentlich die Vagina. Ein Versteck. Ein Ort, wo man untertauchen kann. Jedenfalls ein sicherer, ein gefahrloser Ort.

Er nahm den Matchsack und legte ihn vorsichtig auf die Decken, die er säuberlich ausrichtete, Kante auf Kante. »Wissen Sie, warum die Fische hier so gottverdammt gut beißen? *Ein* Wort.«

Ich wartete.

»Köder.«

Ich verstand nicht.

»Ich nehme meine Souvenirs manchmal als Köder.«

Er ging zur Tür, lehnte sich, die Hände flach aufgestützt, dagegen und horchte, vergewisserte sich, daß draußen niemand war. Er lief zur Eisentreppe, die an der Wand entlang zum Balkon führte, und kletterte hoch, beugte sich zum Bullauge, beschattete die Augen mit den Händen. Die Brücke zoomte über seinem Kopf.

Ich ließ mich hinunter auf die Knie und fing an zu krabbeln.

Er schaute runter und sah mich.

Er kam rasch die Treppe herunter, und als er die unterste Stufe erreichte, klappte er das Rasiermesser auf. »Soll ich mir noch ein Souvenir nehmen?«

Er packte mich bei den Haaren und nahm mich zwischen die Beine. Ritt mich. Meine Haare als Zügel. Er langte von hinten nach meinem Gesicht, um mir den Mund zuzuhalten, und ich biß ihn in die Hand. Ich biß ihn noch einmal. Genau wie ein Mädchen.

Ich war ein Mädchen.

Ich biß durch die Haut, und er schrie.

Er warf mich um, auf den Rücken, und setzte sich auf mich, drückte mir mit den Knien die Rippen zusammen.

Ich bat ihn, mir nicht weh zu tun. Es scheint das zu sein, was Frauen immer sagen. Und Männer. Es hielt ihn nicht auf.

Mein Gesicht. Meine Kehle. Meine Brüste. Malloy würde Bescheid wissen, wenn er meine Hände sah. Meine Arme. Er würde es wissen. Wie ich mich gewehrt hatte.

Er stemmte sich von mir hoch. Ich hörte, wie er die Tür aufschloß. Einen Moment spürte ich den kühlen Hauch des Flusses, der nach Fisch roch. Nach Eva roch. Ich fröstelte. Mir war kalt.

Es gibt einen Aufsatz über die Sprache der Sterbenden. Sterbende sprechen manchmal in der dritten Person von sich. Ich sprach nicht so. Ich sagte: Ich blute. Ich werde verbluten. Und ich kann mich glücklich schätzen, wenn ich sterbe, bevor er zurückkehrt.

Gebt mir mein' Muschelkelch voll Ruhe.

Sie müssen wissen, in der U-Bahn war nicht das ganze Indianerlied abgedruckt. Nur ein paar Zeilen. Aber ich kenne das Gedicht.

»Es ist weit in der Ferne. Es ist hereingekommen. Es ist hier im Kreis.«

Ich kenne das Gedicht.

Sie kennt das Gedicht.